平安朝の生活と文学

池田亀鑑

筑摩書房

目次

平安朝の生活と文学

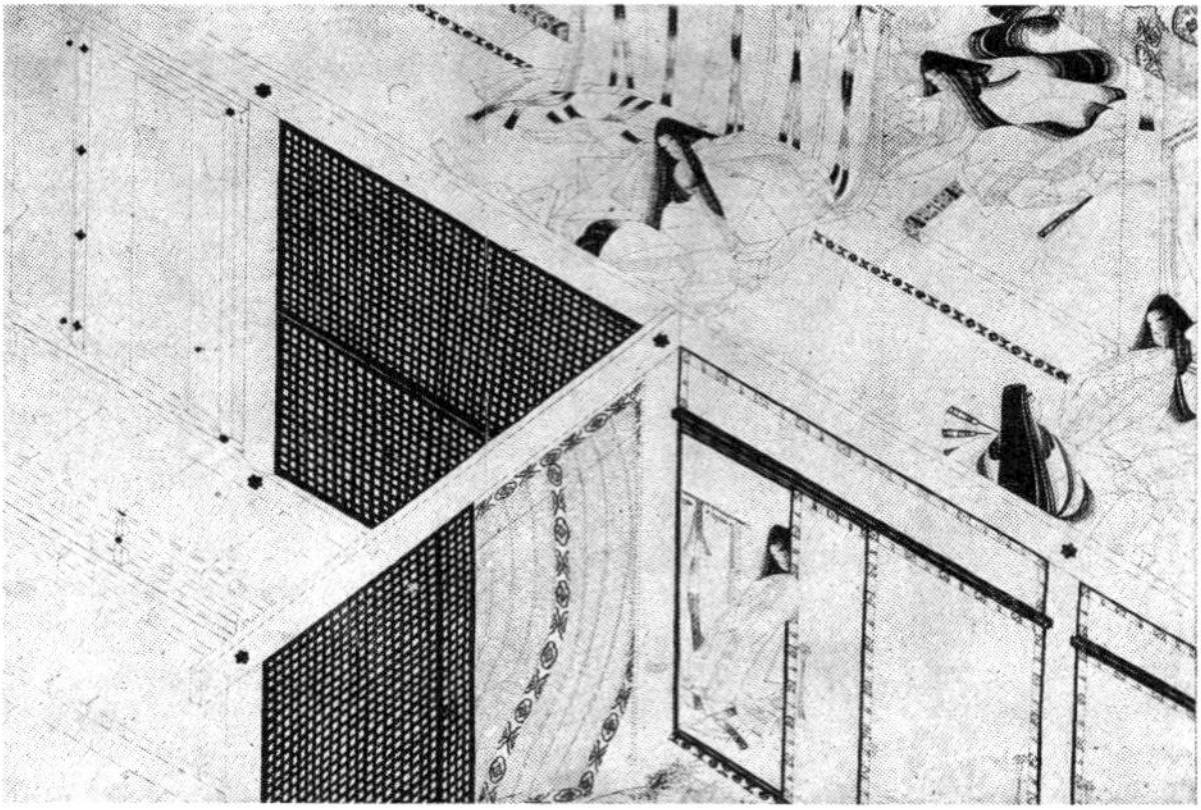

中宮定子と侍女たち（枕草子絵巻）
みす・格子・障子・几帳・たたみ・扇など

第一章　平安京

一

規模と設計

平安京はいうまでもなく、桓武天皇の延暦十三年、唐の長安城の制に模して設計された都であって、明治維新に至るまで一千七十五年の間、わが国の帝都として重きをなした都です。この都は『延喜式《えんぎしき》』によりますと、南北一千七百五十三丈、東西一千五百八丈の長方形の区域からなり、その北の中央に、南に面して皇居があり、内裏および諸種の官省はことごとくこの中に存在し、その周囲には垣をめぐらし、一面に三門ずつ、すべて十二の門がありました。朱雀門《すざくもん》は、その南側中央の正門で、朱雀大路は、その朱雀門の前から、南端の羅城門《らしようもん》に至る、広さ二十八丈の大通りですが、この大路によって、市街は東と西とに分けられ、東は左京とよばれ、西は右京とよばれました。左京の東の端は加茂川の河原、右京の西の端は双岡《ならびがおか》、西山でしたから、今の京都市は、平安時代に定められたものよりも、

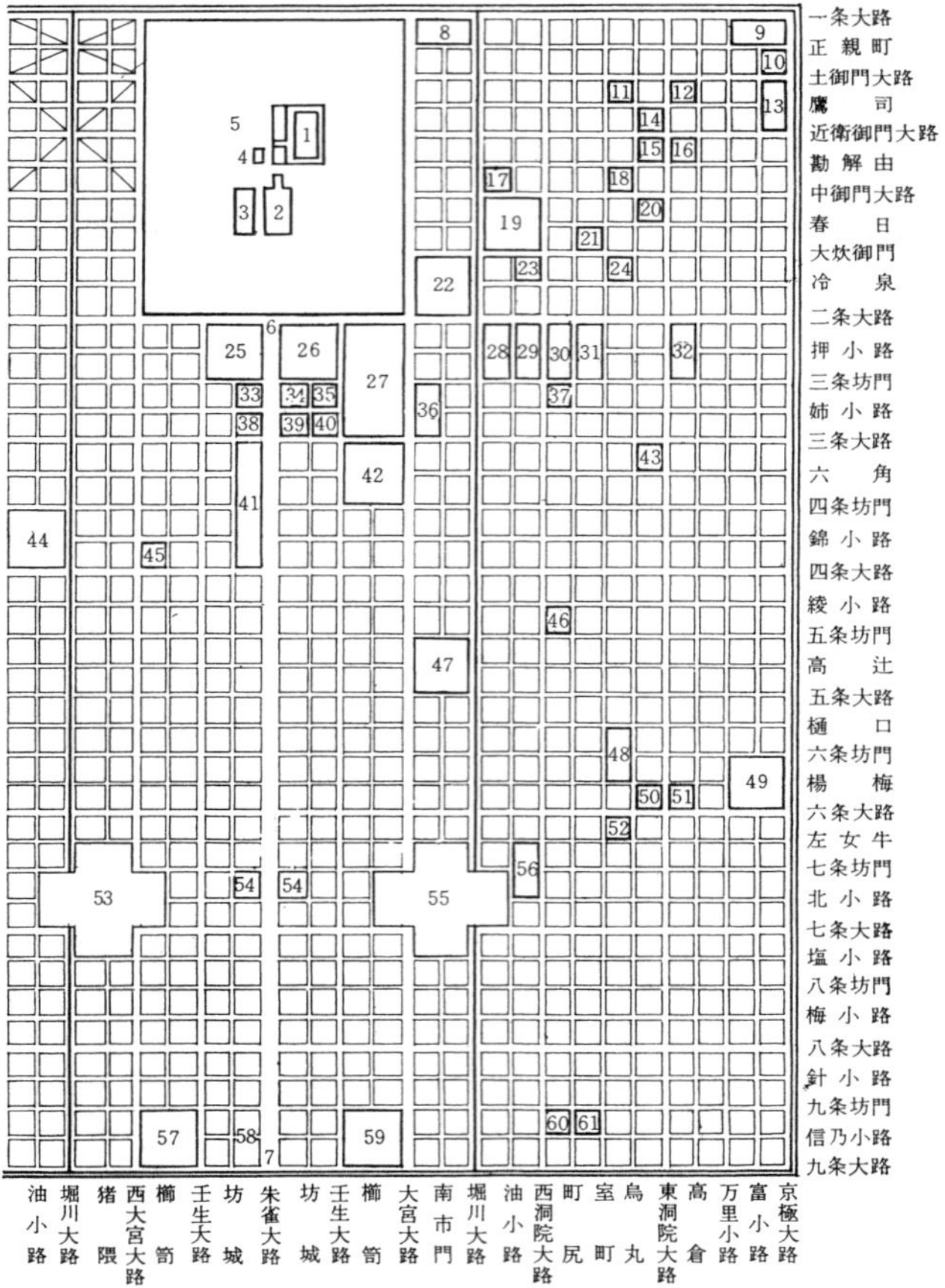

京城図

院　43六角堂　44淳和院　45西院　46紅梅殿　47後院　48小六条殿　49河原院　50中六条院　51釣殿院　52六条院　53西市　54鴻臚館　55東市　56亭子院　57西寺　58花園院　59東寺　60施薬院　61九条殿

大内裏図

1偉鑒門　2達智門　3上東門　4陽明門　5待賢門　6郁芳門
7美福門　8皇嘉門　9談天門　10藻壁門　11殷富門　12上西門
13安嘉門　14朔平門

(右頁)

1内裏　2八省院　3豊楽院　4真言院　5宴松原　6朱雀門　7羅城門　8一条院　9染殿　10清和院　11土御門殿　12高倉殿　13京極殿　14枇杷殿　15小一条殿　16花山院　17本院　18菅原院　19高陽院　20近院　21小松殿　22冷泉院　23陽成院　24小野宮　25穀倉院　26大学院　27神泉苑　28堀河院　29閑院　30東三条殿　31鴨井殿　32小二条殿　33右京職　34左京職　35弘文院　36御子左殿　37高松殿　38西三条殿　39奨学院　40勧学院　41朱雀院　42四条後

はなはだしく東の方に移動していることがわかります。

朱雀大路と縦横の大路小路

左右の両京は、朱雀大路を中心として、外の方に向かって、それぞれ壬生《みぶ》・大宮・堀川・西洞院《にしのとういん》・東洞院・京極《きようごく》の六つの大路と、坊城から富小路《とみのこうじ》に至る十の小路がシンメトリカルに縦に通っており、それに対して、北の一条から南の九条に至る九つの大路と、そのほか、正親町《おおぎまち》・土御門《つちみかど》以下大小幾多の街路が、横にまっすぐに通り、これらによって、碁《ご》盤《ばん》の目のような市街が整然と形づくられていたのです。

市街の実際・東の京と西の京

平安京の設計はだいたい右のようでしたが、実際には、設計そのままのように道路が完備し、それに人家がぎっしりと軒を並べて繁栄していたわけではありません。八条・九条のあたり、ことに右京は古来西の京とよばれ、荒涼とした田畑で、人家はごくまれでした。『本朝文粋』に載せられた慶滋保胤《よししげのやすたね》の有名な『池亭記』に、西の京は人家ようやくまれとなり、ほとんど廃墟に近いというようなことが述べられており、また『源氏物語』夕顔の巻にも、玉鬘《たまかずら》が西の京のような淋しい所で成人することを侍女が悲しむ記事があり、『伊勢物語』にも、西の京の女のことを述べるところに「奈良の京ははなれ、此の京は人の家まだ定まらざりける時に」というふうにしるしています。また『大鏡』に「勅《ちょく》なればいともかしこし鶯の云々」と一首の歌を短冊《たんざく》に書いて紅梅の枝に結びつけた貫之《つらゆき》の女の有名な逸話が見えますが、この女も、淋しい西の京の名もない家に住んでいたのです。だいたいこういう記事によって右京のありさまを知ることができます。

しかし、左京の一条・二条・三条などをはじめ五条・六条などには、公家《くげ》百官の壮大な邸宅があり、離宮や別荘が散在し、大路には、柳や桜などの街路樹が植えられ、帝都としての十分の美観を呈していたのです。かの催馬楽《さいばら》の一曲に「あさみどりや、濃いはなだ、染めかけたりと、見るまでに、玉ひかる、したひかる、新京すさかの、しだり柳云々」とあるのは、当時のこの朱雀門外の都大路の都市美をうたったものと考えられます。

さて右に述べたような平安京において、朱雀大路は、東京でいえばちょうど馬場先門外にあたる朱雀門の前から南の羅城門に至る大通りで、ここを公卿殿上人、あるいは女房たちの糸毛《いとげ》の車や檳榔毛《びろうげ》の車が、きらびやかに練り歩いたのです。といっても、それはわたくしたちが現在想像するような繁華な通りではなく、記録によると、牛や馬を放ち飼いにする者もあったようですから、所によっては雑草なども相当茂った淋しい所もあったものと思われます。

二

学校街

この朱雀大路を北から南へと下って行きますと、まず第一に目につくのは学術の中枢ともいうべき学校街です。学校と申しますと、朱雀大路の北端にあたる大学寮と、その南につづく弘文院・勧学院・奨学院などの私立の諸学校です。大学寮は、官立の大学で、東西両所にあり、東は坊城の東、三条坊門の北、西は坊城の西、二条の南の地で、今の上京区二条離宮の西南角の辺にあたります。文化の中心たる学問の府が、皇居の直前、朱雀大路の北端に位置したことは、注意に値することと思います。

穀倉院

次に、左京の大学寮に対して、右京にあった重要な建物は穀倉院《こくそういん》です。穀倉院は宮城内の内蔵寮《くらりょう》に対して、臨時の収入となって畿内諸国の調銭、大宰府の米、諸所の荘園の物などを納めた庫で、主として臨時または社寺の用にあてられたのです。嵯峨天皇の弘仁十四年三月、京中の米価が騰貴して、市民が飢に瀕した時に、この庫をあけて米価の調節を図られたことがありました。これは経済史の一事実としておもしろいことです。

右京職と左京職

次に、この穀倉院の南に右京職がありましたが、これは朱雀大路をへだてて左京職に対しておりました。この左右の京職は、それぞれ左京・右京の市政および警察事務をつかさどる所で、今の東京都庁と警視庁とをあわせたようなものです。このように、朱雀大路の北端すなわち宮城の直前に、学問・政治・経済の中心が存在したことは、いろいろな意味で興味あることです。

三

東の市・西の市

朱雀大路をさらに南へと下りますと、七条あたりに、非常に繁華な、今日の東京でいうならば、銀座通りにでも比べられるような商店街が、左右両京にありました。これがすなわち市《いち》です。左京のは東の市といって、今の本派本願寺の境内から、西南にかけた地域にあり、右京のは西の市といって葛野《かどの》郡七条村にありました。この東西の市は、奈良の都に模したものですが、奈良の都にこの二つの市の立ったことは、『万葉集』の歌によって、よく知られています。

さて東の市には、絹とか、糸とか、錦とか、薬とか、太刀とか、塩とか、干魚とか、生魚とか、牛とか、馬とか、すべて五十一種の品物のそれぞれ一種に限って売る専門の店が五十一軒あり、西の市には、すべて三十三種の品物を売る店が三十三軒ありました。これらの商品は、日常の衣食住に関するもので、その中に、馬や牛があり、干魚や生魚があったことは、ちょっと注意されます。

この店々はいずれも店ごとに看板をたて、定められた一品よりほかには他の品物を絶対に扱ってはならない制度になっておりました。一か月のうち、十五日までは東の市が開かれ、十六日以後は西の市が開かれましたから、東西の両方の市に、半か月の公休日があったわけになります。時間はかなり厳重で、今の正午の十二時ごろ、市の大門があき、日暮れごろまで商売があって、やがて大門がしまるのです。市には大きな倉庫が設けてありましたが、この倉庫に盗賊がはいったのを検非違使が捕えようとした話が『今昔物語《こんじやくものがたり》』に出ております。すべての組織が、今日のデパートのようなふうになっていたのは、注意すべきことです。

市民は、この公設市場以外に店を開いてはならぬことになっていましたが、市女《いちめ》すなわち市の女が、物を頭の上にのせて、方々に行商したことは、『宇津保物語』の藤原の君の巻や、『源氏物語』の玉鬘の巻や、同じく東屋の巻や、『今昔物語』や、『中右記』や、『本朝無題詩』その他の詩文にしばしば見えています。

市には単に庶民階級だけではなく、かなり高貴の人々が出かけて物を売買しました。たとえば、『宇治大納言物語』に、小松の宮は市に出て物を買わないと、どうしても気が落ち着かない御性分であったというようなことが書いてあり、貴人の宅では、若君の誕生後、五十日めの祝い、すなわち五十日《いか》に市に出て必ず祝いの餅を買ってくる習慣のあったことが、当時の公卿の日記、たとえば『康平記』とか、『山槐記《さんかいき》』とか、『三長記』とかその他の記事によって明らかです。

『江談抄《ごうだんしょう》』を見ますと、大納言道明が妻と同車して市に買い物に出かけており、『大和物語』には、平貞文が若い時に市に出かけて風流な遊びをしたということが書いてあります。また源氏の玉鬘の巻にも、市の女にたのんで人の周旋をしてもらうことが見えますが、これらによって、市は貴賤・老若・男女、あらゆる階級の人々が集合し、散楽《さるがく》や雑芸《ぞうげい》などのような大衆的な娯楽設備も整った場所であったことがわかります。

市の堂

市はこのように群集が雑沓する歓楽郷であったため、後世の遊廓のように、社会教化とか、犯罪防止とかのために利用せられることもありました。市の堂などはその一つです。この市の堂というのは、市の屋道場ともいい、空也上人《くうやしょうにん》が承平七年に創建したお寺です。上人は市に集まる多数の人々を教化するために、市の門に「一たびも南無阿弥陀仏といふ人の蓮《はちす》の上にのぼらぬはなし」という歌を書きつけ、諸人の教化につとめたので、市の上人とも地の薬師ともよばれるようになりました。

また『延喜式』や、『続日本紀』などを見ますと、市場で、罪人に刑罰を加え、その現状をそこに集まっている人々に見せたようです。これは申すまでもなくみせしめのためにしたもので、社会教化とか犯罪防止の手段ということができましょう。

市場は貴賤貧富を論ぜず、老若男女を問わず、あらゆる人々が集まった所ですから、犯罪の行なわれることもまた多く、京職に属している市司《いちのつかさ》の管理では不十分なので、やがて検非違使といういっそう強力な警察官によって、その秩序が維持されるようになりました。また市は、歓楽の巷であるとともに、流行の源泉地であって、たとえば市女笠《いちめがさ》などは、当時の貴婦人の間に流行した笠ですが、もとは下賤な市女の常用した笠であったのです。

鴻臚館

次にこの市に関連して述べなければならないのは、朱雀大路の東と西とにあった鴻臚館《こうろかん》のことです。鴻臚館は、今の丹波口《たんばぐち》駅付近にあったのですが、来朝した外国人の宿舎いわば官立の国際ホテルでした。ここで彼我の詩人や学者たちが友情をあたため、詩のやりとりをしたことは、『和漢朗詠集』に、後江相公の有名な詩、「前途程遠し、思ひを雁山《がんざん》の暮《ゆう》べの雲に馳《は》す。後会《こうかい》の期《ご》ははるかなり、纓《えい》を鴻臚の暁の涙にうるほす」などによって知られます。物語に書かれた事実ですが、源氏の君は、幼時、ひそかに鴻臚館で、来朝中の高麗人《こまうど》に人相を見てもらいました。この鴻臚館は、国際的に非常に意義の深い場所であったと同時に、新しい文物の殿堂であって、外国人のもってきた珍しい宝石や、器物がここで取引されました。こういう点から、京都と九州とに置かれた鴻臚館は、奢侈の宮殿であったということができましょう。このように、七条朱雀の一角は、平安京の経済の中心であったのみならず、当時の国際文化の発祥地をなしたということができます。わたくしどもはここに、平安時代文学の根本にふれる社会的一面、すなわち国際面と経済面と文化面との接触点を見いだすことができ、非常な興味を感じます。

四

朱雀門

さてここから朱雀大路をさらに南へと進みますと、平安京の外廓にあたって、高い大きな門が雲をついてそびえています。これがすなわち羅城門です。羅城門は、朱雀大路の南端に位し、その北端なる宮城の正門朱雀門と相呼応し、一つは平安の都全体を、一つは皇居を守護しているのです。

まず朱雀門について申しましょう。この門は、唐の長安の南面の門が朱雀門とよばれたので、それに模したものらしく、『伴大納言絵詞《ばんだいなごんえことば》』によると、その名のように朱塗りであったようです。

いったい壮大な建築は、建築そのものが、すでに神秘と畏敬の感じを与えるものです。

寂然として、星の夜空に高く黒々とそびえ立っている門が、一種の霊をもつように感ぜられたのは当然のことです。しかもこの門は、宮城の神聖をシンボライズしたもので、さらにその感が深かったことは、藤原行成の日記の記事によってもうかがわれます。また弘法大師はその門の額を書いたのですが、小野道風はその額の「朱雀門」という三字のうち「朱」の字が「米」の字のように見えたので、「何だ米雀門か」とあざけったため祟《たた》りを受けて急死したといわれます。また入道通憲《みちのり》とか、一条能保《よしやす》とか、後京極摂政良経《ごきょうごくせっしょうよしつね》とか、この門を建てた役人や、この門の額を書いた書家などは、よく不思議な死に方をしているので、昔から問題になっていますが、これは、朱雀門に一種の霊がひそんでいるように考えられたためかと思われます。

この門について語られた伝説のうち、登照という小僧が門の倒れるのを直前に予言したという『今昔物語』の話や、九条師輔《もろすけ》が、門を抱いた夢を見たという『大鏡』の中の話などは、それほどでもありませんが、『江談抄』や『東斎随筆』などの中に出てくる伝説になると、ちょっとすごみが加わってきます。昔、内裏に玄上《げんじょう》という宝物の琵琶がありましたが、ある時紛失したので、宮中ではそれを捜すために、二十七日の修法を行なわれた。ところが満願の日、朱雀門の楼上から、その琵琶が縄でつるされて、そろりそろりとしぜんに下りてきたので、人々は鬼の所為だろうと噂をしたというのです。また博雅《はくが》の三位《さんみ》という笛の名手が、月の明るい夜、朱雀門の下に行って、笛を吹いていると、直衣姿《のうしすがた》の不思議な人が現われ出て、同じように笛を吹く、それは非常な名人で、別れる時に自分の笛と三位の笛をとりかえて、どこへともなく去って行った、三位がなくなってから後、ある人が月の青い夜、その笛を持って、朱雀門の下に行って吹くと、高い門の楼上から「すばらしい笛だなあ」という大きな声が聞こえた、世人はそれは鬼であったと伝えたというのです。

これらの鬼の話は、『宇津保物語』や、『狭衣《さごろも》物語』や、『浜松中納言物語』などに見られるような、音楽や、楽器のもつ霊的な神秘的な性質に関する伝説ですが、そういう伝説が、楼とか塔とかのような高層建築、特に朱雀門について語られていることは注意を要すると思います。

五

羅城門

こ羅城門は前にもたびたび述べたように、平安京の南端の中央にある総門です。羅城
は、古来諸説がありますが、まずクルワの総門というような意味であろう
羅城」の「城」の字に「生」の字をあてて「羅生門」とするのは誤
うほどの意味でしょう。
りで、昔はよく、田の中から、羅城門という銘

』を見ますと、桓武天皇は、この高すぎるから、風に吹き倒される心配と仰せられた、そんなに切っては低くなり命に反して、五寸だけ切っておいた、やがて門幸になって、惜しいことをした、もう五寸だけ余られたので、大工は陛下の御眼力におそれおののいてせのように、その後三度も暴風のために吹き倒されたといれに似たことが、宇多天皇のお書きになった『寛平御遺誡《かんぴょうごゆいかい》』の中ら、おそらく大部分事実であったろうと思われます。とにかく、羅城門ないほど大きく、そして高い門であったことは、この伝説で十分明らかです。

謎のようなこの広大な門が、野の中にただ一つ、巍然《ぎぜん》として雲表にそびえていたのは、むしろ奇異な感じを人に与え、さまざまの恐ろしい噂は、そこから生ずるようになったのではないかと思われます。『十訓抄』に都良香《みやこのよしか》が羅城門の前をよぎるとき「気は霽《は》れて風は新柳の髪をくしけづる」と詠ずると、楼上で、人の声がして「氷は消えて浪は旧苔の鬚をあらふ」とつづけたものがあったが、菅原道真《すがわらのみちざね》はこれを聞いて、それは鬼であったに違いないと言ったという話が見えています。これは『江談抄』に、騎馬の人が月明の夜、羅城門を通る時に、「気は霽れて云々」の詩を吟じたところが、楼上で「あはれあはれ」と鬼神の嘆賞した声が聞こえたという話がありますが、それにもとづいた伝説と思われます。

こういう鬼は、朱雀門に出てくる鬼と、大した差のない、文学的な、風雅な、愛すべき鬼でありますが、後になりますと、すごいのが出てくるようになります。羅城門は、なにしろ、人跡まれな野中に、ぽつんと化け物のようにつっ立っていましたので、のちにはだんだんと荒廃して、死体の捨て場所とか、盗賊の住処とかになるようになりました。『今昔物語』に、一人の盗賊が、羅城門の上層に上って見ると、死体がごろごろ横たわっている、ふと向こうを見ると、ほの暗い火がゆれていて、その下に若い女の死体が横たわっており、その枕もとに、やせおとろえた白髪の老婆が、鬼のような眼を光らせて、死人の黒髪をきり取っているというようなものすごい伝説をのせており、芥川龍之介がそれを粉本として小説を作っていることは、広く知られております。

第二章　後宮の制度

一

後宮の構成

ここで後宮《こうきゆう》というのは、皇后・中宮・女御《にようご》が住まわれ、更衣《こうい》・御息所《みやすどころ》・御匣殿《みくしげどの》などをはじめとして、内侍司《ないしのつかさ》以下の女官が奉仕した禁中の奥御殿のことを意味します。

いったい宮廷の女性生活というのは、うえの女房と宮の女房の生活をさしております。この宮廷に奉仕する女性に対して、院の女房、斎院の女房があります。前者は上皇とか女院とかに奉仕する女房、後者は斎院に奉仕する女房です。

後宮女性と文化

その当時、宮仕えというのは単に宮中だけに限られるのではなく、『枕草子』に「宮仕所は、うち、后宮、その御腹の姫宮、一品の宮、斎院は罪ふかけれどをかし。ましてこの頃はめでたし。春宮《とうぐう》の御母女御」とあるように、多方面に及ぶのです。

これら後宮と斎院に仕えた女性たちは、平安時代の文化を育てる上に中心的な勢力をなしたものです。たとえば一条天皇の後宮のごときは、多数の才女を集めて、当時の文化の大勢を支配しました。また村上天皇の皇女の選子内親王大斎院の宮は、円融天皇から後一条天皇に至る五代五十七年の間、賀茂斎王として、当時の女性の中に隠然とした勢力を占められました枕草子・紫式部日記・大鏡・同裏書・斎院記・大斎院御集・発心和歌集。また後朱雀天皇の皇女の禖子内親王六条斎院は、賀茂斎王として立たれてから、文学・芸術を奨励され、『狭衣物語』『堤中納言物語』中の一部、その他の諸作が、その指導と庇護とのもとに生まれました栄花物語・二十巻本歌合・十訓抄。

このように平安時代文学の背景というと、後宮の外に当然院と斎院とを考慮しなければならないのですが、ここでは後宮を主として考え、他は後宮に準ずるものとして扱うことにします。ただ、平安時代の文化は、後宮にしても、斎院にしても、高貴な方々の庇護のもとに育てられたものであるということを、忘れてはならぬと思います。

皇后

さて、後宮には高貴な方々として、皇后・中宮・女御がおられます。これらの方々の地位は、大宝令以来、その名称に多少の変遷はありますが、歴とした格式のものとして規定されております。もちろんこれは古代の制度であって、ただ今のものではありません。

中宮

中宮はもと三宮の汎称でしたが、後には皇后のみを称するようになりました。キサキまたはキサイノミヤと申すのは、皇后のみのことであって、女御以下の後宮については申しません ただし古くは皇后をオホキサキと申し、その他の後宮をキサキとのみ申したことがある。藤原氏が政治上に勢力を得るようになってから、つまり摂関制度が確立してから後は、皇后が二人立たれたこともありました。そういう時は、一方を特に中宮と申しました。

また時には、太皇太后宮 主上の御祖母・皇太后宮 主上の御母 を中宮と称することもあります。このように中宮という名称は、単に皇后の異称にすぎず、地位とか、身分とかに相違があるわけではありません。また三后の立たれる場合などには、もう一方を皇太后と申すのが普通でした。皇太后の名称は、主上の御母を申し上げる場合と混同しないように心すべきです。

中宮職

皇后に関係のある事務いっさいを取り扱う所を中宮職といい、またこれをナカノミヤノツカサ 和名抄 とも、ミヤツカサ 枕草子 シキ 枕草子 とも称することがあります。中宮職の長官は大夫といいます。大夫はダイブとにごる例ですが、八省の大輔《たいふ》と区別するためといわれております。

二

女御

後宮には、このほかに女御・更衣・御息所・御匣殿などについての規定があります。大宝令では、皇后の下に妃（皇族二人）夫人（三位以上の女三人）嬪《ひん》（五位以上の女四人）がおかれましたが、この制度は平安時代の初期から、中期のはじめにかけて変わり、新たに女御・更衣などの名称が生じてきたのです。

女御はニョウゴとよむのが慣例です。桓武天皇の御代からはじまり、もとは嬪と同等の地位でしたが、後には摂関の女がこれに補せられ、つづいて皇后に進まれる例が開かれ、その地位は大いに上がってきました。この女御は宣旨によって補せられる例で、その人員に制限はありません。多数の女御が立たれる場合は、それらの女御の住まわれた殿舎の名によって何々女御と申す例でした。たとえば、女御藤原述子（太政大臣実頼女）は、弘徽殿女御、女御徽子女王（式部卿重明親王女）は、承香殿女御、女御荘子女王（中務卿代明親王女）は、麗景殿女御、女御藤原芳子（左大臣師尹女）は、宣耀殿女御とそれぞれ申したことが、『枕草子』『栄花物語』『大鏡』『日本紀略』その他によってわかります。また藤壺女御（橘俊綱女）梅壺女御（源基平女基子）などとも申しました。また、女王であられる場合には、王女御（煕子女王）と申し、斎宮であられる場合には、斎宮女御（徽子）と申すのが通例でした。また父たる人の私邸の名称によって、堀川女御（藤原姚子朝光女）高倉女御（藤原延子頼宗女）と申などとも申したことがあります。

また東宮の生母である女御を、東宮の女御と申すことが、『栄花物語』や、『源氏物語』などに見えていますが、これは皇太子妃を申す場合と区別しなければなりません。たとえば、『大和物語』に二条の后の事を記した条に「さて、きさいの宮、春宮の女御と聞えて、大原野にまうで給ひけり」とあるのは、東宮の御母なる女御という意味ですが、しかし、『大鏡』道長伝に「またつぎの女君は、それも内侍のかみ、十五に在しますに、今の東宮十三にならせ給ふ年、治安元年二月一日、参らせ給ひて、東宮の女御にてさぶらはせ給ふ」とあり、また同書師尹《もろただ》の伝に、「女君は、三条院の東宮にておはしましし折の女御にて、宣耀殿と申して、いとしきにおはしましし」とあるのは、ともに皇太子妃たる方をさしているのです。

前にも述べたように、女御は宣旨を下されて補せられる定めですが、時には尚侍《ないしのかみ》嬉子を東宮女御と申したり、また『今鏡』に女御白川殿姓氏不詳、祇園に住んでおられたのことを書いて、「その白川殿、あさましき御すくせおはしける人なるべし。宣旨などは下されざりけれども、世の人は祇園の女御とぞ申しける」とあるように、非公式に女御と称せられることもありました。また天皇が御幼少で、女御がまだ立っていない場合、大嘗会の御禊《ごけい》などで、その必要のある時には、臨時に女御代が補せられることがありました。『蜻蛉日記』に「たたん月には、大嘗会の御禊、これより女御代出さるべし」とあるのをはじめ、『栄花物語』『増鏡』などにも見えております。

更衣・御息所

更衣は桓武天皇の御代からはじまり、四、五位に叙せられた人もあります。また御息所は、ミヤスンドコロとも、ミヤスドコロともよみ、女御・更衣以下の方々を漠然と申す名称ですが、後には、主として皇太子妃または親王妃をさす場合の名称となりました。たとえば作り物語ですが、『源氏物語』の六条御息所のごときは、前坊すなわち前皇太子の妃という意味に用いられた場合です。

御匣殿

御匣殿《みくしげどの》は、元来貞観殿《じょうがんでん》の別名です。そこでは裁縫のことをつかさどりましたが、その長たる人を御匣殿別当といいました。御匣殿というのは、その御匣殿別当の別当を略したものです。平安時代の中期ごろから後宮に列するようになりました。

女院

皇后にして出家された方を女院と申します。上皇の名称に対照するものです。女院は一条天皇の正暦二年皇太后詮子円融天皇皇后、藤原兼家女、一条天皇御母が剃髪され、東三条女院と申したとき、年官年爵封戸を旧のままとし、上皇に准じ、皇太后宮職の役人をそのまま院司インシともインノツカサともいうとされたのが最初であって、それから上東門院彰子をはじめ、『女院小伝』に載せてある多数の歴代女院が立たれたのです。ただし門院の称号は、上東門院が最初であって、そのことは、『今鏡』や『女院小伝』に明らかです。

門院

女院の称号は『今鏡』望月の巻に見えるように、その父の邸の所在地をもってされる場合が普通です。東三条女院が、父東三条兼家の第に由来し、上東門院が、父道長の上東門邸土御門殿に由来しているなどは、その例です。もっとも、後には必ずしもそうとばかりはいえないようになりました。

第三章　後宮の女性

一

後宮十二司

後宮や女院に仕える女房としては、まずいわゆる後宮十二司の女官をあげなければなりません。後宮十二司とは、内侍司《ないしのつかさ》・蔵《くらの》司・書《ふみの》司・薬《くすりの》司・兵《つわものの》司・闈《みかどの》司・殿《とのもりの》司・掃《かんもりの》司・水《もいとりの》司・膳《かしわでの》司・酒《みきの》司・縫《ぬいの》司をいいます。

内侍司

内侍司は、奏請・伝宣などのことをつかさどります。内侍所はいうまでもなく賢所《かしこどころ》のことで、温明殿《うんめいでん》内の神鏡を斎《いっ》きたてまつる所ですが、ここに内侍が常に奉仕したので、その名が生じたのです。役員は尚侍二人、典侍四人、掌侍四人ほかに権掌侍二人ということになっています。

尚侍

尚侍は奏請・伝宣のことをつかさどり、ナイシノカミとよみ、内侍のかう〔コウ〕の殿、カンノキミ・カンノトノなどともよばれます。もとは従五位でしたが、平城天皇の御代から従三位に上り、ついに後宮に準ぜられるようになりました。たとえば尚侍藤原褒子 左大臣時平女京極御息所 尚侍藤原登子 右大臣師輔女 尚侍藤原綏子 関白兼家女 のような方々がこれです。道長の女嬉子も、まず尚侍となり、次いで東宮妃となったのです。『禁秘抄』に「是大略准㆓更衣㆒」と仰せられていることによって、その身分が察せられましょう。

典侍

典侍は、テンジとも、ナイシノスケともよみます。略してスケとも申します。従六位相当ですが、のちには、二位三位にまでも上った例があります。『禁秘抄』にしるされているところでは、公卿殿上人などの女が補せられました。呼び名は、姓を冠して、藤典侍 繁子 橘典侍 徳子 などとよんだ例が『栄花物語』その他に見え、源内侍のすけとよんだ例が同じく『栄花』や『源氏物語』に見えています。また父の官名を附して、大納言典侍 亀山天皇後宮、大納言藤原実平女 宰相典侍 後一条天皇御乳母 帥典侍 大宰帥藤原為経女 などとよんだ例が『今鏡』『増鏡』などに見えています。典侍もまた、時に後宮に列することがありました。たとえば典侍藤原経子・典侍藤原殖子・典侍源通子などがあり、後代に及んでその例が多くなっています。また天皇の御乳母は、その出生の門地にかかわらず、典侍に補せられるのが通例でした。『讃岐典侍日記』の著者などはその一例です。

掌侍

掌侍はナイシノジョウとよみます。『枕草子』に「女は内侍のすけ、ないし」とあるように、単に「内侍」とある場合は、多くこの掌侍をさします。天皇移御の際、神璽御剣を捧持する役で、『紫式部日記』の土御門殿行幸の条に「南の柱のもとより、すだれを少し引きあげて内侍二人出づ……左衛門内侍はかしとる……弁内侍はしるしの御筥……」とあるのは、この掌侍のことです。元来従七位相当ですが、のちには五位になりました。その第一の掌侍を勾当《こうとうの》内侍といいます。勾当内侍は長橋に住んだので、長橋殿とも、長橋局ともいいました。勾当内侍の中には後宮に列する人もありました。たとえば侍従内侍（美濃弁経国女）少将内侍（平義範女）などがこれです。元来奏請伝宣のことは、尚侍の職掌でしたが、尚侍が女御・更衣と同じ性質の身分となるようになってからは、勾当内侍がもっぱらこの事にあたりました。呼び名は父または兄の官名によって、紀内侍・弁内侍・中務内侍・周防内侍などとよぶのが例です。

なお内侍司には、東豎子（東孺とも書く）というものがありました。アズマワラワとよみます。これは姫松ともいって、行幸の時に、馬に乗って供奉したものです。『枕草子』のえせものの所うる折の条に「行幸のをりのひめまうちぎみ」とあるのがこれです。

蔵司・書司・薬司・兵司・闈司・殿司・掃司

次に蔵司は神璽・関契・御装束などを蔵めることをつかさどり、書司は、書物・紙墨の類、楽器などをつかさどります。『源氏物語』絵合の巻に「ふんのつかさの御琴めしいで て……」とあるのはそれです。薬司は医薬のことを、兵司は兵器のことをつかさどりますが、文学にはまったくあらわれてきません。闈司は御門の鍵を預かり、その出納のことをつかさどります。『紫式部日記』に「み門づかさなどやうのものにやあらむ、おろそかにさうぞきけさうじつつ……」と見えています。殿司は、主殿司とも書き、燈火や薪炭のことをつかさどりました。『枕草子』に「とのもりの司こそ、なほをかしきものはあれ。下《しも》女のきはは、さばかり羨ましきものはなし。よき人にせさせまほしきわざなり」とあるように、下級女官中最も花やかな存在であったようです。掃司は、『紫式部日記』に「かむもりの女官」などと見え、掃除・鋪設のことをつかさどりました。御格子の上げ下ろしなどのことはこの掃司の所管です。これらの司には、それぞれ尚《かみ》・典《すけ》の女官がおり、その下に女嬬《にょうじゅ》がいました。

水司・膳司・酒司・縫司・女孺・采女

水司は『紫式部日記』に「采女、もひとり、みぐしあげ」などと見え、水漿・雑粥などのことをつかさどり、膳司は御膳のことをつかさどりました。これらの役では女孺と同じ性質のものを特に采女《うねめ》と称しました。このほか、酒司は御酒をつかさどり、縫司は裁縫をつかさどりました。これらの後宮十二司は、禁中の男官のそれぞれに該当するものです。この女孺および采女について見ますと、采女は元来、郡司および諸氏から上った容姿端正な女子で、相当重要な地位のものを称したのですが、後これを十二司に配して女孺とするに及び卑官となったのだといわれています。

命婦

以上の女官のほかに命婦《みようぶ》というものがありました。大宝令では、五位以上の女官を内命婦《ないみようぶ》、五位以下のそれを外命婦《げみようぶ》といっていますが、のちには中﨟《ちゆうろう》の女房を命婦と称したようです。呼び名は父または夫の官名を冠して、侍従命婦・左近命婦・大輔命婦・弁命婦・兵部命婦・少弐命婦・少将命婦・筑前命婦・肥後命婦 以上栄花物語 などと称するのが通例です。

女蔵人

このほか女蔵人というものがあります。ニョクロウドとよみます。下級の女官で、『紫式部日記』に「御格子まゐりなばや。女官《にょうかん》はいまだ侍はじ。蔵人まゐれ」とあるように、女の字を略して、単に蔵人とのみいうことがあります。これはたいへんまぎれやすいのですから、男官の蔵人と混同してはなりません。

女房

以上の御匣殿以下女蔵人に至る女官は、女房とよばれますが、女房とは、局をたまわって住む婦人の意と解せられています。局をたまわるには、一人で一室をたまわる場合と、他人と同居する場合とがあります。一人で一室といっても、屏風や几帳《きちょう》などでかりそめに隔てるような場合もありました。『枕草子』に「うちの局、細殿いみじうをかし。……せばくてわらはべなどののぼりぬるぞあしけれども、屏風のうちに匿しすゑたれば、こと所のつぼねのやうに声高くえ笑ひなどもせでいとよし」とあるのは、弘徽殿《こきでん》の細殿の局のことをさしているのです。ここでは屏風などで隔てをしてあったことがわかります。

女房の位階を叙することを女叙位《にょじょい》といいます。中務省のつかさどる所で、隔年に行なわれます。天武天皇の御代にはじめて行なわれ、嵯峨天皇の御代から正月八日に恒例として行なわれることになりました。『枕草子』に「八日、人のよろこびしてはしらする車の音、ことに聞えてをかし」とあるのは、この女叙位のことをさしているのでしょう。

二

上﨟

女房には、『栄花物語』日蔭の鬘の巻に「年頃の女房たち、上中下の程などの、わきがたう思ひなりつる云々」とあるように、上﨟《じょうろう》・中﨟・下﨟の区別がありました。『女房官《かん》品《ぼん》』という書物にその説が見えています。その説には不審な点もありますが、だいたい従ってよいでしょう。御匣殿・尚侍・典侍にして、禁色《きんじき》色は青・赤で、地質は織物を用いることを聴《ゆる》された女房を上﨟といいます。大臣の女、または孫女にいう場合が多く、一位局・二位局・三位局・大納言局・中納言局・左衛門督《さえもんのかみ》・帥《そち》・按察《あぜち》などの名が多いようです。

小上﨟は、大中納言の女を称し、小路名をつけることを許されました。小路名の中でも、一条・二条・三条・近衛・春日などは上の名、大宮・京極などは中の名、高倉・四条などは下の名とされています。

中﨟

中﨟は内侍以外の女官や命婦をさします。多く殿上人の女などがまいります。小宰相・小《こ》督《ごう》・左衛門督などの名は、中﨟・小上﨟にかけてつけられます。中将・少将・左京大夫・宮内卿・新介・左衛門佐・少納言・少弁などの呼び名は中﨟につけられます。

下﨟

下﨟は摂政関白家の家司《けいし》の女や、女蔵人など下級女官をさすので、呼び名は多く国名ですが、その中でも伊予・播磨・丹後・周防・越前・伊勢などは少し上等です。

女房の呼び名

なお女房の呼び名に「小」を付するものがあります。たとえば、『紫式部日記』について見ますと、小左衛門・小兵衛・小うま・小兵部・小木工などです。『女房官品』には「惣じて小の字を添へてつくるは、あがりたる也」といっていて、そういう場合もありましょうが、同名の女房のいる場合には、年少者を「小」をもってあらわしたのではなかろうかとも思われます。大式部に対して小式部という類です。

また女房の呼び名に方名《かたな》というものがあります。上﨟の名に用いられます。たとえば東の御方、北の御方、または北政所《きたのまんどころ》の類です。また向名《むきな》というものがあります。たとえば西向・南向などがこれです。これらの方角としては、東北が上位で、西南はややおとると『女房官品』に説いています。また対の御方とか、一の対・二の対とよぶようなこともありますが、これは申すまでもなくその住む殿舎の名によるのです。

また宣旨《せんじ》と名づけることもあります。これは、中宮・女御などの宣旨が下った時、その宣旨をとり伝えたものです。宣旨は春宮・斎院・関白家などにもありました。後には宣旨をとり伝えなくとも、宣旨と号するようになりました。『枕草子』に「みあれの宣旨」とあるのは、みあれ、すなわち賀茂の斎院の宣旨の意でしょう。また、『紫式部日記』に「大式部のおもと、殿の宣旨よ」とみえるのは、正暦六年五月十一日の宣旨太政大臣の文書はまず権大納言道長に見せた後に奉行すべき由の宣旨が下った時、その宣旨を取り次いだ女房をいうのでしょう。

女房をよぶ場合には、その呼び名の下に、キミ・オモトなどの敬称を用いることがあります。たとえば『紫式部日記』に「大納言の君、小少将の君」などとあり、また同書に「大式部のおもと」ともあります。「おもと」は少し年とった人についていい、「君」は同輩またはやや目上の人についていうように思われます。また命婦のおとど枕草子伊勢の御《ご》大和物語常陸殿源氏物語などのよび方もあります。

乳母

以上は後宮の女房について見たのですが、女房に準ずるものに乳母があります。『紫式部日記』に中宮御産直前に、側近に侍候した人々の中に「内侍の督の中務の乳母、姫君の少納言の乳母、いと姫君の小式部の乳母」とありますのは、妍子の乳母、威子の乳母、嬉子の乳母ということを意味します。中宮付きの女房とほぼ同格に取り扱われています。『讃岐典侍日記』などは、堀河天皇の御乳母である著者が、崩御のさまをしるし奉ったもの、『千載集』哀傷にある弁乳母の歌は、妍子の崩後枇杷殿にかえって嘆きつつよんだものです。宮廷のことではありませんが、玉鬘はまったく乳母の真心によって成人したのです。その他『源氏物語』『枕草子』などに乳母の記事は非常に多いのです。特にその主人に対する愛情のこまやかさには、注意すべきものがあります。文学の上からは、乳母の存在を軽く見てはなりません。

以上で、だいたい後宮に奉仕する女性について述べ終わりましたが、このほかに刀自《とじ》というものがあります。『紫式部日記』に「おものやどりの刀自よび入れたるに……」とか、『枕草子』に「台盤所《だいばんどころ》の刀自といふもの……」などと見えています。老女で御厨子所や、台盤所その他で、雑用をつとめたもののようです。その他雑仕《ぞうし》とか、下仕《しもづかえ》とか、半物《はしたもの》とか、長女《おさめ》とか、樋洗《ひすまし》《またはすまし》《しともいう》とか、御厠人《みかわやうど》などの下賤なもののもいたことが、『枕草子』や、『源氏物語』や、『紫式部日記』や、『栄花物語』などに見えています。これらのものにもまた従者がいたらしく、『枕草子』に「女房のずさ、その里より来る者、をさめ、みかはやうどのずさ、たびしかはら」とあるによって知られます。いわゆる下には下という類のものです。

女官は、下級の者どもは、特にニョウカンと長く引いてよび、上級の女官をニョカンとよぶのと区別することになっています。前に引いた『紫式部日記』に「御格子まゐりなばや。にょうくわんはいまだ侍はじ」とあるのも、『枕草子』に「立蔀《たてじとみ》、（中略）にようくわんなどの行きちがひたるこそをかしけれ」とあるのも、みなこの慣例を示すものです。

第四章　後宮の殿舎

一

弘徽殿の上の御局・藤壺の上の御局

後宮を構成する「人」について述べましたから、つぎに「所」について見ましょう。まず清涼殿をあげなければなりません。しかし清涼殿そのものについては、ここで改めて説明する必要もあるまいと思いますから、殿内の御部屋で、特に後宮に関係の深いものについて申しましょう。まず夜の御殿の北にあたる弘徽殿の上《うえ》の御局《みつぼね》と、藤壺の上の御局とは、女御・更衣方の侍候する所です。『枕草子』に、「御簾《みす》のうちに、女房桜の唐衣ども、くつろかにぬぎ垂れて、藤山吹など色々好ましうて……」と書いてあるのは、この上の御局のことです。

御湯殿の上・御手水の間・朝餉の間・台盤所

藤壺の上の御局の西には、北から、御湯殿《おゆどの》の上と御手水《みちょうず》の間とがあります。そしてその南、夜の御殿の西にあたって朝餉《あさがれい》の間があります。さらにその南、日の御座《おまし》の西にあたって台盤所《だいばんどころ》があります。また御湯殿の上の西には、切馬道《きりめどう》を隔てて御湯殿があります。御湯殿の上の間は、主上の御入浴に奉仕する女官の控所です。御手水の間は、毎朝主上が御手水をつかわれる所、朝餉の間は朝の食事を召す所です。その南の台盤所は、御膳を用意する所で、女房侍《にょうぼうざむらい》ともいい、殿上の女房の詰所で、台盤・唐櫃《からびつ》・厨子などが置かれ、日給《にっきゅう》簡《のふだ》があって、女官の名をしるし、宿直の日を書いた紙をはりつけるようになっています。

温明殿（賢所）

次に温明殿《うんめいでん》は、中央の馬道を隔て、その南の母屋《もや》が賢所《かしこどころ》です。賢所は内侍所とも称し、模造の神鏡が安置されております。『江次第』に、内侍所の神鏡が飛んで天に上ろうとした時、女官が唐衣にかけて引きとめたという因縁により女官が奉仕するのだと書かれています。

後涼殿

後涼殿《こうろう》は清涼殿の西にあって、渡殿で続いています。母屋は納殿《おさめどの》になっており、西廂《にしびさし》は御厨子所で、朝夕の御飯をしつらえ、南廂は御膳宿《おものやどり》といって、御厨子所から運ぶ御飯を置

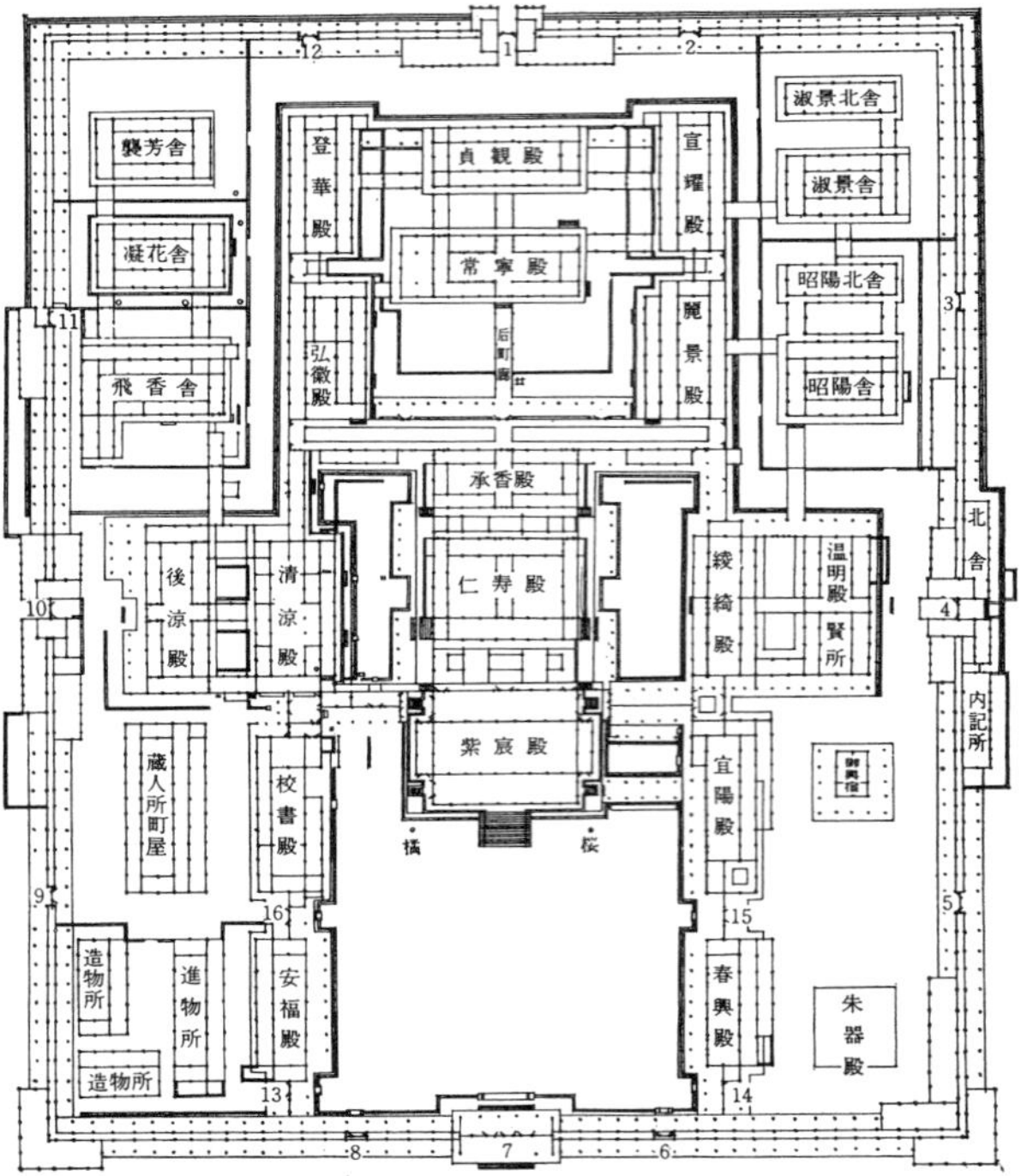

内裏図

1 玄輝門　2 安喜門　3 嘉陽門　4 宣陽門　5 延政門　6 長楽門　7 承明門
8 永安門　9 武徳門　10陰明門　11遊義門　12徽安門　13右腋門　14左腋門
15日華門　16月華門

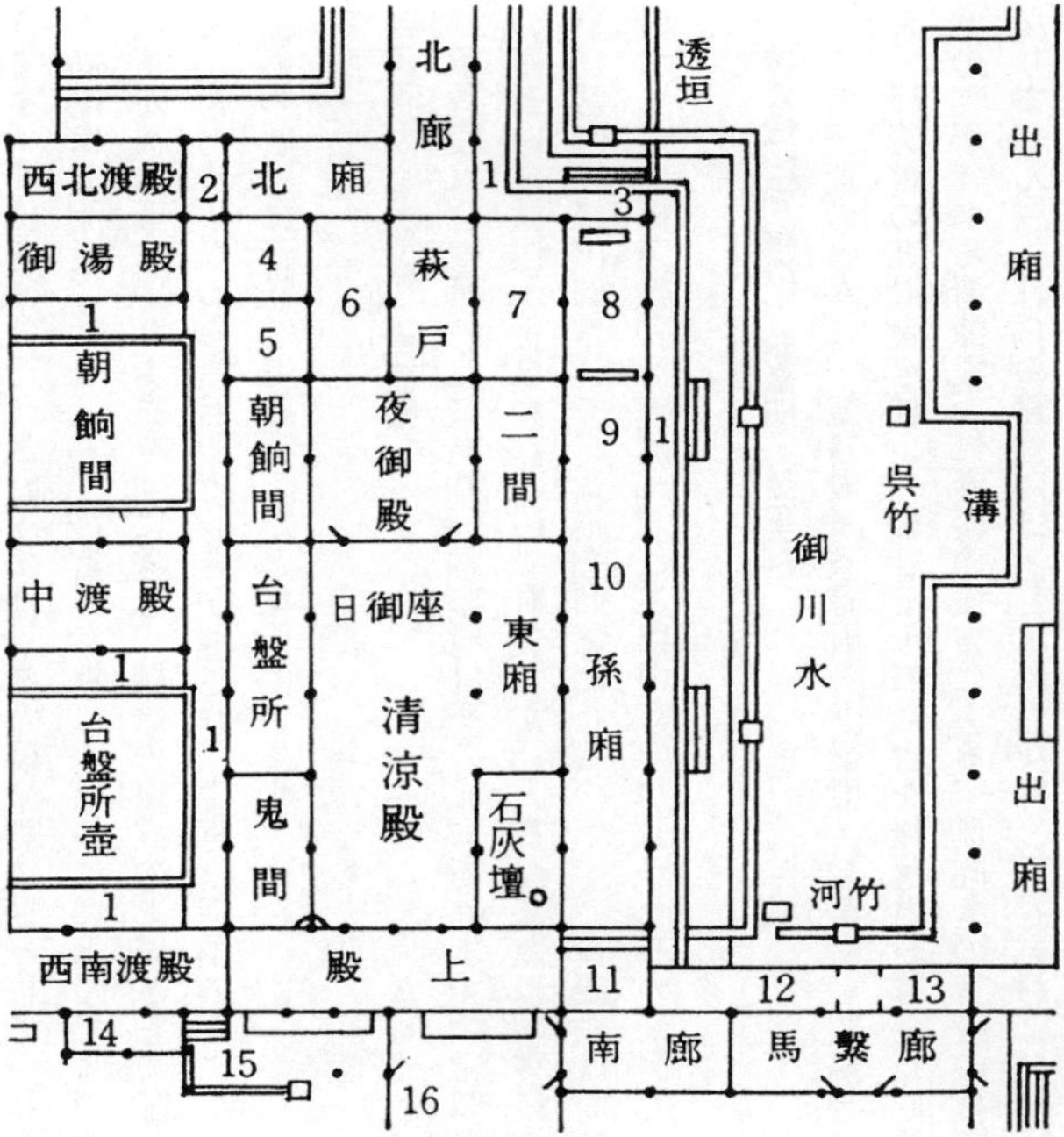

清涼殿

1簀子　2切馬道　3掖戸　4御湯殿上　5御手水間　6藤壺上御局　7弘徽殿上御局　8荒海障子　9昆明池障子　10額間　11落板敷　12長橋　13切馬道　14主殿宿　15階　16神仙門

きます。前に述べた刀自《とじ》というのは、この後涼殿に主としてつとめたもののようです。この御殿は清涼殿に最も近く、後宮の女性に関係の深い御殿です。物語ではありますが、桐壺帝が後涼殿にいた更衣を他に移し、桐壺の更衣の上局《うえつぼね》として賜わった由が桐壺巻に見え、また女房侍すなわち台盤所で絵合が催され、中宮は朝餉の間にて御覧になり、殿上人は後涼殿の簀子《すのこ》に侍候して拝観したと見えています。

承香殿・常寧殿・貞観殿

承香殿《しょうきょうでん》は仁寿殿《じじゅうでん》の北にあり、常寧殿《じょうねいでん》はその北にあります。常寧殿では五節の舞姫の帳台《ちょうだい》の試《こころみ》という試演が行なわれるので有名です。大嘗会または新嘗祭の折、中の丑の日に、天皇は常寧殿に出御されて、舞姫を御覧になるのです。貞観殿《じょうがんでん》はその北にあり、皇后宮の正殿ですが、御匣殿《みくしげどの》ともよばれ、ここに中宮庁がおかれるのが例です。

麗景殿・宣耀殿・弘徽殿・登華殿

この三殿のほかに、麗景殿《れいけいでん》・宣耀殿《せんようでん》・弘徽殿《こきでん》・登華殿《とうかでん》・昭陽舎《しょうようしゃ》・淑景舎《しげいしゃ》・飛香舎《ひぎょうしゃ》・凝華舎《ぎょうかしゃ》・襲芳舎《しほうしゃ》の九殿舎を加え、合せて十二殿舎を後宮と総称いたします。後宮とは、主上の常の御所である清涼殿・仁寿殿の後方にある、奥向きの宮殿の称であることはいうまでもありません。これらの殿舎には、どれにも女御・更衣方および後宮に奉仕する女房の曹司《ぞうし》がありました。平安時代の女流文学は、すべてこの後宮を舞台として語られているのです。

昭陽舎・淑景舎

昭陽舎は庭に梨の木が植えられているところから梨壺ともよばれます。いわゆる梨壺五人が『後撰集』を撰んだのはここです。淑景舎は庭に桐の木を植え、桐壺とよばれます。桐壺巻に「御局は桐壺なり。あまたの御方々を過ぎさせ給ひつつ……」とあって、清涼殿からの距離の遠いことがわかります。『栄花物語』初花の巻に「中姫君十四五ばかりにならせ給ひぬ。春宮に参らせ奉り給ふありさま、花々とめでたし。……淑景舎にぞ住ませたまふ」とあるのは、関白道隆の二女、原子、三条天皇の女御のことですが、『枕草子』に「淑景舎東宮にまゐり給ふ云々」とあるように、淑景舎女御とも、単に淑景舎とも称しました。その称呼は『栄花物語』にもしばしば見えています。

飛香舎

飛香舎は藤壺ともいいます。藤・菊・紅葉・女郎花などが植えられました。藤壺女御と申す方はすべてここに住まわれたのです。彰子のことを輝く藤壺と申すのは、彰子がこの藤壺に住まわれたからです。『栄花物語』歌合の巻に、この藤壺で藤の花の宴を開かれ、殿上人が琵琶・和琴《わごん》などを合奏した話が見えているように、ここではよく藤の花の宴が催されたのです。

凝華舎

凝華舎は梅壺とも申します。梅が植えられ、その他萩や山吹なども植えられました。『枕草子』に斉信《ただのぶ》のことをしるした条に「梅壺の東おもての半蔀《はじとみ》あげて、ここにといへば、めでたくぞ歩み出で給へる……御前の梅は西は白く、東は紅梅にて、少し落ちがたになりたれど、なほをかしきに、うらうらと日のけしきのどかにて、人にも見せまほし」とあるのはここのことです。梅壺女御と申した詮子・生子・基子などは、皆この殿舎に住まわれたのです。

襲芳舎

襲芳舎は雷鳴壺《かんなりのつぼ》ともいいます。この庭の木に落雷があって、木が枯れたのに、そのまま取り替えることもなかったので、そうした名があるといわれます。

麗景殿には、麗景殿または麗景殿女御と申す方、たとえば綏子・延子・荘子などが住まわれ、宣耀殿には芳子・娍子が住まわれて宣耀殿女御と申し、弘徽殿には、祇子・義子が住まわれ、同じく弘徽殿女御と申し、登華殿には登子が住まわれ、登華殿の君と申したことが諸書に見えております。

職の御曹司

一条天皇の皇后定子は、よく職《しき》の御曹司《みぞうし》に移り住まわれました。『枕草子』に「職におはします頃」とある段は、すべてここでのできごとが書かれているのです。職の御曹司とは、中宮職の御曹司の意で、『枕草子』には、およそ十七回にわたって、ここでのできごとが見えていますから、注意を要します。

二

今内裏

以上は内裏について述べたのですが、今内裏《いまだいり》についていうべきことがあります。今内裏とは、内裏本宮の炎上などによって、一時仮りに用いられる皇居を申すのです。桓武天皇の遷都以後、およそ百余年、村上天皇の天徳四年に内裏が炎上しました。これが遷都後最初の火災です。その後たびたび焼亡のことがあり、円融天皇の貞元元年に焼失した後は、一時堀川院に遷御され、これを里内裏《さとだいり》または今内裏と申しました。今内裏でも、本宮の称呼が転用されるのが通例で、主上の御座所を清涼殿と申したのをはじめとして、門とか、部屋とか、すべて本宮に準じられました。『枕草子』に「小一条院をば、今内裏とぞいふ。おはします殿は清涼殿にて云々」とあり、また「今内裏の東を北の陣とぞいふ」とあるのなどはその例です。また『枕草子』の内裏の猫の話は、一条院の今内裏でのできごとであろうと思われますが、すでに内裏と同様朝餉の間とか、台盤所とかの名が見えています。また『増鏡』秋のみ山の段に、閑院の里内裏において、歌合の行なわれたことを述べている条を見ますと、寝殿を紫宸殿、西の対を清涼殿、釣殿を安福殿と称しているようです。

里第行啓

またこのように、内裏そのものが移るのではなく、皇后がその里第に行啓されて、久しく御滞在になることもあります。御産とか、御病気とかの場合によくある例です。『紫式部日記』は、中宮彰子が御産のために里邸の土御門殿に移御された時の日記が中心をなしております。『枕草子』にも、三条の宮・二条の宮・小二条の宮などに出御された記事があります。こういう場合には、里邸は「中宮」または「宮」と称せられます。『権記』に「参中宮」とあるがごときはこれです。こういう時、女房は、しかるべき身分のものはことごとくお伴をしました。『紫式部日記』に、十一月十七日、中宮内裏に入御の時のことを「御輿には、宮の宣旨のる。糸毛の車に殿の上、少輔の乳母、わか宮いだき奉りてのる。大納言、宰相の君、こがねづくりに。次の車に、小少将、宮の内侍。つぎにうまの中将とのりたるを、……とのもりの侍従の君、弁の内侍、次に左衛門の内侍、殿の宣旨、式部とまでは、次第知りて、次々は例の心々にぞ乗りける」としるしており、また皇后定子が、大進平生昌《だいじんたいらのなりまさ》の家すなわち三条宮に行啓された時のことを、『枕草子』に「東の門は四足になして、それより御輿は入らせ給ふ。北の門より、女房の車共もまた陣のゐねば入りなむと思ひて、頭《かしら》つきわろき人も、いたうも繕はず……」としるしているのを見ると、女房はそれぞれ牛車に乗ってお伴したのです。

第五章　宮仕えの動機

一

摂関の家の女子

平安時代の宮廷の女性たちは、女官すなわち女性の官吏であり、地位の低いものは奥女中のようなものでしたが、高官の人もあり、また中には侍講のような人もあり、帝室技術員のような人もありました。では、これらの女性たちはどんな目的で宮仕えをしたのでしょうか。まず第一に、その婦人の立身出世、ひいてはその家の繁栄のために進んで宮仕えをするという場合があります。摂政・関白・大臣などは、才色秀でた女子を後宮に奉り、幸いにして、女御となり、中宮に立つことができれば、一身の名誉であるとともに、一家の繁栄の基でもありました。ことに皇子の御生母となり、しかもその皇子が御位に立たれるような場合には、いわゆる外戚として、一世の尊敬と勢望とを集め、国家の柱石たるの自信をもって、朝政を補佐することができたのです。

一般の女官

摂関の家の女子が、後宮に出仕する場合は、おもにこうした理由によるのですが、普通の公卿や殿上人なども、程度の差はあれ、そのような幸福を念じながら、その女子を後宮に奉仕させる者も多かったのでしょう。仮作物語ではありますが、桐壺更衣も「生れし時より、思ふ心ありし人にて、故大納言今はとなるまで、ただこの人の宮仕の本意必ず遂げさせ奉れ。我なくなりぬとて、口をしう思ひくづほるなと、かへすがへすいさめ置かれ侍りしかば、はかばかしう後見思ふ人なきまじらひは、なかなかなるべきことと思ひ給へながら、ただかの遺言を違へじとばかりに、いだし立て侍りしを……」とあるような事情で宮仕えしたのです。これはひとり桐壺更衣に限られたことではありません。

次に後宮に列するというような、おおけない希望をいだくというのではなく、宮仕えをしているうちに、しぜんと思いがけぬ幸運に遭遇するかもしれないというような、漠然とした希望や、生活のたずきとするというような考えも、中﨟、下﨟の階級には当然あったことでしょう。

清少納言の宮仕え観

以上は、宮仕えの目的のなかに実利的な意味の認められる場合について述べたのですが、宮仕えの目的は、けっして単に立身出世にあるのではありません。このほかに、宮廷において、高い教養が求められたということが、もっと重要なものとして考慮されねばならないのです。清少納言は、『枕草子』において、その宮仕え観をば次のように述べています。

おひ先きなく、まめやかに、えせざいはひなど見てゐたらむ人は、いぶせくあなづらはしく思ひやられて、なほさりぬべからむ人の娘などは、さしまじらはせ、世の有様も見せならはさまほしう、内侍のすけなどにて、しばしもあらせばやとこそ覚ゆれ。……上などいひてかしづきすゑたらむに、心にくからず覚えむ、ことわりなれど、又うちの内侍のすけなどいひて、折々うちへ参り、祭の使などに出でたるも面だたしからずやはある。さて籠り居ぬるはまいてめでたし。

〔大意〕 将来の見込みもなく、頼もしげのない夫をもって、愚直に本物でもない結婚の幸福に酔うているような人は、きづまりで、軽蔑したくなる。やはり、しかるべき人の娘などは、宮中に奉公させ、世間のありさまも見習わせてやりたい。しばらくの間でも、典侍などにしておきたいと思う。……夫人などといって、人にも見せず、たいせつにかしずいている場合、奥ゆかしからず思うだろうが、それももっともではあるが、また妻は禁中の典侍だなどといって、折々宮中に参内し、賀茂祭の使いに立ったりなどするのも、夫としては面目ないことがあろうか。それほどの格式をもちながら、しかも、つつましやかに人妻として落ち着いているなら、ましてりっぱである。

これは清少納言が、宮仕えの意義を説いたものですが、この文によって見ますと、宮仕えは、単に職業というだけではなく、現代的にいうならば、女子の高等教育の機会です。宮仕えにおいて、女子の見聞が広められ、教養が深められ、また人格が鍛えられるのです。現代の婦人の職業でも、単に物質的な収入の多少ということ以上に、その職業が精神生活に及ぼす意義、そういうことがいっそう重んぜられているように見うけられますが、それは当然のことでしょう。職業は楽しみつつ、喜びつつ営まれるべきものであり、生活を豊かにし、人格を築くものとしてなされるべきものでしょう。これは今も昔も変わりません。

清少納言は、同じ段の中で、次のようなこともいっています。

宮仕する人を、あは〳〵しうわろき事にいひ思ひたる男などこそ、いとにくけれ。げにそもまたさる事ぞかし。かけまくもかしこき御前を始め奉りて、上達部・殿上人・五位・四位は更にもいはず、見ぬ人は少くこそあらめ。女房のずさ、その里よりくる者、をさめ、御厠人のずさ、たびしかはらといふまで、いつかはそれを恥ぢ隠れたりし。

〔大意〕　宮仕えする婦人を、軽薄な、悪いことに、言ったりまた思ったりしている男などは、実ににくらしい。しかし、それももっともな点がある。なぜといえば、宮仕えする女房は、かけまくもかしこき主上をはじめ奉り、上達部・殿上人・五位・四位は申すまでもなく、それ以下の人で会わないという人は少なかろう。女房のお附きの者、女房の里から上がってくる者、さては長女や御厠人の従者、たびしかわらといったような、下賤のものまでも、けっしてきらい隠れるということはない。だれにでも会うのである。だから、世ずれて、軽薄だなどと誤解されるのだ。

これは清少納言の女子高等教育観でもあり、職業婦人観でもありますが、注意すべき見解だと思います。宮仕えということの結果は、どうかすると世間ずれがしたり、純情や感激がうしなわれたりしやすい欠点がありますが、しかし、それ以上に見聞を広め、体験を深め、精神生活を豊かにすることのできる長所もあります。宮中出仕ということは、結婚前の婦人の高い教養として、またとないものであるというのが、清少納言の見解であるとともに、教養ある婦人の一般の見解であったと思われます。

二

和泉式部や、清少納言や、紫式部のような才女は、宮廷という場所に、より高く美しいものを求めたのでしょう。三人とも、後宮に奉仕した時は、ほぼ三十歳前後であったと思われます。かれらは普通のように結婚したが、あるいは夫と死別し、あるいは故あって離婚しました。しかもかれらには、それぞれ、小式部・小馬・大弐三位とよばれる娘がありました。女子に経済上の実力が全然与えられていなかったその当時において、これらの女性が再婚という手段をとらないで、経済的に独立して、子女を育てていくということは、たいへんなことであり、それはほとんど不可能に近いことでした。後宮奉仕という生きる道は、当時の女性にとって、こういう物質的な意味においても、きわめて必要な道であったのでしょうが、それよりも、もっと精神的な意味において必要な道であったと思われます。

古くは伊勢《いせ》の御《ご》、下っては和泉式部や、清少納言や、紫式部などによって代表されているその当時の女性にとって、現実の生活は、必ずしも幸福ではなかったと思われます。この世は無常な、そして不完全な世界であるという生活体験は、厭離穢土《おんりえど》という仏教の思想と結びついて、一種の厭世観をかもし出したのですが、こういう体験は、また一方には理想的な生活をはげしく希求する原因ともなりました。こうして、一にはこの世を捨てて仏門に帰し、一には現世における、より高い世界を思慕することになったのです。そして、現世における理想的な最高の世界というのは、前にも述べたように、実に宮廷にほかならなかったのです。

才女の後宮憧憬

一条天皇の御代においては、後宮にお二方が並び立たれ、双方に才女が集められました。才女はいかなる方法によって選ばれ、また集められたか、今日ではよくわかりませんが、おそらく多くの場合は、宮のほうから、適当な人を、尋ね求められたのでしょう。普通の官吏のように、自己推薦をしたり、採用されるように運動したりするようなことは、下臈ならいざ知らず、才女ともいわれるかぎりの女性たちは、まずしなかったであろうと思われます。

紫式部の後宮奉仕

たとえば紫式部などは、一条天皇の御乳母（＊中世の伝承による）という関係か、または『紫式部日記』に「中務の宮わたりの御ことを御心に入れて、そなたの心よせある人と思して……」とあるように、中務卿具平親王との姻戚関係か、あるいは『源氏物語』の作者という名声かによって、お召しを受けたものではないでしょうか。もちろん、そのお召しは、かれらにとって名誉であり、喜びであったに相違ありません。紫式部もその宮仕えの喜びを、その日記の中に「御有様などの、いとさらなる事なれど、憂世のなぐさめには、かかる御前をこそ、たづね参るべかりけれと、うつし心をばひきたがへ、たとしへなく、よろづ忘るるにも、かつはあやしき」と告白しているのです。

第六章　宮廷の行事

一

後宮十二司の職制・日中行事

宮廷に奉仕した女性たちは、どんな仕事をしたのでしょうか。それは、後宮十二司の職掌によってだいたい知ることができます。そのおもなものは、食事・掃除・裁縫・衛生・調度・図書・楽器・鍵・燈火・薪炭など一般の庶民の家政と同じようなものがあげられます。その次第は、順徳天皇の『禁秘抄』に示されているのや、後醍醐天皇の『日中行事』に示されているのによって、知ることができます。禁中では、卯の時（午前六時）主殿司《とのもりのつかさ》があさぎよめ、すなわち掃除をはじめ、蔵人が御殿の格子を上げます。調度を整頓し、茵《しとね》を敷き直し、簾を上げます。あさぎよめが、上下《かみしも》すべて終わると、蔵人《くろうど》どもは殿上に侍候します。辰の時（午前八時）主殿司が御湯をたてまつります。すましという女官がこれをととのえ、内侍（掌侍で勾当内侍である）が、御湯のあつさ、ぬるさをさぐり、御湯のことに奉仕します。御湯を召されてから、典侍もしくは上臈の女房が湯かたびらを奉ります。この間、鳴弦《めいげん》が行なわれるのが本儀です。やがて御手水の間で直衣《のうし》を召されます。主水司が御手水をさし上げ、命婦・蔵人二人が簀子《すのこ》に侍候して奉仕します。これが終わってから、石灰《いしばい》の壇《だん》に出られて、辰巳に向かい伊勢の皇大神宮を御拝になります。

次いで朝餉《あさがれい》の御膳を供します。まず得選《とくせん》という女官が御台をもって台盤所《だいばんどころ》にまいり、おもの棚の上に置きます。陪膳の女房（三、四位の上臈女房）が、朝餉のはしのたたみに侍候します。次いで殿上人（四位五位六位の人）が殿上で台盤を行ないます。台盤を行なうとは飲食をたまわることであります。台盤の事が終わって、蔵人所町屋（校書殿の西、後涼殿の南にある）におり、日給の事があります。日給とは殿上人の当番非番を紙に書いて、それを日給簡にはることであります。終わっておのおの宿直《とのい》装束を改めますが、それから後は、宿直姿の人は殿上に臨まないことになっています。

陪膳の人がひとまず殿上に侍候し、蔵人の合図を待っている間に、蔵人が二人、台盤をかき、日の御座にすえます。御膳を供する人が鬼の間《ま》の御障子をはいる時、警蹕《けいひつ》がとなえられます。その詞《ことば》は「おし」というのであります。『枕草子』に「日の御ましの方には、御《お》膳《もの》参る足おと高し。けいひちなど、『おし』といふ声きこゆ……」とあるのはこれです。こうして蔵人は台盤所の簀子に、高欄《こうらん》に手をかけて、「おものまゐりぬ」と奏しますと、主上は大床子《だいしょうじ》につかれて聞こし召されるのです。朝の御膳は午の刻（十二時）で、夕の御膳は申の刻四時ですが、作法は同じことです。

夜になりますと、掌燈手に持って行く脂燭の類を持って、所々の燈籠に火をともします。まず仁寿殿《じじゆうでん》の露台の燈籠二つ。清涼殿の燈籠五つ。額《がく》の間《ま》を除き、それから南の方へ四間《ま》ごとにあります。燈籠はすべて蘇芳の綱にかけてあります。小板敷の前の小庭や渡殿《わたどの》などの燈籠にもともします。

蔵人が御格子をおろし、御手水《みちょうず》の間・台盤所に各一つずつの高燈台、その他所々の燈台をともします。夜《よる》の御殿《おとど》のかいともし手燭の類かは、内侍が御手水の間から持ってきて、四隅の燈籠に火をうつします。殿上の日給の簡を封じます。封ずるとは袋におさめることです。また御倚子《ごいし》のおおいをいたします。

亥の刻十時になりますと、蔵人は下格子をさし、簾をたれ、第二の間以下の燈籠を内に取り入れ、鉤金にかけます。御硯の箱をとり、上に御剣を加え、大床子の御厨子の上に置きます。終わって鬼の間から出て、鳥居障子をひきたてて、殿上の間に帰って行きます。

その後、殿上《てんじょう》の名《な》対面《だいめん》の事があります。蔵人頭《くろうどのとう》は、清涼殿の孫廂《まごびさし》の南の端に、殿上人は上の戸の口、六位は壁のもとにそれぞれ侍候し、滝口《たきぐち》は北の戸からはいって、前庭に立ちます。六位の蔵人が「たぞ」または「たれたれか侍る」と問うに対して、殿上人はおのおの名のりをします。滝口もまた弦《つる》うちをして、おのおの名のりをすることになっています。

『枕草子』に「殿上の名対面こそなほをかしけれ。……足音どもしてくづれ出づるを、上の御局の東おもてにて耳をとなへて聞くに、知る人の名のあるは、ふとれいの胸つぶるらむかし」とあるのは、この時のことをいっているのです。

主上が夜の御殿に入御《じゆぎよ》された後、殿上人は鬼の間にまいり、和琴《わごん》などを枕にして臥します。うえぶしすなわち宿直の蔵人は、夜の御殿のさし油をして、終夜燈火の消えぬようにします。これは、この御殿内に剣璽を安置してありますので、常に燈火の消えぬようにせられるならわしだからです。

以上は清涼殿における日常恒例の行事であって、後宮の行事ではありませんが、だいたい準じて考えてさしつかえはありますまい。後宮の場合は、男官の代わりに女官がそれぞれ奉仕しました。

二

臨時または恒例行事

日中行事のほかに宮中では臨時または恒例の行事が行なわれます。その最も重い御儀たる践祚《せんそ》・譲位・即位の大礼をはじめ、大嘗祭・立后・立太子式などのたいせつな典礼はいうまでもなく、皇子または皇女の降誕・産養《うぶやしない》・五十日《いか》・髪置《かみおき》・深批《ふかそぎ》などの儀、袴着《はかまぎ》または裳着《もぎ》の儀、元服の儀、成婚の儀、算賀《さんが》・大葬・諒闇《りようあん》などの儀があります。それらの儀式は、不定の日時に行なわれますが、そういう場合にも、女性はそれぞれ奉仕しました。いうまでもなく、『紫式部日記』は一条天皇中宮御産の前後の模様をしるしたものであり、『讃岐《さぬき》典侍《のすけ》日記』は堀河天皇崩御の前後の模様をしるしたものであり、『中務内侍日記』は伏見天皇御即位・大嘗会などの模様をしるしたものですが、ここにも後宮女性の世界があり、後宮文学の環境が展開されているわけです。

朝覲行幸・二宮大饗

また恒例の年中行事は、後宮女性の関与するものは比較的少ないのですが、それでもなお正月二日の朝覲《ちょうきん》行幸は、天皇が上皇ならびに母后に年賀のために行幸し給う儀であり、同日の二宮大饗は、後宮太皇太后、皇太后、皇后、中宮と東宮とで、群臣を召して宴を賜う儀式ですが、それぞれ後宮に関係があります。『栄花物語』に見える枇杷殿大饗などは、その最も著しい例の一つです。

若菜・白馬節会・女叙位・望粥

七日の若菜・白馬節会《あおうまのせちえ》、八日の女叙位《にょじょい》、十五日の望粥《もちがゆ》の節供《せく》などは、『枕草子』に書かれているように、後宮女性の間に、深い関心となっています。春の除目《じもく》のごときは、後宮に関係はないように見えますが、『枕草子』に「除目の頃など、内裏《うち》わたりいとをかし。雪降りいみじうこほりたるに、申文《まうしぶみ》もてありく四位五位、若やかに心地よげなるは、いとたのもしげなり。老いて頭白きなどが、人にあない言ひ、女房の局などによりて、おのが身のかしこきよしなど、心一つをやりて説き聞かするを、若き人々はまねをし笑へど、いかでか知らむ。よきに奏し給へ、啓し給へなどいひても、得たるはいとよし、得ずなりぬこそ、いとあはれなれ」とあるのによれば、女房に斡旋をたのむ者が多かったようです。十四日および十六日の踏歌《とうか》の節会は、『源氏物語』末摘花・初音の諸巻に見え、十八日の賭弓《のりゆみ》は、『蜻蛉日記《かげろうのにつき》』天禄元年三月十日の記事にあらわれて、ともに女流文学に関係の深い行事です。二十一日、仁寿殿で行なわせられる内宴もまた同様です。

子の日・卯杖・卯槌

正月の子《ね》の日に小松を引き、若菜を摘むいわゆる子の日の遊びが、後宮の女性に関係の多い行事であることは改めていうまでもないでしょう。また卯の日の卯杖《うづえ》・卯槌《うづち》は、『枕草子』雪山の段に大斎院宮選子内親王から、中宮定子の御許に御使いのあったことをるし、「御文あけさせ給へれば、五寸ばかりなる卯槌二つを、卯杖のさまに、かしら包みなどして、山橘・日かげ・山菅《やますげ》など、うつくしげにかざりて、御文はなし。ただなるやうあらんやはとて御覧ずれば、卯槌の頭つつみたる小さき紙に、山とよむをののひびきを尋ぬればいはひの杖の音にぞありける」とあり、その他所見がはなはだ多く、後宮女性に関係の多い行事です。

大原野祭・春日祭・石清水臨時祭・賀茂祭

二月からはじまる諸社祭礼も、大原野祭・春日祭・石清水臨時祭・賀茂祭は、あるいは試楽《しがく》に、あるいは行列に、後宮の女性たちの深い関心をもった行事です。なかでも、賀茂祭の行列は、壮観目を奪うに足るもので、上は上皇・女院から、下は匹夫野人に至るまで、京中の貴賤男女は、先を競うて行ってこの行列を見ました。すなわち行列の順路にあたって、両側に桟敷を構え、物見車は路上にみちて、容易に往来することができないくらいで、よく車争いのことがありましたが、この物見のことは、『源氏物語』『今昔物語』『十訓抄』などに見え、『枕草子』にも書かれています。

三

曲水宴・端午

三月三日の曲水《ごくすい》の宴のことは、『西宮記』以下の書に見え、また後世の雛祭の源流となった雛遊びのことは、『中務集』『斎宮女御集』『蜻蛉日記』『枕草子』『源氏物語』などに散見しています。五月五日の端午の節は、主殿寮の官人が南殿をはじめ諸殿舎の軒に菖蒲を葺いたので、後宮女性にとってはなつかしい古典的行事でした。『枕草子』に「せちは五月にしくはなし。さうぶ、よもぎなどのかをり合ひたるも、いみじうをかし。九重の内をはじめて、いひ知らぬ民の住家まで、いかでわがもとにしげく葺かんと、思ひ騒ぎて葺きわたしたる、なほいと様ことにめづらし」といい、『蜻蛉日記』や『讃岐典侍日記』にも、五月の節の記事が見えています。その日奉る薬玉《くすだま》は、『枕草子』に「中宮などには、縫殿より御薬玉とて色々の糸を組み下げて参らせたれば、御帳たてたる身屋の柱の左右につけたり」とあり、その他物語・日記・歌集などにはなはだ多く見えていて、後宮女性にとっても、最も親しむべき季節行事の一つでした。

七夕

七月七日の乞巧奠《きこうでん》は、七夕の星を祭る行事ですが、織女星を織女に擬して、機織る技《わざ》をはじめ、裁縫に上達するように祈り、後には書道や音楽などの上達を祈る意にも転じたのです。また、二星の相会う故事によって、恋愛の成就を祈る風も生まれましたが、いずれにしても、女性に関係の深い行事といえましょう。また、女房の管絃のこともありましたが、それは、『増鏡』十三、秋のみ山の条、元亨二年七月七日の乞巧奠の記事によって明らかです。『源氏物語』幻の巻に、源氏が亡き紫の上をしのぶ条に、「七月七日も例にかはりたること多く、御あそびもし給はで、つれづれにながめ暮し給ひて、星合見る人もなし。まだ夜深う一所におきゐ給ひて……」とあるによっても、この夜、後宮や貴紳の邸宅では、管絃のあそびがなされたもののようです。

盂蘭盆

七月十五日の盂蘭盆《うらぼん》は、「ぼん」または「ぼに」と略称せられ、『盂蘭盆経』に見える目連《もくれん》の故事によって、古くから朝野一般に行なわれました。そのことについては、『蜻蛉日記』や『枕草子』に種々散見しています。

観月

八月十五夜はいわゆる名月で、この夜、観月の宴が催されました。康保三年の御宴には清涼殿の東庭に、絵所《えどころ》が大井川の景色を描いて背景とし、造物所《つくもどころ》が松竹を作って飾り立て、その雄大さはなやかさは、人目を驚かすほどであったということが、『栄花物語』に詳しく書かれています。『源氏物語』の須磨の巻に「こよひは十五夜なりけり。殿上のみ遊び思しいでて……」とあるのは、この観月の御宴をさすのですが、後宮においても、またこれに準じてなされたことは、想像にかたくありません。

重陽・後の明月

九月九日は九が重なるところから重陽《ちょうよう》の節とよばれ、また、菊の節句ともいわれます。この日、天皇は紫宸殿に出御、群臣に宴を賜い、音楽があり、また内教坊の舞妓の奏などのことがあります。なおこの日には菊のきせ綿ということがあります。九月八日の夜、花に綿をおおい、翌日それをとって身体を拭き、老を去る呪《まじな》いとしました。『紫式部日記』に、道長の室倫子から、菊のきせ綿をおくることが見え、『枕草子』その他にも所見がはなはだ多いのです。九月十三日は、いわゆる後の明月であって、菅公の「去年今夜ノ侍ス二清涼ニ一」の詩は、この夜のことであろうといわれています。

雪山

十月、初雪が降りますと、群臣は、必ず天機奉伺のために参内する例がありましたが、一条天皇の御代ごろから、雪山ということがあり、蔵人所の衆や、滝口などが、お庭の中に雪の山を築くことが、『枕草子』や、『源氏物語』や、『狭衣』などに見えています。なかでも、『枕草子』の雪山の記事は最も有名で、あまねく人に知られています。

御帳台の試・御前の試

十一月の行事として、後宮女性に関係の深いものは、新嘗祭をめぐる諸行事でしょう。すなわち中の丑の日に五節《ごせち》の舞姫の御帳台の試《こころみ》があります。これは前にも述べたように、新嘗祭の後の豊明節会《とよのあかりのせちえ》に舞う舞姫の試演を、天皇が常寧殿において御覧になることをいうのです。四人の舞姫は、玄輝門から参入して、袖を五たび翻して一周し、五周をもって終わります。さらに中の寅の日、清涼殿においてふたたび五節の舞の試演をごらんになりますが、これを御前の試と申します。この夜清涼殿の東庭には炬火が昼のように点ぜられます。またこの日には、淵酔《えんずい》ということがあって、公卿殿上人は遊宴のはてに、朗詠・今様《いまよう》などをうたい、後宮の廊などで乱舞したのです。そのさまは『枕草子』『紫式部日記』『中務内侍日記』などに見えています。次いで行なわせられる中の卯の日の新嘗祭、中の辰の日の豊明節会は、ともに重い宮中の典儀ですが、後宮の女性たちの関与することは少なかったようです。

追儺

十二月の行事としては、追儺《ついな》ナヤラヒ、またはオニヤラヒが後宮に最も深い関係をもっています。大舎人寮の官人が、四つ目のある黄金の面をかぶり、朱色の衣裳をつけ、片手に楯《たて》を持って参入し、北廊の戸に出て、大声で無形の鬼を追い、群臣もまた弓で葦の矢を放つのです。『枕草子』『源氏物語』その他、所見の非常に多いものであることはいうまでもありますまい。また節分の夜、すなわち立春の前夜には、方違《かたたがえ》の風習があったことが、『枕草子』や公卿の日記などでわかります。ただし室町時代になると、豆打ちをして鬼を攘《はら》うことになったので、追儺はすたれました。

四

灌仏・御仏名

仏教行事としては四月八日の灌仏《かんぶつ》、十二月十九日の御仏名《おぶつみょう》が最も有名です。灌仏は釈迦誕生の日の法会であって、清涼殿で仏像に五色の水をそそがれる儀式です。また御仏名は十九日から二十一日まで三日間、三世の仏一万三千仏の名号を唱え、六根の罪障を消滅されるものですが、この儀式は、仁寿殿の仏像を紫宸殿に移し、地獄変《じごくへん》の御屛風を立て、親王・公卿・殿上人が参列して、法会を行なわしめられるのであって、『枕草子』その他に多く見える行事です。

行啓・御読経・修法・庚申・御進講

以上は宮廷で行なわれる年中行事のなかから、特に後宮女性に関係の深いものだけを選んであげたのです。後宮の女性は、これらの恒例の行事に参与したほかに、社寺への参詣、御産のための里第御退出、その他の行啓のお供をし、臨時の催し、たとえば、御読経や、修法や、庚申《こうしん》や、歌合その他に参与しました。ことに中﨟以上の女房は、そういう場合が非常に多かったのでしょう。清少納言や紫式部のような人々は、皇后または中宮のお話相手をつかまつり、ときには和漢の文学などを御進講申すようなこともあったようです。

『紫式部日記』に、式部がひそかに中宮に楽府《がふ》をお教えすることが見えているのはその一例とされましょう。すなわちかれらは侍女でもあり、御輔佐役でもあったわけで、この点に、これらの天才的女性と、単なる宮女との相違があるといってよろしいでしょう。

女房の里第退出

これらの女房たちは、ときどき暇をいただいて里に帰ることもありました。里に帰るのは、多くは病気とか、旅行とか、結婚とか、出産とか、服喪とかの場合ですが、ときには同輩との折り合いの悪い場合などにすることもあったようです。清少納言が、道長方に歓を通ずるという風評をたてられたので、意地になって里にこもったことなどもこの一例です。里にいる間は、宮中を慕い、早く出仕したい気持ちに駆られたことは、『枕草子』『紫式部集』『紫式部日記』などによって知ることができます。後宮はかれらにとって、楽しい宮仕え所でしたが、また同僚たちの折り合い、いわゆる「まじらひ」ということは、相当にむつかしく、ときにはいろいろな噂をたてられたり、嫉妬をうけたりしたことも多かったらしく、物語の類や、家集などにそのようなことがときどき見えています。それにもかかわらず、かれらは宮仕え生活のなかにのみ生きる喜びを見いだし、それがなくては、精神生活のよりどころを失うほど、たいせつに考えていたようであります。

第七章　公家の住宅

一

寝殿造り

平安時代の貴族の住宅は、寝殿造《しんでんづく》りという建築様式によっています。寝殿造りというのは、寝殿を中心として、対屋《たいのや》・泉殿・釣殿・雑舎《ぞうしや》・車宿《くるまやどり》・総門・中門・築山・池・遣水《やりみず》などによって構成される一構えの邸宅のことです。

寝殿

寝殿造りは南面して造られます。中央に寝殿があって、その北に北の対、東に東の対、西に西の対が設けられ、それはどれも廊《ろう》によって連ねられています。寝殿の南には中庭、または小庭があって、築山を築き、池を掘り、その池には中島を作り橋を架します。池には水を引いて遣水を流します。東の対から南へ廊を造り、西の対からも同様に廊を造って、池に臨んで釣殿を設けます。この廊の中間には、切り通しの部分があって、そこに中門があります。また中門の近くには車宿が設けられます。東西の廊は、東の渡殿、西の細殿なども呼ばれます。ここに家司《けいし》の詰所があって、従者なども伺候する場所です。邸の北方に雑舎を設け、邸宅の周囲は築土《ついじ》をめぐらしています。

寝殿造りについては、平安時代の建造物がそのまま残っていませんので、その実際がはたしてどのようなものであったか、正確に信ぜられるものがないのは残念なことです。江戸時代に著わされた『家屋雑考』は、参考書として重要なもので、一般には多くその説が用いられているのですが、それもひととおりの形式をあげたものと見るべきで、当時のすべての邸宅が一様にあのままだったとは考えられません。住む人の門地により、地形のいかんにより、敷地の広狭により、あるいは経済力により、また趣味教養の差によって、それぞれ大いに異なるところがあったに違いありません。ここには、その原則的なものについて概略を述べ、平安時代の女性の生活や文学を考えるための参考といたしましょう。

二

寝殿とは正殿の意で、もちろん寝室の意ではありません。元来、唐の名称を借りたもののようです。主人の居間や客間にあてられる建物で、南面して造られます。

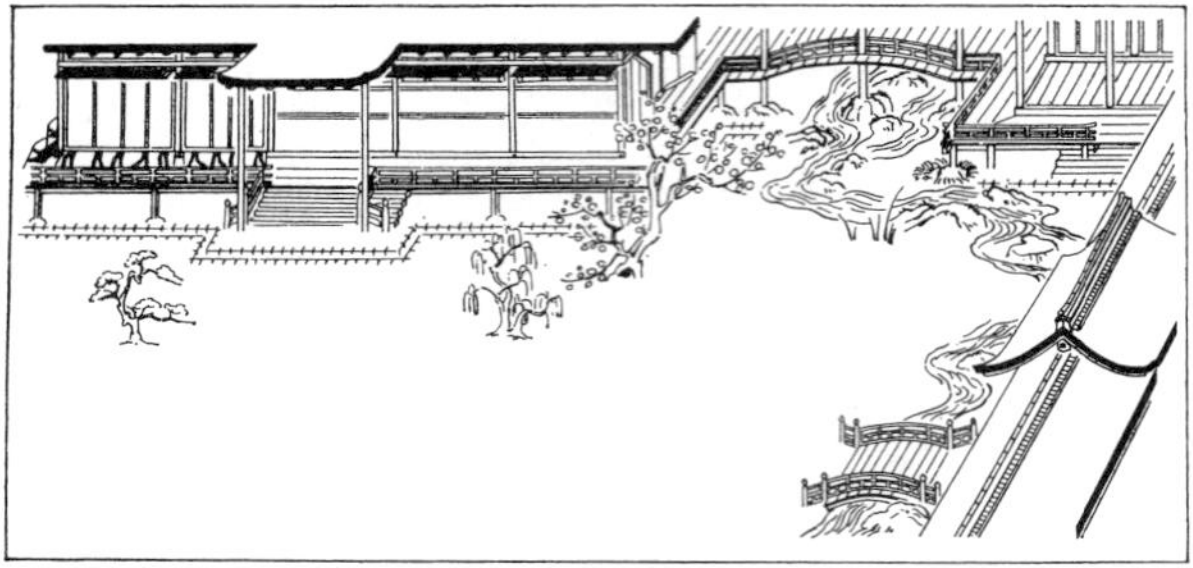

寝殿南面

母屋

寝殿は屋根は四阿造《あずまやづく》り、檜皮葺《ひわだぶ》きです。多くは七間四面で、『源氏物語』紅梅の巻に「七間の寝殿ひろくおほきに造りて……」としてあるのが、それです。中央に母屋《もや》身舎があり、母屋の外側に廂《ひさし》、さらにその外側に簀子《すのこ》があります。殿内は総板敷きで、柱は円柱です。母屋と廂との間は円柱の列によって区別されるだけですが、ときには格子をはめることもあります。廂と簀子との境には格子をはめ、四隅に妻戸とよぶ扉式の戸を設けます。簀子は廂よりも一段低くなっていて、この境界の部分が長押《なげし》です。簀子は、広さ五尺を普通とし、簀のように少しずつ間をあけて板を敷いたものです。簀子の端に高欄《こうらん》を設けます。南面の中央に五段の階段があって、その両側にも高欄をとりつけます。階段の上をおおうために、屋根を突出してあるものを階隠《はしがくし》とよびます。また東西の妻戸の前にも、階段があります。

母屋《もや》はオモヤの略で、主屋ということでしょう。面屋でもなく、また身屋《みや》の転でもないと思います。大きさは五間四面とされています。

廂

廂は広廂《ひろびさし》とも広縁ともいい、大床《おおゆか》ということもあります。また普通の廂の外へ垂木を出して廂とするものを、孫廂といいます。廂には普通天井を張りません。

簀子

簀子はまた簀子縁ともいい、廂より一段低くなっています。板を透かしてはるのは雨露などがたまらないためで、後世の濡縁がこれにあたります。

階・階隠

階は五段が普通ですが、宮殿の場合は十段以上あります。東西の妻戸の前の階には階隠がなく、高欄もありません。普通の出入りには東西の階を用いて正面の階は用いません。また階隠は大臣家以上に限って設けられます。階隠にあたる廂の端、すなわち階を上って、簀子から廂にはいる所を、階隠の間《ま》といいます。

格子

格子は木を細く切って碁盤の目のように組んだもので、柱と柱との間に上下二枚はめます。上の格子には蝶番《ちょうつがい》があって、外側へ水平に引き上げ、懸金で引っかけます。下の格子はそのままにし、またはとり去ることもあります。母屋と廂との間に格子をはめる場合には、内側すなわち母屋のほうへ引き上げます。格子は雨風を避けられないので、その裏側に板を張って、蔀《しとみ》として用いることもあります。

これらの名称については、たとえば『源氏物語』末摘花の巻の、命婦が源氏を案内するところに、

うちとけたるすみかにすゑ奉りて、うしろめたうかたじけなしと思へど、寝殿にまゐりたれば、まだ格子もさながら、梅の香をかしきを見出してものし給ふ。（中略）命婦かどある者にて、いたう耳ならせたてまつらじと思ひければ、「曇りがちに侍るめり。まらうどの来むと侍りつる、いとひがほにもこそ。いま心のどかにを。御格子まゐりなむ」とて（下略）

とあり、また同じ巻に、

日のいとうららかなるに、いつしかと霞みわたれる梢どもの、心もとなき中にも、梅はけしきばみほほゑみわたれる、とりわきて見ゆ。階隠のもとの紅梅、いととく咲く花に

て、色づきにけり。

花宴の巻に、

弁・中将など参りあひて、高欄に背中おしつつ、とりどりに物の音ども調べ合せて遊び給ふ、いと面白し。

また『枕草子』三巻本本文の「風は」の段には、

……あかつきに格子・妻戸をおしあけたれば、嵐のさと顔にしみたるこそ、いみじくをかしけれ。

と見えます。

室礼

母屋でも廂でも小部屋を作る場合は、御簾・壁代・屛風・几帳・障子などの屛障具でしきったものです。こういう設備を「しつらひ」と申します。『源氏物語』夕顔の巻に、

火はほのかにまたたきて、母屋のきはに立てたる屛風のかみ、ここかしこの隈々しく見ゆるに……。

同じく空蟬の巻に、

母屋の几帳のかたびら引上げて、やをら入り給ふとすれど、皆しづまれる夜の、御衣のけはひやはらかなるしも、いとしるかりけり。

また末摘花の巻に、

さすがに人のいふことは、強うもいなびぬ御心にて「いらへ聞えで、ただ聞けとあらば格子など、さしてはありなむ」とのたまふ。「簀子などはびんなう侍りなむ。おしたちてあはあはしき御ふるまひなどは、よも」など、いとよくいひなして、二間《ふたま》のきはなる障子手づからいと強くさして、御しとねうち置きひきつくろふ。

などと見え、『枕草子』三巻本本文にも、

松の木だち高き所の、東南の格子あげわたしたれば、涼しげに透きて見ゆる母屋に、四尺の几帳立てて、その前に円座おきて……。

としるしているのは、いずれもしつらいのさまです。

塗籠

なお寝殿の中に、塗籠《ぬりごめ》といって、周囲を壁で囲んで、妻戸から出入りする部屋を設けることがあります。調度を納めたり、時には寝所としても用いたことは、『源氏物語』夕霧の巻に、

宮落葉宮はいと心うく、情なくあはつけき人の心なりけりと、ねたくつらければ、若々しきやうにはいひさわぐともと思して、塗籠《ぬりごめ》に御座《おまし》一つ敷かせ給ひて、内よりさして大とのごもりにけり。

とあるのによってもわかります。

放出

また寝殿の放出《はなちいで》については、種々の説がありますが、臨時に障子や遣戸をとり除き、屏風・壁代・御簾などで母屋を廂や簀子にまで広げることをいったようです。『落窪物語』に「寝殿の放出のまた一間なる、落窪なるところの二間なるになむ住ませ給ひける」とあるのがそれで、また『源氏物語』には、若菜上に、

南のおとどの西の放出に御座よそふ。屏風・壁代よりはじめ、新しく払ひしつらはれたり。(中略)若菜まゐりし西の放出に御帳たてて、そなたの一二の対、渡殿かけて、女房の局々まで、こまかにしつらひみがかせ給へり。

と見え、梅枝の巻にも、

大臣源氏は寝殿にはなれおはしまして、承和の御いましめの二つの方を、いかでか御耳には伝へ給ひけむ、心にしめて合せ給ふ。上紫上は、東の中の放出に、御しつらひ殊に深うしなさせ給ひて、八条の式部卿の御方を伝へて、かたみにいどみ合せ給ふ……。

などと見えています。

三

対の屋

対の屋は寝殿の東・西および北にある別棟の建物で、その大きさや構造は、だいたい寝殿と同様です。ただそれよりも簡単で、階隠などもありません。東の対を一の対、西の対を二の対ともいい、東西の対には子女や家司が住み、北の対には夫人が住みます。北の方というのはそれによるものです。これらの対の屋は数に定まりはなく、たとえば『栄花物語』の根合の巻に「北の一の対」とあり、『宇津保物語』の蔵開の巻に「東の一二の対」、『源氏物語』若菜上の巻に「そなた（西）の一二の対」とあるように、必要に応じて幾棟でも建て並べたものでしょう。また一つの対の屋を大きく造って、これを各室にしきり、それぞれに人を住まわせた例は、『源氏物語』松風の巻の、次の例でもわかります。

> 東の院つくり立てて、花散里と聞えし、移ろはし給ふ。西の対、渡殿などかけて、政所・家司など、あるべき様にしおかせ給ふ。東の対は、明石《あかし》の御方と思《おぼ》し掟《おき》てたり。北の対はことに広く造らせ給ひて、かりにてもあはれと思して行末かけて契り頼め給ひし人々の集《つど》ひ住むべき様に、隔て隔てしつらはせ給へるしも、なつかしう見所ありてこまかなり。寝殿はふたげ給はず、時々渡り給ふ御休みどころにして、さる方なる御しつらひどもしおかせ給へり。

泉殿納涼の図（扇面古写経下絵）烏帽子・枕・守刀など

泉殿・釣殿

泉殿と釣殿とは、東西の対の屋から廊を隔てて南端に、それぞれ池に臨んで作られ、東を泉殿とし、西を釣殿とする、というのが、『家屋雑考』その他、従来の説でした。それによるといずれも方形で、廂がなく、母屋からただちに簀子になっています。釣殿は魚を釣って楽しむためにこの称があるといわれ、泉殿は四方に壁がなく、どちらも、納涼に用いられました。釣殿のことは『源氏物語』常夏の巻にも「いと暑き日、東の釣殿に出で給ひて涼み給ふ云々」と見えています。

ところで泉殿ですが、これは、実は扇面古写経の下絵（上図参照）によって見られるように、床下から泉がわき出るように造られた納涼用の建物です。従来の説は釣殿を誤ったもので、釣殿は西と限らず、東にもあったことは、右の常夏の文でも知られます。

四

廊

廊は上にあげた各種の建物を連結する一種の廊下で、渡殿ともよばれます。これらの名称が示すように、廊は、今日いう廊下とか、渡廊下とかいうものとは違って、そこに座を設けたり、時には宿ることもできるようになっていて、片側を部屋とし、外側に簀子を設けたものです。『紫式部日記』に「渡殿にねたる夜云々」と見え、また『源氏物語』帚木の巻には「門近き廊の簀子だつもの……」とあるのがそれです。

渡殿・馬道・打橋

渡殿のうち、両側を壁でおおったものを壁渡殿といい、両側をおおわずに、高欄をつけたままで見透かされるものを透廊《すきろう》といいます。また高欄もなく、板をわたしただけのものもあって、これを馬道《めどう》といい、廊の途中の、土間になっている所へ渡すものを打橋といいます。『源氏物語』桐壺の巻に、

まうのぼり給ふにも、あまりうちしきる折々は、打橋・渡殿、ここかしこの道にあやしきわざをしつつ、御送迎の人の衣の裾、たへがたうまさなきことどもあり。またある時

は、えさらぬ馬道の戸をさしこめ、こなたかなた心を合せて、はしたなめわづらはせ給ふ時も多かり。

とあるのが、それです。馬道については、なお真木柱の巻にも「承香殿の東おもてに御局したり。西に宮の女御はおはしければ、馬道ばかりの隔てなるに云々」と見えていて、だいたいの様子がわかります。

中門

中門は車の往来に便利なように作られた門で、廊の切り通しの部分に設けられたことは前述のとおりです。『枕草子』三巻本本文に、

よき家、中門あけて、檳榔毛の車しろくきよげなるに、蘇芳の下簾、にほひいときよらにて、榻《しぢ》にうちかけたるこそめでたけれ。

と見えています。

雑舎

雑舎は下屋《しもや》ともいい、寝殿の北方にあります。今のお勝手にあたり、雇人がいて、厨などもあり、また納屋にも使いました。『源氏物語』帚木の巻に「下になん湯におりて云々」とあるのによれば、湯殿なども雑舎に設けたものでしょう。蓬生の巻には常陸宮の荒廃の

さまを、

八月野分荒かりし年、廊どもも倒れ伏し、下の屋どものはかなき板葺なりしなどは、骨のみわづかに残りて、立ちとまる下衆だになし。煙絶えてあはれにいみじき事多かり。

と述べています。また『宇津保物語』の蔵開の巻には「ただ宮の家司ども集まりて、妻子ひきゐて、あるは下屋に曹司しつつあり」と見えていて、雑舎の様子や、その用途などが察せられます。

車宿

車宿は中門の外にあって、主人や来客の車を入れる所とされました。『枕草子』に、また、必ず来べき人の許に、車をやりて待つに、来る音すれば、さななりと人々に出て見るに、車宿にさらに引入れで、轅《ながえ》ほうとうちおろすを……。と見え、また『和泉式部日記』には「御車ながら、人も見ぬ車宿に引立てて、入らせ給ひぬれば」と見えています。

五

四足門・棟門・平門・土門

邸の総門は、親王家や大臣家は四足門で、これは門柱の前後に二本ずつ袖柱のある門をいいます。実際の柱の数は六本あるわけです。一般には棟門・平門あるいは土門などが設けられました。棟門は二脚で、棟を高く上げた門、平門は屋根の上をやや平たく作った門をいいます。また土門とは一名上土門《あげつち》といい、平門の上に漆喰《しっくい》を上げたものです。

なお、四足門について、『枕草子』に、

大進生昌が家に、宮の出でさせ給ふに、東の門は四足になして、それより御輿は入らせ給ふ。

とありますが、生昌が中宮大進くらいの身分で、四足門を作ったのは、中宮をお迎えするために、特に臨時にこれを設けたものと考えるべきでしょう。

庭園については、別の章に譲り、最後に邸の周囲をめぐらす築土について一言述べましょう。築土は築墻とも書き、土を築いて作りました。屋根を瓦で葺いたものもあり、また葺かないものもあります。

築土

築土はこのように土を築いたものですから、荒れやすく、また草などが生えることも非常に多く、『枕草子』に「人にあなづらるるもの、築土のくづれ」としるされているのをはじめ、邸内の荒廃をなによりもよく示すものとして、しばしば文学の題材となりました。『源氏物語』須磨の巻の、源氏が花散里を思いやる条に、げに葎《むぐら》よりほかの後見もなきさまにておはすらむと思しやりて、長雨に築土ところどころ崩れてなど聞き給へば、京の家司の許に仰せつかはして、近き国々の御庄の者など催させて……。

と見え、また蓬生の巻には「柳もいたうしだりて、築土もさはらねば乱れ伏したり」と述べて、常陸の宮の荒廃を描いています。『和泉式部日記』に見える次の文章も自然描写として印象的なものでしょう。

夢よりもはかなき世の中を歎きつつ、あかし暮す程に、はかなくて四月十日あまりにもなりぬれば、木の下暗がりもてゆく。はしの方をながむれば、築土の上の草青やかなるも、ことに人は目とどめぬを、あはれにながむる程に……。

以上、寝殿造りについて、きわめて概観的に述べてきました。いちいちのことについては、なお多く研究の余地があることはいうまでもありません。

第八章　食事と食物

一

食事の時刻と回数

平安時代には食物のことを、クヒモノ・タベモノ・ヲシモノ・ケなどと称しました。まず食事の時刻や回数についていいますと、この時代には、定まった食事は一日二回とされています。古く、『日本書紀』の雄略天皇の条にも、「朝夕御膳」とありますが、天皇が召される正式のお食事、すなわち内膳司が供する大床子《だいしょうじ》の御膳《おもの》は二度とされています。食事の時刻は、『禁秘抄』に、『寛平御遺誡』を引かれて、朝は巳の刻午前十時、夕は申の刻午後四時に召されるといっておられます。もっとも『日中行事』には「朝の御膳は午刻也……申の刻に夕の御飯まゐる」とあって多少違いがあります。なお『九条殿遺誡』には「朝暮膳、如レ常勿二多喰飲一、又不レ待二時剋一、不レ可レ食レ之」と見えていて、食事の時刻の厳守が重んぜられたことがわかります。また食事の様子は、『餓鬼草紙』や『前九年合戦絵巻』に描かれています。

獣肉食

平安時代にはどんなものが食用に供されたでしょうか。主として穀類・野菜・鳥肉・獣肉・魚肉などであったらしく、その名は『和名抄』や『北山抄』などに見えています。

上代には牛馬の肉を食べることを穢《けが》れとしませんでしたが、天武天皇の四年四月に、牛・馬・犬・猿・鶏の肉を食うことを禁ぜられ、聖武天皇の天平十三年二月には、牛馬の屠殺が禁止されています。また『今昔物語』十五には、北山の餌取《えとり》法師が牛馬の肉を食った話、西国の女が牛馬の肉を食うのを廻国修行の僧が見た話などを、奇譚として載せていますから、平安時代には、牛馬の肉は一般には食べなくなっていたものでしょう。もっとも『続古事談』四や『江談抄』二などの記事によりますと、猪や鹿の肉は使われたようですが、これも雉や鴨の肉を代用するのが普通で、公然と用いられたものではないようです。

庖丁

料理ということは、『類聚国史』や『高橋氏文』に見えていますから、古くからあったことなのでしょう。『和名抄』には「魚鳥ヲ料理スル者、之ヲ庖丁ト云フ」とありますが、この「庖丁」という語は、もと『荘子』に、庖厨のことをよくした丁子という者の故事によって、料理の上手を庖丁人といい、使用する刀を庖丁といったものです。『徒然草』にも山蔭中納言を「庖丁者の初なり」といっています。

庖丁者が貴人の前で魚などを料理したことは、『源氏物語』の常夏の巻に、

いと暑き日、東の釣殿にいで給ひて涼み給ふ。中将の君も侍ひ給ふ。親しき殿上人あまた侍ひて、西川より奉れる鮎、近き川のいしぶしやうのもの、御前にて調じてまゐらす。

とあるのによっても知られます。また、『古事談』一には鳥羽院の御前で酒宴が催されたとき、刑部卿家長が庖丁を奉仕したことが見え、『古今著聞集』十八に、白河院の行幸の折、右兵衛督家成が御前で庖丁を奉仕し、御感にあずかった由が見えています。また『台記』康治二年十月二十七日にも「源行方庖丁、鯉ヲ割キタルニ、見ル者羨マザルハナカリシ」と述べています。この庖丁には古くから一定の法式があったらしく、『今昔物語』二十八には、紀茂経が旧主のために鯛の苞苴《あらまき》を持参し、庖丁を行なったときの様子を、次のように述べています。

魚箸《マナバシ》削リ、鞘ナル庖丁ヲ取出シテ……俎ノ上ニアラマキヲ置キテ、大鯉ナドヲ作ラムヤウニ、左右ノ袖ヲ引疏《ツクロヒ》テ、片膝ヲ立テ、今片膝ヲバ臥テ……。

後のものですが、『七十一番歌合』の第五十七番には「はうちやうし」として、図を示しています。またこの道の名手のことは、『古今著聞集』十八や『徒然草』などに見えて

おります。

二

主食・飯

まず今日主食といわれるものについて述べてみましょう。

飯をイヒというわけはよくわかりません。メシというのはミヲシをつづめた語ともいわれ、またメシ物の略ともいわれます。『和名抄』には飯という名目はありません。貴人の場合には、もの・おもの・供御・御台などと称します。おものは御膳の訓です。『宇津保物語』の嵯峨院の巻に「御前に白がねのまがりなどとり出でて、おものかしがせ」とあるのはその一例で、御台は、『源氏物語』夕霧の巻に「おほとなぶらなどいそぎ参らせて御台などこなたにてまゐらす」と見えます。

強飯・編糅

飯をたくことをカシグといい、炊の字の訓とします。飯には強飯《こわいい》と編糅《ひめいい》との二種があって、強飯は米を甑《こしき》で蒸したもの、編糅は柔らかくたいた飯です。

強飯は普通は白こわめしで、今の赤飯はこれに小豆をたきまぜたもの、「おこは」の語は、そのなごりです。「こはいひ」の語は『源氏物語』その他によく出てきます。強飯を蒸す甑は、瓦で作り、円形で、底に細かい孔があります。強飯は固くてねばりませんから、椀のほか笥にも土器にも、ときには椎の葉などにも盛られました。

大床子《だいしょうじ》の御膳《おもの》は、強飯を用いられるのが普通です。しかし、内々にはひめ飯を用いられ、木椀でなくて、磁器の椀を用いられたということが『松屋筆記』という書に見えています。糄糅は『和名抄』に、比米《ひめ》とよみ、「非レ米非レ粥之義也」と註しています。強飯に対して柔らかい飯のことで、水を多く用いて米を煮たものをいいます。今の飯はすなわちこのひめ飯です。『枕草子』に「とりどころなきもの、みぞひめのぬれたる」とありますが、みぞひめというのは、御衣糄糅で、今の姫糊のことかと思われます。

水飯

ひめ飯、またはそれを干したものを冷水に漬け、柔らかくして食べるものを水飯《すいはん》といいます。水飯のことは『枕草子』『源氏物語』『栄花物語』などに見えます。たとえば、前にあげた『源氏物語』常夏の巻の「いと暑き日、東の釣殿にいで給ひて……」のあとに「……ひ水召して、水飯などとりどりにさうどきつつくふ」とあり、また『今昔物語』二十八には、三条中納言という人が、太りすぎたために医師の進言により、冬は湯漬、夏は水飯で飯を食うことにしていたところ、六月の暑い日、白い干瓜と鮨鮎とを肴に水飯を大食した由をしるしています。これらの例によると、水飯は夏暑い時に食べるもので、また太りすぎを防ぐものとされたことがわかります。

湯漬

湯漬《ゆづけ》の語は、『源氏物語』をはじめ、『枕草子』『栄花物語』『大鏡』『今昔物語』その他にしばしば見えます。干飯に湯をかけて食べる簡単な食事で、それは『枕草子』に、

わりなく夜ふけてとまりたりとも、さらに湯づけだに食はせじ。

と見え、『栄花物語』若枝の巻に、

ものさわがしう思し召して、物もきこし召さず、今朝だになほ御湯づけにても、ただ少しきこしめせ。

とある文面からも察せられます。

屯食

強飯を握り固めたものを屯食《とじき》《どんじき》といいます。『源氏物語』桐壺の巻に、光君元服の時のありさまを述べて、

その日の御前の折びつもの、こものなど……どんじき、ろくの唐びつどもなど、ところせきまで、東宮の御元服の折にも数まされり。

としるし、宿木の巻には、宇治の中君が男子を出産した折の産養に、五日の夜薫大将から、

屯食五十具を贈った由が見えます。吉凶いずれにも、なにか催し事があるとき、下仕の者に賜う食物で、今の握り飯のようなものでしょう。屯食は白木棚にすえて、立てわたします。『紫式部日記』寛弘五年九月十五日 皇子の御産養五日の夜のところに、

十五日の月、曇りなく面白きに、池のみぎは近う、篝火どもを木の下にともしつつ、屯食ども立てわたす。あやしき賤の男のさへづり歩くけしきどもまで、色ふしに立ちがほなり。

と叙しているので、だいたいの様子が知られます。

生飯

生飯はサバとよみます。散飯・三把・早飯などとも書きます。仏家で飯を器に盛った上に、小さく丸めて載せ、これを別の器に移して呪文を唱える習俗です。『左経記』には斎宮神供生飯のことが見えていますから、神事にもあったのでしょう。『枕草子』の「さわがしきもの」の条に「板屋の上にて、からすの、ときのさばくふ」とあるのはこれです。

三

粥

次に粥《かゆ》のことですが、これは平安時代の物語類によく見えるものです。これに二種あっ

て、『和名抄』に饘をカタガユ、粥をシルカユとよんでいます。饘（堅粥）は今の飯のようなもので、器に盛ることができるもの、これに対して汁粥は、薄くて汁があり、今の粥と同様のものだったと思われます。『今昔物語』十二に源頼清が道命阿闍梨《どうみょうあじゃり》の房で粥を食したことをしるして、

粥ノ汁ナリケレバ、頼清此ノ御房ニハ粥コソ汁ナリケレ、ト云ヘバ、阿闍梨道命ガ房ニハ粥汁也、主ノ御家ニハ飯固シト云ケレバ、其ノ座ニ有リト有ル人頤《オトガヒ》ヲ放《ハナチ》テゾ咲《ワラヒ》ケル。

といっています。『源氏物語』末摘花の巻に「さらばもろともにとて、御かゆこはいひ召して、まらうどにもまゐり給ひて……」とあるのは、粥と強飯と二種類食べたのではなく、『雅言集覧』にもいうように、固粥のことと考えられます。

粥には白粥と赤粥とがあります。『宇津保物語』蔵開上の巻に、

左の大殿の大君、春宮に侍ひ給ふがもとより、もの二斗ばかり入るばかりの白がねの桶二つ、同じ柄杓《ひさく》して、白き御かゆ一桶、赤き御かゆ一桶……こがねのかはらけの大きなる、白がねのはしあまた据ゑて奉り給へり。

とあるのは、これです。白粥は普通の米の粥、赤粥は小豆を入れた粥です。『公事根源』には正月献二御粥一の条に「あづきの粥」とあります。

粥には小豆のほかにも種々のものを加えてたきました。正月の望粥は七種の粥ともいい、『延喜式』には米・粟・黍子・葟子・薭子・胡麻子・小豆の七種をあげていますが、米・

小豆のほかは、種類は一定していないらしく、『拾芥抄』や『公事根源』には、その他に大角豆《ささげ》・董子《せり》・薯蕷《やまのいも》・大豆・柿・豇豆《ささげ》などがあげられています。

芋粥は山の芋の粥です。『西宮記』『北山抄』『江次第』をはじめ『雅亮装束抄』にも見え、『今昔物語』や『続古事談』などにも、これを食べた話が見えています。

栗粥のことは『宇津保物語』嵯峨院に、

火を山の如く起して、大いなるかなへ立てて、栗を手ごとに焼きて粥にさせ、よろづのくだものくひつつ、人々の御もとなる人に賜びゐたり。

と見えています。

乾飯

次に乾飯《かれいい》ですが、これに糒《ほしいい》と餉《かれいい》の二種があります。糒は強飯を乾したもので、旅行の時、または軍陣の時に用いられました。餌袋《えぶくろ》に入れて贈ったことが、『宇津保物語』俊蔭の巻や『宇治拾遺物語』八に見えています。『散木奇歌集』にほしひとあるのは、ホシイヒの略と思われます。

餉は乾飯《かれいい》で、もとは飯を乾して旅行などに持って行ったものですが、転じて必ずしも乾した飯と限らず、旅行で食う飯はすべて、カレイヒとよばれました。『伊勢物語』東下り、八橋の段に、その沢のほとりの木かげにおりゐて、かれいひくひけり……から衣きつつなれにしつましあれば、はるばる着ぬる旅をしぞおもふとよめりければ、みな人かれいひの上に涙おとしてほとびにけり。

と見え、『古今集』九、兼輔の歌の詞書に「ふたみの浦といふ所にとまりて、夕さりのかれいひたうべけるに……」とあるのも、乾飯とは限らず、今の弁当とみてよいでしょう。

四

餅

餅は『和名抄』にモチヒと訓じています。糯米《もち》・麦粉などを合わせて作ったもので、今の餅とは違います。

餅は神仏に供え、また祝賀の折に用いられます。正月元日の鏡餅・雑煮餅、三月三日の草餅、五月五日の粽《ちまき》、十月亥の日の亥の子餅、その他、年中行事にしばしば見えています。

鏡餅はカガミモチ・カガミモチヒまたモチヒカガミともよばれ、丸く平たく鏡のように作られたものです。結婚後三日の夜には、三日《みか》のモチヒ、またはミカノヨノモチヒとよばれるものを、食べることになっています。

餅の形には種々ありました。だいたい丸い形が多かったようですが、今ののし餅の類も、『枕草子』に「ひろきもちひ」とあるのが、それにあたるかと思います。

餅には大豆餅《まめもち》・小豆餅・煎餅《いりもちい》など種々あり、また母子草を入れて草餅・母子餅などとよびます。粽は、糯米を水にひたし、笹または菰《まこも》の葉などに巻いて蒸したもので、五月五日に用います。『伊勢物語』や『拾遺集』などに見える「かざりちまき」は、粽を五色の糸で飾ったものをいったようです。

亥の子餅は亥の子十月亥の日の称につく餅で、この餅を食べると万病をはらうといわれ、また子孫繁昌を祈りました。『源氏物語』葵の巻に「その夜さりゐの子のもちひまゐらせたり」とあるのは、それです。

五

調理法

肉類・野菜類の調理の方法について略述しましょう。その方法としては、膾《なます》や刺身のように、なまのままで食べるものもあり、また、羹《あつもの》物・煮物・熬《いり》物・焼物・揚物・蒸物・茹《ゆで》物《もの》など種々あります。

膾

膾は生酢の義で、前にあげた『源氏物語』常夏の巻の「西川より奉れる鮎、近き川のいしぶしやうのもの、御前にて調じてまゐらす」とあるのは、膾や刺身としたものでしょう。

羹物

羹物《あつもの》は汁物ともいい、魚肉・鳥肉あるいは野菜類をあつい汁として煮たものをいいます。熬物《いり》は魚鳥の肉を水分がなくなるまであぶり煮つめたもの、焼物は雉や蛤を焼いた焼肉の類です。また蒸物・茹物《ゆでもの》なども今日と同様です。

干物

干物《ひもの》は生物に対する語で、また「からもの」ともいいます。鳥肉・獣肉・魚肉を乾したもので、鳥肉の場合には「ほしどり」といいました。雉などを塩づけにして干した物で、『西宮記』に見えています。魚肉の場合は「ほしうを」です。乾魚は『二中歴』に蒸鮑・焼鮹・楚割・干鯛などをあげ、『延喜式』はその他に、乾鮹・乾螺・乾鰯などをあげています。そのうち楚割はソワリまたはスハヤリといい、魚を乾して細く削ったものです。『延喜式』に鯛楚割・鮫楚割・楚割鮭・烏賊・乾鮹・雑魚楚割などの名が見えていて、だいたいがわかります。『宇津保物語』蔵開に「けづりもの」と見えているもので、今の鰹節・煮干のたぐいでしょう。また「てさし」といって、魚を串に刺した、今の目刺しの類もあります。

魚はまた塩漬けにして干しました。『土佐日記』や『西宮記』に「押鮎」とあるのは塩押しにした鮎で、これは元日の儀式に用いられます。「塩辛キ干シタル鯛」や「塩引ノ鮭ノ塩辛ゲナル」なども『今昔物語』二十九に見えていて同じく干物です。

醢

醢《かい》は『和名抄』にシシビシホと訓じ、鹿醢・魚醢・兎醢・鯛醬など種々あります。これを塩辛とよんだことも『今昔物語』二十九に「鯵ノ塩辛、鯛ノ醬《ヒシホ》ナド」とあるのでわかります。また、海鼠腸、今いう「このわた」も『延喜式』に見えています。

鮨

鮨は『和名抄』にスシと訓じ、魚を塩でまぶして一晩圧え、水気をぬぐって冷飯とともに桶におさめ、重石をのせて若干日圧し、しぜんに酸味を生じて後に食べます。今、酢を加えて作るのは早鮨とか一夜鮨とか称するもので、これに対し昔のものは馴鮨《なれずし》とよばれます。鮨には鮎鮨・鮒鮨・鮭鮨・鮑《あわび》鮨その他、雑魚鮨などもあります。

漬物

漬物《つけもの》は塩漬・醬漬・味噌漬・糟漬などがおもなものです。漬物に用いられる野菜には、『延喜式』に春のものとして、蕨・薺蒿《おはぎ》・薊・芹・蕗・蘇羅自《そらし》・虎杖《いたどり》・多々良比売花《たたらひめのはな》紅梅か・

竜葵味《いぬほおずき》・蒜房《ひる》英蒜・韮《にら》・蔓菁《かぶら》・黄菜《さわやけ》などをあげ、秋のものとして、瓜・冬瓜・菘《すずな》・蔓根・菁根《かぶら》・茄子・水葱《なぎ》・大豆・山蘭《あららぎ》・蓼葅《たで》・茨《みずぶき》・稚薑《はじかみ》・桃子・柿子・梨子・蜀椒子《なるはじかみ》その他をあげています。

漬物は『延喜式』に見えるくらいですから、早くから種々の製法があったものと見えます。しかし盛んに行なわれたのは室町時代以後のことで、香物とか糟漬とかいうものは、平安時代の文献には見えておりません。果物を漬けることが古くからあったことは、右にあげたところでもわかりますし、梅漬や梅干も早くから行なわれていたと思われます。

六

調味料・塩

調味料について一言しますと、まず塩は、海水から製するので潮の訓を借りてシホと称したものでしょう。塩を製することを「塩を焼く」といいます。海藻を簀《す》の上に積み重ね、塩水をかけて乾し、さらにまた塩水をかけて塩分を多く含ませてから、これを焼いて水に溶かし、その上澄《うわずみ》を釜に入れて煮つめたといいますが、これはどうでしょうか。この時の海藻を藻塩草、それを焼く時に用いる薪を藻塩木、その燃える火を藻塩火、また海水を汲んで藻塩にかけることを「藻塩垂る」といい、いずれも平安時代の文学、特に和歌にしばしば出てきて、親しい語です。

なお『伊勢物語』東下りの段に「塩じり」という語が見えます。これは、海浜の砂を集めて堆《うずたか》くし、畦を作って海水を導き入れ、日に乾してしだいに塩分が多くなったところで、砂をかき集め、これを山のようにして日にさらします。この山のようなものが塩じりで、平安時代には、こういう塩じりから塩水をとり、それを釜で煮つめて塩をとる製塩法が、すでに行なわれていたのです。塩を煮る釜を塩釜といいます。

塩は生活上の必需品で、朝廷から諸臣に賜う年料とされ、その規定は『延喜式』に見えています。また東西の市には塩鄽というものがあって市民に塩を売ったことも『延喜式』に記されています。

味噌

味噌は『和名抄』「未醤」の条にミソとよんでいます。味醤（三代実録）・味噌は皆仮字で、正しくは末醤（正倉院文書）と書くべきところを、後人が誤って末を未とし、さらに味としたということです。ミソはヒシホ（醤）の一種ですが、漢土の方言をそのままにミソとよんだもののようです。『延喜式』には未醤の料として、大豆・米・小麦・酒・塩などをあげています。近江・飛騨・大和などがその名産地で、平安京では西の市《いち》にその店がありました。

酢

酢《す》には製法に種々あって、米で造るものを米酢、米酢と醇酒《かたざけ》で造るものを酒酢、梅の実からとるものを梅酢といいます。古来和泉の国が名産地とされています。

甘味料

甘味の料としては、蜜《みち》とアマヅラとが用いられました。『宇津保物語』の蔵開上の巻に、春宮に侍ひ給ふ中納言の妹のもとよりも、一斗ばかりのかねのかめ二つに、一つには蜜、ひとつにはあまづらいれて、黄ばみたる色紙おほひて……。

とあるのがこれです。蜜はすなわち蜂蜜です。

アマヅラは甘葛とも書き、蔓草の一種で、葉は葡萄のように小さく、四月ころ、茎を摘めば汁が出ます。五月に花を開き、七月に結実しますが、春夏の間に汁をとってこれを用いたものです。『枕草子』の「あてなるもの」の条に「けづり氷《ひ》にあまづら入れて、新しきかなまりに入れたる」とあり、また『古今著聞集』十八には「雪にあまづらをかけて」と見えています。

酒

酒は『和名抄』にサケとよみ、『万葉集』などでもサケとかサカとかいっています。おそらく宣長がいうように、栄水《さかえみず》のサカエがつまった語でしょう。酒をキともいったことは黒酒・白酒をクロキ・シロキとよんでいることでも明らかです。これに敬語をかぶせて、御酒《みき》あるいは大御酒《おおみき》というのは、神前または天皇に奉る酒のことですが、『源氏物語』などには、大臣の場合でも「大御酒まゐり」常夏の巻といっています。

酒を造ることはよほど古いころからであるらしく、それが支那や朝鮮と交通するに及んで一大進歩し、宮中にも造酒司《みきのつかさ》ができ、斎宮寮にも酒部《さかべ》司が置かれました。

酒をあたためてのんだことは、『延喜式』に煖酒器とか煖酒料とかの語が見え、『西宮記』や『江次第』に暖酒・温酒の語があることでわかります。しかし儀式や節会の際の酒は、あたためたものではありますまい。

酒に酔った人のことは、女流文学にもときおり書かれていますが、『本朝文粋』には「亭子院賜酒記」などの記事があって、夏の盛り、宇多法皇が御中心になって闘酒の催しをされたことがおもしろく活写されています。酒は市で売られましたが、ずるい商人がいて、水を割って飲ませたことは今と変わりありませんが、『日本霊異記』には、そういう商人が罪を得る話などが見えています。

七

菓子

終わりに、女性の生活に関係の深い菓子について略述しましょう。

平安朝文学では菓子はすべて「くだもの」というよび方で見えています。くだものは元来、木または草に生ずる実のことで、『和名抄』に「果蓏……木上曰レ果……地上曰レ蓏」としるし、果は菓とも書いてクダモノとよみ、蓏はクサクダモノとよむと註記しています。これらの果実の中で、食用に供するものを特にくだものとよんだものです。

くだもの

くだものには、栗・柿・梨子・橘・柑子・じゅくし・木練柿《こねりがき》・桃・柚・瓜・覆盆・楊梅・藟・椎・蓮根・甘葛・棗などが『延喜式』三十その他に見えています。

八種の唐菓子

このくだものに対して唐菓子があります。唐菓子については、『和名抄』に、梅枝・桃枝・餲餬《かっこ》・桂心・黏臍《てんせい》・饆饠《ひちら》・鎚子《ついし》・団喜《だんぎ》を八種唐菓子としてあげています。支那の菓子にならって製したもので、このほか、餅腅《べいだん》・餢飳《ふと》・糫餅《まがり》・結果《かくのあわ》・捻頭《むぎかた》・索餅《さくべい》・粉熟《ふずく》・餛《こん》飩《とん》・餺飩《はくたく》などがあります。

餲餬《かっこ》は麵を煎って蝎虫《かつ》木くい虫の形に作ったものといわれ、節会や大饗に用いられました。桂心は肉桂の細末を混じた餅菓子です。黏臍《てんせい》は油で揚げた菓子で、下が平たく、中が窪んで、人の臍に似ているための名だといわれます。節会に用いられます。饆饠《ひちら》は糯米の粉で作り、薄く平らで煎餅の形をし、表を焼き焦したものです。節会などで御膳に供される三種の唐菓の一つです。鎚子《ついし》は米の粉を弾丸のように細長く、先を尖らせて固め、蒸して作ったものです。歓喜団一名団喜は粳米《うるしね》・緑豆・蒸餅・乾蓮華末・白芥子・酥《そ》蜜・石蜜などを合わせて、油で揚げたものです。

次に餅腅《べいだん》は、餅の中に、煮合わせた鵝鳥・鴨などの子や雑菜を包んで四角に切ったものです。『枕草子』に藤原行成が餅腅を白い色紙に包み、梅の花の盛りの枝につけて贈ってきたことを述べたところに、

ゑにやあらむと急ぎ取入れて見れば、餅腅といふ物を二つならべて包みたるなりけり。添へたる立文に、けもんのやうに書きて、進上べいだん一つつみ、例によりて進上、如件、少納言殿に、とて月日かきて、みまなのなりゆき……

と記しているのは有名な話です。

餢飳《ふと》は油で揚げた餅です。糫餅《まがり》は『土佐日記』承平五年二月十六日に「京へのぼるついでに見れば、山崎のこびつのゑも、まがりのほらのかたも変らざりけり。売る人の心をぞ知らぬとぞい

ふなる」とある文で知られています。もっともこの「まがり」を地名とする説もありますが、ここでは通説によって申すのです。糯米の粉をこね、細くひねって輪の形にし、胡麻の油で揚げたものです。名はその形によるのでしょう。

結果《かくのあわ》は、かくなわともいい、緒を結んだような形の菓子で、やはり油で揚げてあります。和歌には「かくなわに乱れて」古今集長歌とか「人心思ひ乱るるかくなわのとにもかくにも結ぼほれつつ」風雅集恋三とかいうように、乱る、また結ぼおるに譬えて用いられます。

捻頭《むぎかた》は小麦粉で頭をひねった形の餅です。索餅は「サクベイ」または「サクベウ」ともいい、東西の市にその店がありました。小麦と米の粉とを練って索縄のように細長くねじった菓子です。七月七日に瘧除《おこりよけ》のまじないとして内膳司《うちのかしわでのつかさ》から献上される例です。

粉熟はフンズクまたはフズクといい、稲・麦・大豆・小豆・胡麻の五種を五色にかたどって、粉にして餅になし、ゆでて甘葛をかけ、こね合わせて細い竹の筒の中に堅く押し入れ、しばらく置いて突き出し、これを切って食べた由が『原中最秘抄』に説かれています。『宇津保物語』初秋の巻や、『源氏物語』宿木の巻に出ております。また餛飩《こんとん》は小麦の粉で円形に作り、中に細かく刻んだ肉を入れて煮たものです。

餺飥《はくたく》も小麦粉で作り、音便で「ハウタウ」ともいいます。『枕草子春曙抄』十二に、夏の日、僧が物のけに悩む人を加持して帰ろうとすることをしるした段に「しばしほうちはうたうまゐらせむ」という文があって、註に「未考云々」といい、学者の間に種々の説がありますが、これは岩崎美隆の説が正しく、「ほうち」は「ほそち」の誤りで熟瓜のことであり、「はうたう」は餺飩のことです。

その他の唐菓子

右の他、椿餅は、『宇津保物語』国譲の巻や、『源氏物語』若菜上の巻に「つばいもちひ」と見えているもので、餅の粉を丸め、甘葛をかけて椿の葉に包んだものです。饅頭は七十一番歌合に見えていますが、平安時代の文学には見えません。煎餅は小麦粉を型にはめて作り油で煎ったものです。

また初熟麦《あおざし》は『枕草子』に、

三条の宮におはします頃……あをざしといふものを人の持てきたるを、青きうすやうをえんなる硯のふたにしきて……

と述べているものですが、これは麦の未熟なものを煎って皮を去り、そのまま臼で静かに挽き、糸のようによりよりにした菓子だそうです。また飴《あめ》と称して、今の水飴に似たものがあったことも、『和名抄』などで明らかです。

第九章　女性の一生

一

誕生

平安朝の女性たちはだいたいどのようにして一生を送ったでしょうか。もちろんそれはかれらが生をうけた家庭により、また容貌・頭脳・性質・教養などにより、あるいはそれ以上に、父兄や周囲の意志により、千差万別の運命がかれらの一生を動かしたのですが、ここでは、そういうこととは別に、かれらが生まれてから老いて死ぬまで、どのような風習や儀式があったかということについて略述しましょう。

まずこどもが生まれますと、その当夜、三日めの夜、五日めの夜、七日めの夜、九日めの夜というように誕生の祝いが行なわれ、これを産養《うぶやしない》とよびました。出産のあった家に親戚や知人から衣裳や調度・食物などを調進し、一同がその家に集まって祝いの宴を催したのです。産養は上は皇室をはじめとし、摂政・関白・大臣などの家はいうまでもなく、士大夫の家でも一般庶民の家庭でも行なわれました。もとより身分により、その内容や程度にはそれぞれ差別があったことはいうまでもありません。

産養

産養については公卿の日記などにはもちろん、また文学作品にも少なからず見えています。たとえば『栄花物語』様々の悦びの巻によりますと、道長の長女彰子（後の上東門院）が誕生したときの産養には、三日の夜は父の道長、五日の夜は祖父の摂政兼家、七日の夜は円融天皇の皇后詮子（兼家の第二女彰子の叔母）から、それぞれ盛んなお祝いをされ、作者は「七日が程の御有様、書きつづくるもなかなかなれば、えもまねばず」と言っているくらいです。

物語の産養

作り物語について見ますと、『宇津保物語』国譲の巻には、仲忠の妹で東宮にあがっていた梨壺の女御が第二皇子をお生みした時の産養について、三日の夜は一の宮、五日の夜は大将殿、七日の夜は后宮と太政大臣、九日の夜は兄の仲忠というように、それぞれ盛んな祝宴がはられたことを詳しく述べ、また同じ物語、貴宮の巻には、貴宮に第一の若宮が誕生されたとき、三日の夜は后の宮、五日の夜は院の后の宮、七日の夜は東宮が御産養をされ、内裏・東宮の殿上人は残るものなく参集して、二百余人が夜もすがら歌舞をして盛んな祝宴をはった由が見えています。また『源氏物語』にも、葵の上が夕霧を生んだとき、桐壺院をはじめ、親王達上達部などが参集されて盛んな産養をされたこと葵の巻薫君の誕生のときの産養に、五日の夜は秋好中宮から豪華な贈り物があって中宮職の官人たちが大夫はじめ全員参上し、七日の夜は宮中から公式のお祝いがあって、宮達上達部が多数見えられたこと柏木の巻などが、述べられています。

この二つの物語で、産養のことを最も重要に取り扱っている巻は、『宇津保物語』では蔵開の巻の犬宮誕生のとき、『源氏物語』では宿木の巻で匂宮の北の方である宇治の中君が若宮を生まれたときのことでしょう。なかでも『宇津保物語』の犬宮誕生の際の産養は、テーマとしても主要な部分をなしていて、数十ページにわたり、初夜・三夜・五夜・七夜・九夜のそれぞれについて、催し物や贈り物などを詳細にしるしています。

『紫式部日記』の産養

なお日記文学では、『紫式部日記』に、後一条天皇御降誕の折の御産養の模様が詳しくしるされています。だいたいを申しますと、三日の夜は中宮大夫藤原斉信等がお仕えし、五日の夜は左大臣道長が奉仕したのですが、この日記には、その儀式が単に形式上のことだけではなく、その夜の風情とか、女房の衣裳や動静にいたるまで細かに書かれています。さらに七日の夜は朝廷から公式の御儀として御産養を行なわせられ、九日の夜は東宮権大夫頼通が奉仕しました。

啜粥

産養に関連したことで、三日の夜に啜粥《すすりがゆ》ということが行なわれましたが、その時に必ず唱える常套の文句がありました。これは二人の人が声高に型通り問答するのですが、男子誕生の場合には、まず一方が、

この殿には、夜なきし給ふ姫君やおはします

と問いますと、もう一方が、

この殿には、夜なきし給ふ姫君も、これより東に谷七つ峯七つ越えてこそ、夜なきし給ふ姫君はおはしますなれ、この殿には、命長くつかさ位高く、大臣公卿になり給ふべき若君ぞおはします。

と答えます。するとさらに問うほうで、

されば甲斐の国鶴の郡に作るてふ永彦の稲の粥、永くすすらむ。

といい、あらかじめ机の上に用意してある粥をすすり、これを三回くりかえして終わることになっております。もしこれが女子誕生の場合ですと、中ほどのところを、

この殿には、女御后になり給ふべき姫君ぞおはします。

と変えて申しました。素朴で古風な行事として、民俗学的におもしろいだけでなく、文学

御五十日の祝（紫式部日記絵巻）

的な表現の豊かさからもなかなか興味深い風習です。

命名

生まれたこどもの幼名は多く七夜につけられ、その習慣は今日にまで続いているのですが、皇子御誕生の場合は必ずしも七夜に限られたものではありません。

五十日と百日

誕生後五十日目および百日目めには特別の祝宴が行なわれました。これを、五十日《いか》とか百日《ももか》とかいいます。幼児の前に小さいお膳・お皿・お箸台・洲浜などを並べ、餅を供したものですが、この餅はやんごとない方の場合でも、市の餅を用いる例になっていて、十五日までは東の市、十六日以下は西の市の餅を、たいてい五十果求め、これに磨粉《すりこ》と糝煎をまぜてさし上げることになっていました。『紫式部日記』には若宮御五十日のことをしるしておりますが、この行事については、『源氏物語』『栄花物語』『大鏡』をはじめ各家集にも見えております。

二

うぶそり・深そぎ

幼児は誕生の後うぶそりといって、一度髪を剃り、その後成長するにしたがってこれを伸ばしました。鎌倉時代以後には普通にこれを髪置とよんでおります。

この髪を成長の後にふたたびそぐ風習が深そぎとよばれるもので、また髪そぎとも垂髪ともいいました。『栄花物語』晩待星の巻に、後一条天皇の御服《ぶく》が果ててから、一品宮章子内親王と、斎院馨子内親王の御髪を、藤原頼通がおそぎすることが見えています。この時一品宮は十二歳、斎院は九歳でしたが、後世では男子は五歳、女子は四歳で行なわれるのが普通です。

深そぎには一定の日時があったようですが、実際には十一月と十二月の例が多く文献に見えています。なお女児が十六歳に達して鬢の末を切る風習を、鬢そぎとか髪そぎとかいうのは、室町時代の終わりごろから生じたもので、平安時代にはなかったようです。

着袴

幼児は三、四歳または六、七歳に達すると、男女の別なく着袴の式を行ないます。着袴はチャッコともハカマギともいいました。その年齢については、『貞丈雑記』一に三歳が本式であるが、人の好みによって五歳・七歳にしたこともあるといっています。平安時代の文献では、『源氏物語』桐壺の巻に「このみこ三つになり給ふ年、御袴着のこと、一の宮の奉りしにおとらず……いみじうせさせ給ふ」として三歳とするほか、『日本紀略』その他も歴代天皇が三歳で御袴着を行なわせられた例が多く見えますが、また時には五歳・六歳、あるいは八歳・九歳・十二歳・十四歳の例も見えています。女子の場合も、三歳で行なわせられた内親王の例が多く見えますが、しかし五歳・六歳の例もないことはありません。

敦康親王着袴の御儀

着袴の儀式については、『権記』『小右記』『御堂関白記』『西宮記』などによってだいたいを知ることができます。たとえば『権記』長保三年十一月十三日に見える敦康親王御着袴の儀では、飛香舎《ひぎようしや》の南廂の額の間に、錦端畳《にしきべり》二枚、地敷二枚、茵《しとね》一枚を敷いて御座とし、西の障子にそえて四尺の屏風一帖を立てます。屏風の前に二階棚一脚を立てて火取・唾壺・硯・続紙《つぎがみ》筥《のはこ》・泔坏《ゆするつき》などを置き、女房の座の東に御衣筥二合を置きます。東廂は上達部殿上人の座で御簾が下ろされてあります。この時御袴の腰を結ばれたのはどなたか明記してありませんが、この役は普通父君にあたる方が担当されたものですから、おそらくこの時も天皇御自身で結ばれたものでしょう。着袴の儀が終わりますと、御簾を上げて卿相を南廂に召され、饗宴を賜わります。盃が一巡した後、御賀を申し、管絃の遊があって、おのおの禄を賜わって退出します。

内親王の場合もだいたいこれに準じて行なわれたようです。腰結の役も、たとえば村上天皇の皇女承子内親王の御着袴のときには天皇御自らお引き受けになりました。また臣下の子女の場合でも、だいたい禁中と同じような形式だったようですが、腰結は親戚中の尊貴の人が選ばれる例になっておりました。『源氏物語』薄雲の巻に、明石の姫君の袴着のことを述べて「姫君のたすき結ひ給へる胸つきぞ、うつくしげさ添ひて見え給へる」と書いていますが、これは幼児の着袴の姿が想像されて興味深い一章です。

三

女子が成年に達してはじめて裳を着ける式を裳着《もぎ》といいます。男子の元服に相当するもので、年齢は一定しておりませんが、だいたい十二歳から十四歳の間くらいに行なわれました。『宇津保物語』の貴宮や、『源氏物語』の明石姫君は十二歳で、また『栄花物語』輝く藤壺の彰子の裳着も十二の年に行なわれたとしるしています。

裳着

裳着の風習は種々の文献によってだいたい延喜以前から起こったようです。吉日を選んで行なわれたものですが、今、宮中における裳着の模様を、『西宮記』臨時九によって一瞥してみましょう。まず清涼殿の日御座をかたづけ、母屋の御簾を垂れ、北の御障子に近く錦端の畳を敷き、その上に地敷と茵を敷いて内親王の御座とします。御座の東に理髪の調度などを置き、北の二間に四尺の御屏風二帖を立て錦端の畳を敷いて、結髪理髪の座とします。これは裳を着けるとともに、髪を結い上げるのが慣例だったからです。腰は尊長の人が選ばれて結ぶことになっていました。式がすみますと酒を賜い、禄をいただいて退出するのです。

裳着の際に、髪上《かみあげ》ということが同時に行なわれたことは先にも述べたとおりですが、このことについては、歯黒めや引眉とともに、後に詳しく述べることにします。

元服

ここでついでですから元服について少しふれておきましょう。元服とは頭に冠を加える式です。元は頭、服は冠をさすともいい、あるいは、元をはじめとよみ、服は着物とよんで、幼い者が成長してはじめておとなの衣服を着ることであるともいわれます。『伊勢物語』などにある「うひかうぶり」とか、また単に「かうぶり」というのも、はじめて冠を着けることすなわち元服の意です。『源氏物語』桐壺の巻の源氏が加冠をするところに、

いとけなき初元結に長き世をちぎる心は結びこめつや

と見える初元結も、これまで童形だった髪を結い上げる意で、やはり元服を表わしたものです。

天皇の御元服

元服の年齢は一定しませんが、皇族では十一歳から十七歳くらいまでの間に行なわれたらしく、臣下では五、六歳から二十歳くらいまでの間だったようです。元服も吉日を選んで行なわれましたが、天皇の場合は必ず正月に行なわれ、それもまれな例外を除いては一日から五日までの間が選ばれました。その儀式については、天皇の場合、皇太子の場合、親王の場合をはじめとして、臣下庶民に至るまで種々多様でした。そのうち天皇の御元服の場合を略述しますと、当日早朝、御座を紫宸殿の御帳の内に設けて、御櫛その他の御調度を調え、南廂の西の間に酒饌を設けさせられます。天皇は北廂に成らせられて理髪のことを終わり、空頂黒幘《くうちょうこくさく》黒色の幘で頂のないものを着け、闕腋《けってき》の袍《ほう》を召されて御冠の座に着御されます。加冠の役の太政大臣と理髪の役の左大臣とが庭中に出て再拝し、太政大臣は手を洗って西

階より殿上に昇り、左大臣は東階より同じく殿上に昇ります。そしてまず理髪の大臣が御前に進んで空頂黒幘を脱し奉り、次に加冠の大臣が内侍の捧げる御冠を受け、天皇の御座の右に進んで祝詞を奏し、ひざまずいて御冠を加え、終わって本の位置に戻ります。加冠の役は引入《ひきいれ》ともいって最も重い役であり、普通は太政大臣が奉仕しました。次いで理髪の大臣がふたたび進んで御冠を理《ただ》し、終わってもとの位置に復します。天皇はいったん入御の後南廂に出御せられ、親しく酒饌のことがあります。

元服の礼は男子の儀礼中最も重いもので、平安時代には上は皇室から下は庶民に至るまで厳然として行なわれたのですが、中世戦乱の世となって朝儀が廃れるとともにこの盛儀もほとんど廃絶するようになったのは遺憾なことです。

元服や裳着を終えますと当然結婚のことが問題になります。次いで女性の場合は懐妊や出産があるのですが、これらについては、後に章を改めて詳述することにします。

四

算賀

次に算賀について述べましょう。算賀は年賀ともいい、四十歳の時から始めて十年ごとに行なわれます。普通四十の賀、五十の賀というふうによび、年寿を祝賀する行事です。

天皇の算賀は皇后・太上天皇・皇太子などが御主催になります。当日は紫宸殿に御座と公卿の座が設けられ、親王以下着座し、内膳が御膳を供して諸臣にも賜饌があります。奏楽があり、その後禄を賜わることは常の儀と同様です。太上天皇と皇太后の場合は、だいたい天皇の場合に準じますが、ただその二、三日前に試楽のことがあり、御賀の翌日後宴のことがあります。天皇は上皇および皇太后の御所に行幸され、親しく拝舞されて御盃を献じられました。また臣下の場合は多くは親戚知友が主催し、物品を贈り、宴を設け、楽を奏し、詩歌を賦することになっています。

君が世

算賀の当日献上しまたは贈る物品の数は、その年齢と等しくすることになっています。また算賀の屏風には、当代の一流歌人に祝賀の意をこめた歌を書かせました。この賀の歌は長寿を祝うもので、常套語として「君が世」という語がよく用いられました。『拾遺集』十八、東三条院四十の御賀の折の公任の歌、

君が世に今いくたびかかくしつつうれしきことにあはむとすらむ

もその一例です。この「世」というのは、『玉葉集』七、倫子六十の賀に頼通の歌、

かぞふればまた行末ぞ遥かなる千代をかぎれる君がよはひは

とある「よはひ」の意です。これは転じて生涯、一生というような意味になりました。

さて、生涯の最後の儀式風習として、死去に関することがありますが、これも別に詳し

く述べることにいたします。

第十章　結婚の制度・風習

平安時代には、結婚の風習や制度が現代とはまったく違っていました。この問題は文学に関係深いことがらだけに、それについての正しい知識がなくては、平安朝文学を理解することはむつかしいと思われます。

一

結婚を表わす語

結婚という意味を表わす平安時代の語にはヨバフ（源氏・宇津保その他）・メアハス（和名抄二）・アハス（大和物語）・アフ（源氏）・トツグ（宇津保）・スム（竹取・大和その他）など種々ありました。また『拾遺集』七に「年を経てきみをのみこそねすみつれことはらにやは子をば生むべき」という歌が見えますが、これは寝《ね》住《すみ》に鼠を隠して結婚の意を表わしたものです。そのほか「男す」とか「女を迎ふ」とか「婿にとる」とかの語が、多く見えますが、すべて結婚の意と解してよいでしょう。

婿は「むこがね」とも「むこのきみ」ともいい、これに対して婦は「よめ」「よめのきみ」あるいは「うへ」「北の方」とよばれました。

むことり

平安時代の結婚は制度の上から二種に分けられます。その一つは「むことり」、もう一つは「よめむかへ」です。前者は夫たるべき者がまず婦の家に行って住み、数か月または数か年の後に、改めてその婦を夫の家に迎えるのです。その点、後世の婿取りで、夫が永久に婦の家に住んでその家名を相続するのとはまったく違います。『枕草子』に「家ゆすりてとりたる婿の来ずなりぬる」とか、「婿とりして四五年までうぶ屋のさわぎせぬ」とかいっているのはもちろん、平安時代の文学にあらわれる「婿とり」は、すべてこの種のものなのです。

よめむかへ

「よめむかへ」は、夫の家に婦を迎えるもので、夫たるべき者がまず婦の家に行き、式を挙げた後夫の家に迎えるのです。この形の結婚は平安時代の末期になって生じ、もっぱら武家の間に行なわれました。けっきょく平安文学にあらわれる結婚はほとんどすべて婿とりであるといってさしつかえありません。ただし『枕草子』の「すさまじきもの」の条に

「女迎ふる男」とあるのは、あるいは婦迎えのことではないかとも思われ、『源氏物語』若菜上に見える、女三の宮が六条院に迎えられることは、婦迎えの一つの形式とみてよいでしょう。

求婚

今、『蜻蛉日記』『源氏物語』『栄花物語』『江次第』などによって平安時代の結婚の風習を見ることにします。まず男のほうから、婚期に達した才色の聞えの高い女性の許に求婚の消息を送ります。女性はみずからはそれに対して返事を書きませんが、その父兄たちが、相手の人物・才能・家がらなどを熟考した上で、娘に代わって返書を送り応諾の意志を告げます。婿たる者は吉日を選び、まずあらかじめ消息を送った上、夜にはいってから、従者を連れ車に乗って婦の家におもむきます。中門で下り、前駆の松明の火を脂燭に移して門内にはいり、寝殿の腋階から上がります。沓《くつ》は婦の父母すなわち舅姑が、その夜懐ろに抱いて寝る習慣で、これはその結婚が幸福であるようにとの呪いなのです。脂燭の火は婦の家に昵懇《じっこん》な人の手によって、帳の前の燈籠に移されます。この灯は三日間消さないことになっていました。婿は婦とともに帳の内にはいり、装束を解きます。ついで餅を銀盤三枚に盛って供します。いわゆる三日夜の餅の儀で、婿は烏帽子・狩衣を着け、帳の前に出て饗膳につくのです。

結婚の式・露顕・後朝

第三日または第四日めに、露顕《ところあらわし》すなわち結婚の披露が行なわれ、舅姑以下親族が対面し、朋友知己が相会して祝宴をはります。この「ところあらはし」の日に後朝のことが行なわれました。後朝とは「きぬぎぬ」ともいい、婿から結婚後はじめて婦に消息することをいいます。結婚後吉日を選んで、婿は婦の家から出仕します。『枕草子』正月十五日節供の条に「あたらしう通ふ婿の君などの、内へ参る程をも心もとなう……」とあるのは、このことをいっているのです。

二

結婚の時期

結婚の時期は男子が成年に達したとき、すなわち元服の直後が多かったようです。『源氏物語』の主人公は元服の日に左大臣の姫君と結婚しました。「そひぶし」というのがそれで、こういう場合はたいてい年長の女性が婦として選ばれ、普通男が十二歳、女が十六歳くらいでした。むろんこれは最初の正式な結婚であって、その後のことはまた別です。

平安時代の結婚は、一見自由恋愛による結婚のように感じられますが、しかし多くの文献を総合して考えますと、婦の背後には父兄母姉がいて、いろいろと熟考指図し、また進んで事を処理しているのであって、その例は枚挙にいとまなく、またその儀式もけっして乱倫と称すべきものではありません。もしこれを淫乱というならば、近代のいわゆる恋愛結婚というようなものは、さらにいっそう乱倫といわなければなりますまい。平安文学を理解するためには、この点について特に明確な考えをもっていてほしいものです。

媒介者

結婚の媒介をする人を、ナカダチ源氏その他・ナカウド催馬楽などといいますが、これは後世のような意味のものではなく、ただ男女相互の間をとりもつにすぎません。この媒介者は口さきのじょうずな者であったらしく、たとえば『源氏物語』東屋に、浮舟の母が仲人にだまされるところで、

なかだちのかく言《こと》よくいみじきに、女はましてすかされたるにやあらむ……われもわれもと婿にとらまほしくする人の多かるに、とられなむも口惜しくてなむと、かの仲うどにはかられていふも、いとをこなり。

とあり、また帚木に、

みる人後れたる方をばいひかくし、さてありぬべき方をばつくろひて、まねび出すに、それしかあらじと、そらにいかがは推しはかり思ひくたさむ。

とあることによっても、そのだいたいを知ることができましょう。

許嫁

また許嫁ということも古くからありました。結婚を未来に約束することですが、これには男女双方の自由な意志によることもあり、父兄の意志によることもあります。『伊勢物語』の筒井筒の話に、

大人になりにければ、男も女も恥ぢかはしてありけれど、男はこの女をこそ得めと思ひ、女もこの男をこそと思ひつつ、親のあはする事をも聞かでなむありける。

とあるのもこの一例です。また『源氏物語』の夕霧と雲井雁との結婚、少し形は変わっていますが源氏と紫の上との結婚なども、やはりその例といえましょう。その他平安時代の物語には多くの例を見だすことができます。

近親結婚

わが国の古代の風習では、貴賤尊卑の別は非常に厳重で、結婚もすべて身分に応じてなされたのですが、同族や近親間の結婚についてはかなり寛大でした。したがって異母兄妹や叔父と姪《めい》との間の結婚もありえたわけです。しかしこの事実を単に淫靡とばかり考えるのはあたりますまい。それは風習であったばかりでなく、当時は異母兄妹や叔父姪などといっても、多くの場合は一度も顔を合わせたことがなかったのです。たとえば『源氏物

語』の柏木は妹である玉鬘を見たことがなく、また夕霧は継母にあたる紫の上にあったことがなく、いずれもその間がらは他人と少しも変わるところがなかったのです。

結婚の日取

結婚には吉日が選ばれました。『中右記』の永久六年（元永元年）十月二十六日の条に、藤原忠通がはじめて民部卿の姫君の許に通う時のことを「今日陽将日也」としるしています。『拾芥抄』（下末）にもその吉凶の規定があり、『源氏物語』の夕顔や玉鬘などにも、結婚の月や日のことが見えております。

結納のことは『日本書紀』履中天皇の条に「納采」の文字がみえますから、古くから行なわれたのでしょうが、平安文学にはあまりあらわれていないようです。

幸福な結婚と不幸な結婚

結婚がその男女の一生の幸不幸にかかわる大事であったことはいうまでもありません。たとえば、『紫式部日記』に道長が北の方の倫子にむかって戯れに、

宮（中宮彰子）の御ててにてまろわろからず。まろがむすめにて宮わろくおはしまさず。母（倫子）もまた幸ひありと思ひて、笑ひ給ふめり。よいをとこは持たりかしと思ひたんなり。

と言ったことが見え、また『栄花物語』初花に、中務宮具平親王が道長の子息頼通に姫君

を下さろうとされたのを、道長が承って感激し、

いとかたじけなき事なりと畏り聞えさせ給ひて、男《を》の子はめがらなり、いとやんごとなきあたりに参りぬべきなめりと聞え給ふ。

と述べております。

よい配偶者を得た男女の一生が幸福であり、そうでない場合、不幸だったことはもちろんですが、その実例は『栄花物語』を見ただけでも非常に多数にのぼっています。『源氏物語』についてみても、紫の上や明石の上が幸福であったのに反し、空蟬や夕顔は不幸な結婚でした。朱雀院が女三の宮を源氏に託されたのも、よい配偶者によって姫宮の将来を幸福にさせようとの御念願に出たものでしたし、その他、たとえば浮舟の母や玉鬘の侍女たちが種々心労しているのも、皆その娘や主人がよい結婚の相手を得られるようにとの念願にほかなりません。

もしまた、これが宮中にはいることができるような高貴な家の姫君ですと、幸いに女御や中宮に上ることができたような場合は、ひとり本人の幸福ばかりでなく、一族一門の幸福でもあったわけです。

門地と富力

こんなぐあいでしたから、結婚の相手には門地の高い人とか富貴の人とかが選ばれるの

は当然なことです。たとえば『伊勢物語』に、武蔵の国に下ったある男が、その国の女に求婚した時のことを、

父はこと人にあはせむといひけるを、母なむ貴《あて》なる人に心つきたりける。父はなほ人にて、母なむ藤原なりける。さてなむあてなる人にと思ひける。

と書いていますが、庶民階級でもやはりこのような風があったことがわかります。『源氏物語』における明石入道の場合などは、その最も著しい例でしょう。また『大鏡』兼通伝に、閑院大将朝光が、今の妻を離婚して、富者として有名だった枇杷大納言の未亡人と再婚した話が見えていますが、これなどは特別の例であるとしても、なお一般の風潮を反映していると見てさしつかえないでしょう。

三

離婚の条件

離婚の制度や道徳は、平安時代にあっては現代よりも自由であったと思われます。大宝令に規定するところによりますと、離婚の条件としては、一、子の無いこと、二、淫乱であること、三、舅《しゅうと》に事《つか》えないこと、四、多弁であること、五、盗癖のあること、六、嫉妬の烈しいこと、七、悪疾のあること、の七つが挙げられ、そのうちの一つに該当する場合は離婚することができたわけです。

離婚の動機

離婚には元来祖父母や父母の同意を得る必要がありましたが、しかし平安時代になりますと、そこはかとない感情の上の原因で別れるようなこともあったようです。たとえば『伊勢物語』に「いささかなる事につけて、世の中をうしと思ひて……」とか、「いささかなることによりて……」とかの理由で離婚している記事があり、『源氏物語』帚木には馬頭《うまのかみ》の指に食いついて離婚した女の話が見えています。髭黒《ひげぐろ》大将の北の方の場合は、夫の身持ちの悪いことから将来を断念して離婚したものですが、和泉式部の場合はその逆に、女の不身持ちを夫が非難して離婚となったものと考えられます。また『源氏物語』の夕顔などは、本妻の嫉妬に堪えかねて自ら身を引いたのですが、このような例も少なくなかったようです。いったいに結婚が比較的自由であっただけに、離婚もまたそうした傾向があったものと思われます。

婦人の失踪

平安時代にあっては、警察制度が十分完備してはいませんでした。したがって、女子がどこかに連れ去られたり、受領の子などに連れられて田舎《いなか》に下ったり、またしかるべき人に思われてどこかに隠しすえられたりする場合も、それを捜し出すことはほとんどできません。物語の例ですが、『源氏物語』の夕顔や浮舟などはいうまでもなく、紫の上のような歴とした身分の人ですら、そのゆくえは容易にわからなかったのです。こんな場合、警察力はほとんど無力で、むしろ市に出入りする賤しい商人とか、市女《いちめ》とかいった者がその方面の広い見聞をもっていたくらいです。

こんな具合ですから、いったん二世を契った間柄でも、なにかの事情で女のゆくえが見失われてそのままになる場合も少なくなかったようです。それは『源氏物語』に、内大臣が自分の娘という証拠をもった者は名のり出よと世に告げ知らせる話があるのによっても理解されますし、『蜻蛉日記』に、作者が夫兼家の娘を拾い出して養育する記事があるのによっても、十分推察されましょう。

再嫁

女子の再嫁については、大宝令の規定では、夫が外蕃に没落して五年（ただし子のない場合は三年）逃亡して三年（同じく二年）家に帰ってこないような場合には、妻は他の男と結婚することができました。『伊勢物語』に、一人の男が宮仕えにといって家を出たきり三年も帰ってこなかったので、貞淑な妻は他の懇ろに求婚する男に再嫁する決意を固めるという話が見えています。また『今昔物語』三十には、夫の死後、孤閨《こけい》を守ってついに再嫁しなかった貞女の話が出ていますが、こういう人々も少なくなかったのでしょう。と同時に、中には本院藤原時平の北の方のように、もとは帥の大納言藤原国経の北の方だったものが、一方では平貞文とも情を通じたような例もあって、一様にはいえません。ただこのような例をもって一概に不貞乱倫とばかり見ることはあたらないと思われます。『栄花物語』蒼花 には承香殿女御の好ましくない行跡を怒って、父の藤原顕光が手ずからその髪を切って尼におさせしたという話があって、強い道義の意識と責任感の存在を明らかにしており、また『源氏物語』の構想中でも道徳の尊厳を強調していることなども注意しなければならないと考えます。

一夫多妻

わが国の上代の風俗は、男子の場合では同時に二人以上の妻妾をもつことを許しました。そのことは『古事記』の須《す》勢《せ》理《り》姫《ひめ》の歌にも明記されているところですが、これは平安時代にあっても同様でした。現に『栄花物語』玉村菊 には、道長の言葉として「をのこは妻は一人や持たる」と言って、これを当然のこととしており、一人の男性が同時に二人または三人の北の方をもつことはむしろ普通だったのです。もちろんこういう風習や制度は理想的とはいえません。ここに妻妾相互の嫉妬や憎悪が見られ、その結果、まま子いじめという悲しむべき事実も生じたのです。

一夫一妻への理想

一夫多妻の実情、あるいはそこにおける心理の葛藤などについては、『蜻蛉日記』をはじめ、『落窪物語』『古住吉物語』『源氏物語』などに見ることができ、さらにさかのぼっては、『古事記』『日本書紀』にも見られるのですが、この点は明らかに古代社会の好ましくない一面というべきでしょう。『源氏物語』の中の女性たちも、愛情の生活に苦しみつつ、全霊をあげて求めたものは、一夫一婦の制度にほかならなかったのではないでしょうか。

第十一章　懐妊と出産

一

懐妊・悪阻

婦人が懐妊することをハラムといいます。また二、三か月ばかりでからだに異常のあらわれることをツハリと称します。『栄花物語』花山に花山天皇の女御忯子の御事を「はじめは、御つはりとて、物も聞し召さざりけるに……」としるし、『落窪物語』三にも「いつしかとつはり給へば、いかで子うませむと思ふ」と見えるのは、皆これです。『源氏物語』若紫の巻に、藤壺が里第に下がられたのも、やはりつわりのためでした。

着帯

後宮におかれては、懐妊後三、四か月になりますと、奏して里第に退出させられるのが例でした。次いで着帯の儀がとり行なわれます。その御帯は御妊婦の親戚のなかで調進し、僧を招いて加持を行なわせた後に結ばれます。

産室の設

御産の期が近づきますと、御産屋および御調度の用意がなされます。『御産部類記』の不知記によりますと、一条天皇中宮彰子の御産のときの御産室は、土御門殿道長邸の寝殿の北廂があてられました。御しつらいとしては、ふだんの御装束や装飾などを撤して、宮中から御用意になった白木の御帳一基、白綾面の五尺および四尺の御屛風各三双、同じく四尺の御几帳三双、三尺のもの二双、白綾縁《しろあやべり》の御畳十三枚などに代えられました。このように御産室のしつらいは、すべて白色を用いるのが例だったのです。

加持祈禱

御産までの期間には、御もののけがあらわれて、御産のことを妨げるので、盛んな祓除・加持・祈禱が行なわれました。その一斑を『紫式部日記』によって見ますと、

> 月ごろそこら侍ひつる殿のうちの僧をば更にもいはず、山々寺々をたづねて、験者《げんざ》といふ限りは残りなく参りつどひ、三世の仏もいかにか聞き給ふらむと思ひやらる。陰陽師《おんやうじ》とて世にある限り召し集めて、八百よろづの神も耳ふり立てぬはあらじと見え聞ゆ。御誦経《ずきやう》の使たちさわぎくらして、其の夜もあけぬ。

と述べています。また『源氏物語』葵にも、葵の上の産前にもののけがさわぐことやその調伏のありさまが書かれています。

受戒

御産が難産の場合には、妊婦に仏戒を受けさせ、頭髪の一部を切ることがありました。『紫式部日記』にも、

御いただきの御ぐし下ろし奉り、御いむこと受けさせ奉り給ふほど、くれまどひたる心地に、こはいかなることとあさましうかなしきに……

と見えております。「御いむこと受けさせ奉り」というのは、将来出家して仏にお仕えになることを、前もって約束し、その功徳によって難産をまぬかれるのです。

二

産婆

いよいよ出産という時には今のいわゆる産婆にあたる者が世話をいたしました。ただし、産婆という特殊な職業がその当時あったわけではなく、その道に馴れて上手な婦人が、随時その仕事をしたものと考えられます。『紫式部日記』に、中宮の御産室に近く侍候した女房の一人に、内蔵《くらの》命婦という人がおりますが、この人は今のいわゆる産婆の役であって、

その方面に特殊な技能をもっていたようです。この人のことについては『栄花物語』嶺の月に、尚侍嬉子が後の後冷泉天皇をお生みになる際にも奉仕した由をしるし、

内蔵の命婦は、いづれの御前たちの御折も、先づ物の上手に仕うまつるに、まいてこたびは小式部の君若き人なれば、うしろめたし、我こそこの代りも仕うまつらめと、よろづいそぎ仕うまつる。

と述べております。産婆の役を勤めていた小式部が若い人だったのを見て、内蔵命婦はみずからその輔佐役を買って出たわけです。

出産の図

出産の図は『十界図』や『餓鬼草紙』に見えています。いずれも上半身を起こし、すわったままの姿勢をしていて、横臥しているものはありません。産婦の前後に介添の婦人がおり、産婦は前の婦人にしっかと抱きついています。『餓鬼草紙』には、産室のあちらこちらに土器の破片のようなものが散乱している絵がありますが、これは土器の類をうちこわして、産婦を勇気づけた一種の呪いと見てよいでしょう。

難産による流産

平安時代においては、医術はまだ十分進歩していませんでしたので、産ということは女

性にとって生命を賭した一大事でした。たとえば村上天皇の中宮安子は、在原元方の霊が祟《たた》ったためと伝えられていますが、実は難産のために崩御されたのです。詳しいことは『栄花物語』月の宴に見えております。また一条天皇の皇后定子も御産のために、才色ならびない高貴な御生涯をあたら二十四歳の若さでお閉じになり、行成の娘も小式部内侍も、皆難産の犠牲となって世を早くしたのです。作り物語では『源氏物語』の葵の上など、そのよい例でしょう。

ついでに流産のことも、まま文献に見え、人工流産については、『日本紀略』天徳三年二月十三日にしるされているほか、『源順集』に、

男の、ひとの国にまかる程に、子をおろしてける女のもとに

たらちをの帰るほどをも知らずしていかですててしかりのかひ子ぞ

とあるのによって、察することができます。

勅使差遣

さて出産の際は、宮中では近衛中将を勅使として産婦の里第につかわされ、御剣を新誕の皇子に賜わるのが例となっていました。皇女の場合も下賜されましたが、それは三条天皇の皇女禎子内親王が誕生された時にはじまるといわれています。

臍の緒・乳づけ

なお臍の緒を截る儀がありますが、これは竹刀で切るのがわが国古来の慣例でした。また乳づけの儀は、母となった人がはじめて生児に哺乳させることですが、実際に乳を与えるのは乳母ですから、この儀はごく形式的に行なわれるにすぎません。『紫式部日記絵巻』にその図が見えております。

三

うぶ湯・御湯殿の御儀

次にうぶ湯のことを述べましょう。これについては、『紫式部日記』所載の御湯殿の儀を中心に考えるのが便利です。ただし御湯殿の儀は正式の儀式であって、実際のうぶ湯そのものではありません。実際のうぶ湯は、おそらく出産直後になされたものと考えられます。

今、『御産部類記』の不知記などにより、御湯殿の御儀の次第を見ますと、まず陰陽師に日時、雑具調進その他のことを勘申《かんじん》せしめられ、奉仕の諸員を正式に選定されます。したがって御出産後相当長い時間かかるのが普通で、たとえば、寛弘五年九月十一日、一条天皇の中宮彰子御産の場合には、御出産後約八時間の後に御湯殿の御儀が執り行なわれましたが、元永二年五月二十八日、鳥羽天皇の中宮御産の場合には、約二十四時間後に、治承二年十一月十二日、高倉天皇の中宮御産の場合には約四十八時間後に行なわれております。

さて陰陽家の勘文《かんもん》にしたがって、はじめて吉方《えほう》の流水を汲み、御湯の料とされますが、同時に一方では御湯殿の設備がととのえられます。寛弘五年の例によると、寝殿の東の母《も》屋《や》と廂の間とが御湯殿の場所とされ、白絹を地敷の上に重ねて敷き、その上に御槽を立て、缶《ほとぎ》の台や床子などが立てられました。それはいずれも白い絹でおおわれています。次いで御湯を供し、係員が各自の袍の上に当色すなわち白色の袍を着て奉仕します。女官がその御湯を受け取り、熱い湯に水をさしてうめながら、十六の缶に分配し、湯巻姿の女房が二人、御湯殿に奉仕します。調度はすべて白色ですが、奉仕の人もすべて白装束を着けます。

読書鳴弦

やがて左大臣道長は皇子を抱き奉り、虎の頭を奉仕した女房が先に立ち、御剣を奉持した女房が後に従って、御湯殿に向かいます。その間、撒米のことや護身の僧の祈禱が行なわれ、また読書・鳴弦《つるうち》のことがとり行なわれます。読書とは読書博士《ふみよむはかせ》すなわち紀伝明経の博士三人に、『史記』『孝経』その他漢籍中の文の一節を読ませることをいいます。普通は『孝経』の天子の章、すなわち、

愛親者不敢悪於人、敬親者不敢慢於人、愛敬尽於事親、而徳教加於百姓、刑于四海、蓋

天子之孝也。

というところを三回読み、また『史記』の五帝本紀の「黄帝者少典之子……」というところを三遍よむことになっております。鳴弦とは、弓に矢を矧《は》げずにただ弦のみを鳴らす作法です。これは御産の際の御儀ばかりでなく、ふだんの殿上の御湯浴のときも行なわれたもので、悪魔を防ぐ呪いです。

さて読書博士と鳴弦とは、東の中門から南庭にはいり、南階の前に居並びます。博士三人が最前列に、西を上として北に向いて一列に並び、その後に鳴弦が五位十人、一列に並び、さらにそのうしろに六位十人が一列に並びます。九巻本『栄花物語』の図に、読書博士が階上に立ち、鳴弦人が廂にすわっていますが、これは誤りです。

御湯殿の儀は朝夕二回行なわれましたが、この朝といい夕というのは、必ずしも時刻を意味するものではありません。いわば第一回め第二回めというほどの意です。寛弘五年の場合は夜になってからいわゆる朝の御湯殿が行なわれ、夜半になっていわゆる夕の御湯殿が行なわれたのでしたが、その上、夕の御儀のほうはほんの形ばかりで、実際の御湯浴のことはなかったのです。

白一色

御湯殿の御儀はそれから七日間くりかえされ、朝夕読書・鳴弦のことが行なわれました。

その間、子持ちの君すなわち御産婦をはじめとして、女房の装束、室内の調度、装飾などはすべて白一色です。八日になってはじめてそれぞれの色彩にかえり、後世のいわゆる色直しとなるのです。

産着

その他産着《うぶぎ》といって、生児にはじめて新衣を着せることがあります。『紫式部日記』に

中宮職の官人たちが産養《うぶやしない》を奉仕した記事の中に、

源中納言、藤宰相は御衣、御むつき、衣筥《ころもばこ》の折立、いれかたびら、つつみ、おほひ、下机など、同じことの同じ白きなれども、しざま、人の心々見えつつ、しつくしたり。

とありますが、この御衣、御襁褓《むつき》は、すなわち新皇子の御料なのです。

以上はだいたい『紫式部日記』を中心として、皇子御誕生の際の御儀の大略を見てきました。臣下の出産の場合には、もちろんこのような豪華な儀式ではありませんが、ほぼ同じような精神で、同じような儀式が、ただ簡単に行なわれたのです。

第十二章　自然観照

一

後宮女性の美的関心

以上は、宮廷の行事の方面から、女性の生活を考えたのですが、さらに自然への関心について述べてみましょう。

まず注意すべきは、かれらの美的生活です。女性たるかれらは、その日常生活をどのように美化しようかと、注意を払っています。衣食住の三方面のうち、食生活はその性質上、特に女性美を表現することは不可能です。住居も建築様式が一定している以上、特に女性化することはできますまい。こういうわけで、女性生活の美化ということは、おのずから装飾とか、服飾とか、化粧とかに限定されざるをえません。ただ、自然に対する態度、すなわち月雪花のような天体、自然現象、鳥獣草木などに対する観照が、かれらの美的生活の「場」であったことは、申すまでもありません。

平安時代の後宮女性たちは、季節に対してどのような感覚をもっていたでしょうか。その自然観照について、便宜上、庭園、季の行事、行楽および季の景物などに分けて考えてみることにします。

庭園の設計・前栽の草木

まず後宮の諸殿舎の壺すなわち中庭に、春秋の草花を植えたことは前にも述べましたが、大内裏の諸殿舎も同様でした。たとえば『枕草子』に、中宮が大祓のために出御された朝所《あいたんどころ》の様子を、「前栽に萱草といふ草を、ませゆひて、いと多くうゑたりける、花のきはやかに総なりて咲きたる、むべむべしき所の前栽にはいとよし」と述べているのも、その一例です。また後宮女性の里邸は、いわゆる寝殿造りですが、その設計にはこういう点に注意が払われています。寝殿の南の中庭には築山を築き、池を掘り、池には中島を作り、橋を架けます。池を隔ててさらに南にも庭を設けることがあり、ここにも築山が作られます。寝殿と対屋《たいのや》との間から、廊に沿うて遣水《やりみず》を流し、池に注ぐのが普通です。『紫式部日記』に「池のわたりの木末ども、遣水のほとりの草むら、おのがじし色づきわたりつつ」とあるように、池の岸、南庭には樹木が植えられ、遣水のほとりには草が植えられます。同じ日記に「橋の南なる女郎花のいみじう盛りなるを……」とも「池のみぎは近う、篝火どもを、木の下にともしつつ……」ともあるによってわかりましょう。『源氏物語』少女

庭園の風景（紫式部日記絵巻）

の巻に、六条院の庭園の設計が詳しく述べられていますが、これによると、当時の庭園には春の山とか、秋の野とかの自然美をそのまま移そうと努力していることがわかります。野分の巻に「中宮の御前の秋の花を植ゑさせ給へること、常の年よりも見所多く……」と見え、『小一条左大臣家前栽合』に「寝殿の西東によろづをかしき前栽をうゑわたして……」などとあるのを見ますと、寝殿の前の東側や西側、すなわち東西対屋と寝殿との間には、草花が特に多く植えられたようです。これらの草花は、『本院左大臣家前栽合』前田家蔵伝宗尊親王筆『小一条太政大臣家前栽合』同上『天暦十年八月十一日坊城右大臣家歌合』同上『枕草子』『源氏物語』『堤中納言物語』などによって、梅・柳・桜・桃・つぼすみれ・山吹・梨・つつじ・朝顔・夕顔・つゆくさ・蓮・しもつけの花・ぎぼうし・卯花・かにひ・葵・橘・牡丹・そうぶ・萩・紫苑・かまつかの花・女郎花・撫子・りんどう・萱草・藤袴・桔梗・すすき・尾花・かるかや・菊・紅葉・われもこう・くさのこう・芭蕉・蘭・山橘・松・竹・藪蘭・三稜草《みくり》・檀《まゆみ》・桐・樗《おうち》・篠などの多数に及ぶことがわかります。

これらの草花は、春の草花よりも秋の草花のほうがはるかに多かったことが注意されます。また夏には蛍を、秋には松虫・鈴虫をはなち、自然美の粋を集めたものでした。

白砂の美

庭園には、『栄花物語』音楽の巻に「庭の砂は水精のやうにきらめきて云々」と見え、『源氏物語』初音の巻に「いとど玉を敷ける御前は、庭よりはじめて見所多く……」とあるように、多くは美しい白砂を敷きつめてあったようです。ただいまの京都御所の紫宸殿の大前の白砂の美しさから、ほぼ当時の庭園の白砂の感じを想像することができましょう。当時の庭園の構想、すなわち木石の配合、草木の布置などは、簡素の美の中に、最大の含蓄と余韻とをもたせたもので、その趣は、『源氏物語絵巻』や、『紫式部日記絵巻』や、『年中行事絵巻』などによって察せられますが、後世の茶室の庭園などに見られる閑寂の美が、早くもこうした平安時代の庭園のなかに見られることは、注意してよいことでしょう。

二

枕草子の自然観照

後宮女性は、自分たちの前に展開するこうした日本的な庭園の自然美から、草木にうつろう自然の推移を、静かにみつめ、そのなかに日本的な美をとらえました。たとえば『枕草子』に、小二条殿の中宮の淋しい御生活を述べ、

お前の草のいとしげきを、などかかき払はせてこそといひつれば、ことさら露おかせて御らんずと、宰相の君の声にて答へつるが、をかしうも覚えつるかな……あはれなりつる所のさまかな。対の前に植ゑられたりける牡丹《ぼうたん》などのをかしきこと。

と見えているのは、白楽天の詩をふまえているとしても、なお自然美を愛する心情の流露したものとして注意されます。また、

九月ばかり、夜ひと夜降りあかしつる雨の、今朝はやみて、朝日いとけざやかにさし出でたるに、前栽の菊の露こぼるばかり濡れかかりたるも、いとをかし。すいがいの羅文のきの上にかいたる蜘蛛の巣のこぼれ残りたるに、雨のかかりたるが、白き玉をつらぬきたるやうなるこそ、いみじうあはれにをかしけれ。少し日たけぬれば、萩などのいと重げなるに、露の落つるに、枝のうち動きて、人も手ふれぬに、ふとかみざまへ上りたるも、いみじうをかしといひたることどもの、人の心には、つゆをかしからじと思ふこそ、又をかしけれ。

とあるによっても、かれらがどこまでも自然そのままの相の中に、本質的な美を見いだそ

うとしていることがわかります。かように、日本の庭園美の伝統は、遠く平安時代の女性の自然観の中に、源流を発しているようであります。

季節的行事・行楽・季節の景物

当時の人々は、こうした庭園の草木の上に、自然美を発見し、季節の感覚を豊富にしましたが、同時に、春には若菜をつみ、花の宴を催し、夏には郭公をききに行き、秋には月の宴をはり、冬には雪を賞するなど、各季節にふさわしい催し物によったり、また、寺社に詣で、歌枕をたずね、温泉に遊ぶなど、行楽によったりして、季節美の享受を豊富にし、しだいに季節美感と景物の類型を形づくりました。たとえば、かれらは春の景物としては、東風《こち》・霞・春雨・朧月・鶯・梅・柳・桜・藤・山吹などを確立させ、夏の景物としては、五月雨・郭公・くいな・卯花・葵・牡丹・なでしこ・そうぶ・夕顔・あおい・蛍などを、秋の景物としては、秋風・秋雨・時雨・初雁・鹿・きりぎりす・松虫・鈴虫・女郎花・すすき・萩・紅葉・かるかや・桔梗などを、また冬の景物としては、霜・霰・木枯・落葉・千鳥・網代《あじろ》などと確立させました。そしてこれらの景物は、好んで文学の題材とか背景とかにされ、やがては日本的季節美の象徴として類型化されるにいたりました。

先年わたくしは、日本文学を愛好しているある外国人と、初秋の軽井沢に遊んだことがありました。浅間の麓には初風が渡り、裾野には秋草が美しく咲き乱れていました。萩・桔梗・女郎花などのしおらしい草花が、この高原に「秋」の来たことを知らせていました。わたくしは、その草花の風情《ふぜい》に日本の伝統の美を見いだして、深い感動を禁じえませんでしたが、同行の外国人には、そういう意味での感動はまったく見られませんでした。秋草にうつろう「季」の意味などは、とうてい理解されるものではなかったのです。どんなに説明しても、秋草の象徴する季節の美を会得させることはできませんでした。その時、わたくしは日本の伝統の美の中には、いわゆる美学によって説明することのできないもののあることを切に感じました。そしてその伝統が、遠い平安時代の女性の自然観照に源を発していることに、深い感激を覚えたことでした。

第十三章　女性と服飾

一

正装

服飾は女性が深い注意を払ったものの一つです。

女子の服装について概略を申しますと、その服装は、大別して三種とすることができます。すなわち正装・表向きの服・褻《け》の服であります。これらのうち、やんごとない御方の前に出る後宮の女性としては、表向きの服が普通に用いられたことはいうまでもありません。正装は特別の公式な儀式の場合のほかは、普通には用いられませんでした。

晴の服・褻の服

表向きの服は、唐衣・裳を着用するもので、俗に十二単《じゅうにひとえ》と称せられます。この服は、宮廷または貴紳の家の侍女が、主君の前に侍し、または客に応待するような場合に着用する

女房の正装（佐竹本三十六歌仙絵巻・小大君）

ものです。正装は、その上にさらに比礼《ひれ》・裙帯《くんたい》を装い、額《ひたい》と称する金属の釵《かざり》を頭の上にいただき、釵子《さいし》をさすので、公私の儀式に用いられます。この表向きの装束と正装とは、表だった時の服装ですが、これらに対して、内々の私服を褻の服といいます。ただし、後宮の女性は、皇后または褻の服では小袿《こうちき》・細長《ほそなが》を着るのです。ただし、後宮の女性は、皇后または中宮に奉仕する身分ですから、自分の局にいる時とか、自宅に下りている時とかのほかは、褻の服を着ることはほとんどなかったでしょう。後宮で平素褻の服を召されるのは、皇后・中宮・女御方や、姫宮方です。

表向きの装束に着用する衣服については、古来異説がありますが、だいたい下に緋《ひ》の袴紅の袴ともいうをはき、次に単《ひとえ》・袿《うちき》後世は五衣・打衣《うちぎぬ》・表着《うわぎ》、その次に唐衣を着用し、最後に裳をつけます。後世になると、小袖を着てその上に緋の袴をはきますが、平安時代には、肌にすぐ袴をはき、小袖は着ないというふうに一般には説かれていますが、夏季などは別として、冬季などはたぶん下着を着たものと考えられます。

禁色

唐衣と裳とは、その地質と色目とに制限があって、みだりに着用してはならないことになっています。すなわち唐衣の地質には、二重織物と織物と平絹との三種があります。二重織物は地文のある綾の上に、さらに別の糸で別の文様を織り重ねたものです。織物は緯糸で模様を織り出したもの、平絹は羽二重で模様のないものです。織物の地色には、紅・青・蘇芳《すおう》・萌黄《もえぎ》・桜・紫・二藍《ふたあい》・葡萄染《えびぞめ》などがあります。これらのうち、紅と青の織物は、禁色《きんじき》と称せられ、資格を有し、勅許を得たものでなければ、着用することのできないものでした。これは禁色とも、ゆるし色ともいいます。『紫式部日記』に、皇子御誕生の時のことを、

東の対の局より、まうのぼる人々を見れば、色ゆるされたるは織物の唐衣、同じ袿どもなれば、なかなかうるはしくて心々も見えず。

と書いており、一条天皇が道長の邸の土御門殿に行幸あらせられた夜のことを、

みすの中を見渡せば、色ゆるされたる人々は、例の青色赤色の唐衣に、地摺の裳、上着はおしわたして蘇芳の織物なり。

と書いています。「色ゆるされたる」とは、紅と青との織物を着用することを許されたのをいうのです。すべて「女房の色を聴《ゆ》るす」ということは、地質と地色との両方についていわれるのです。裳の地質は綾や平絹ですが、綾は色を許されたものでなければ着用することはできません。したがって普通の婦人は、織模様の裳は着用できないので、白地や薄色などの地に、型紙を用いて文様を摺り出したいわゆる地摺《じずり》の裳を用いたのです。

表着《うわぎ》は袿の上の一枚で、打衣の上に着るものです。袿は三枚五枚と重ねてきます。うちかけの衣のことです。ところが平安時代の中期には、重袿《かさねうちき》の上の一枚すなわち表着のみを袿といったり、下の重袿をも、単に袿といったりして、意味に混同が生じました。その混同の例は『紫式部日記』や『栄花物語』にたびたび見えています。また小袿というものが、『源氏物語』などにあらわれますが、これは婦人の褻の服のことです。唐衣や裳は着ないのです。ですから、後宮に奉仕する婦人たちは、自分の局にいる時とか、里に下りている時とかでなければ、小袿は着なかったといってよろしいと思います。

打衣《うちぎぬ》は袿のうちの一枚で、表着の下、重袿の上に着る袷です。『枕草子』に「紅のいとつややかなる打衣の霧にいたくしめりたるを……」とあるように、打って光沢を出したものので、色は濃い紅とか、紫とかが普通であったことが、『枕草子』や『紫式部日記』や『女官飾抄』などに見えます。

重袿は、打衣の下に重ねる袿のことで、何枚重ねるのが正式であるか明らかでありません。また重ねとおめりとの関係も考慮してみなければなりませんが、ここでは長くなりますから省略します。重ねは普通は三領五領から七、八領を重ねたようです。しかし、『栄花物語』若枝の巻に、枇杷殿《びわどの》三条天皇中宮、妍子、上東門院御妹の大饗の折、女房の重袿は二十領に及んだとあります。室町時代末期から袿は五枚と定められ、世に五衣《いつつぎぬ》と称せられました。桃山時代になると、人形仕立てと称して、裾や袖口のみを五枚とし、見えない所は一枚とする様式がもっぱら行なわれました。もっとも五衣という名称は、平安時代からあって、『宇津保物語』の忠こその巻にも、『増鏡』にも見えており、『平家物語』扇の的の条に「紅の袴に、柳の五つぎぬきたる女房」と見えていますが、これは任意袿を五枚重ねたのをいうので、後世の五衣の名称とは、少し意味を異にしていると思われます。

単《ひとえ》は袿の下に着るもので、袷ではありません。ただし十二単というのは、単を十二枚重ねることではないのです。十二単は十二の御衣《おんぞ》ともいいます。これは元来衣《きぬ》すなわち袿を十二枚重ねた下に単を着用したことを意味しているのです。『増鏡』巻三に、伏見天皇中宮鏡子の御装束を述べて「紅桜の十二の御衣に、同じ色の御ひとへ……」と見えているのがこれです。

二　服装美への関心

当時の人々が、どのように服装の美に苦心したかは、想像以上ですが、その一例として『栄花物語』根合の巻、天喜四年正月、皇后宮寛子歌合の女房の装束をしるした条を引いておきましょう。すなわち、

右十人は、東面に南の戸口に、いなば、色々を皆うちて、青き織物に、色々のもみぢを皆織りつくしたり。蘇芳の二重紋浮線綾の唐衣、出雲、したぎ、同じ紅葉をうちて、表着は赤地の錦、薄青の二重衣の唐衣、袴も同じ紅葉のうちたる、表着も白き、土佐、これも同じ紅葉のうちたる、かうぞめの二重衣のうはぎ、秋の花のいろいろをつくしたり。紅葉のうすきこき二重紋の唐衣、うはぎは大井河の水の流に、洲浜《すはま》を鏡にて、花の色々のかげ見ゆ。袴はとなせの滝のみなかみしも、紅葉の散りかひたるいとをかし。三日月のかたに鏡をして、緑のうすものの表着、なみのかたを結びかけたり。美濃、色々の錦のきぬ入、うらみな打ちたり。象眼の緑の裳、紺瑠璃《こんるり》の唐衣、これも大井河をうつしたり。みな置口して、袴同じ五重のうちたる、上に二重紋の表着、筑前、同じ紅葉のうちたる上に、黄なる二重紋の表着、無紋の朽葉の唐衣、秋の野を織りつくしたり。袴同じ様なり。今五人は菊の色々なり。遠江、皆上は白き、裏を色々にうつろはして、紅のうちたるに、白き織物の表着、女郎花《をみなへし》の唐衣、薄の裳、侍従、うへはうすき蘇芳《すはう》、裏は色々うつろはしたり。紅の裏に、蘇芳の織物の表着、女郎花の唐衣、萩の裳、袴、いづれも同じごとうちたり。下野、菊の織物どもに、紅の打ちたる蘇芳の唐衣、紫のすそご

の裳、鏡に葦手《あしで》に玉を貫きかけ、絵かきなどしたり。袴、二藍《ふたあゐ》の表着、平少納言、菊のうつろひたるに、二藍のうはぎ、草子のかたにて、村濃《むらご》の糸して、玉をあげまきに結びて、後撰古今と織れり。黒き糸して、左も右もその色の花どもを造りて、上に押したり。右は綿入れず。紅葉の人たち、瑠璃をのべたる扇どもをさしかくしたり。さしぐしに、物忌み、いとして、紅葉菊にてつけたり。美濃の君、唐衣にかねをのべて、「あられふるらし」といふ歌をも摺《す》りたり、左の人々ひあふぎどもなり。衣には皆綿入れたれど、うはぎ、裳、唐衣は、冬のにてなむありける。

とありますが、この記事によって、当時の後宮女性の服飾が、どんな意味のものであったかが察せられると思います。

以上述べてきた衣服は、正式の場合ですが、任意そのうちの一つを省く場合もあります。たとえば唐衣を省略したものは、『源氏物語絵巻』に見え、打衣を省略したものも、おなじく『源氏物語絵巻』や、『扇面古写経』に見えます。また、夏の季節には、肌に直接袴をはき、袿を着用した絵もあります。

衣・みぞ・おんぞ

上述の衣服の名称は、平安時代から行なわれていますが、別に「衣《きぬ》」とか「御衣《みぞ》」とか「御衣《おんぞ》」とかの名称もあります。多くは重袿をさしますが、他の衣服のすべてにわたってさす場合もあります。『紫式部日記』一宮御五十日の条に、道長室倫子の様を「赤色の唐の御衣、地摺《ちずり》の御裳、うるはしくさうぞき給へるも」としるし、同じく二宮御五十日の条に、中宮彰子の御様を「例の紅の御衣、紅梅・萌黄《もえぎ》・柳・山吹の御衣、上には葡萄染《えびぞめ》の織物の御衣」としるしています。これらのうち、唐の御衣は唐衣であり、紅の御衣は打衣であり、紅梅・萌黄・柳・山吹の御衣は重袿であり、葡萄染の織物の御衣は表着です。これらは混同されがちで、そのため古典の本文の正しい意味を誤解することがあります。

以上の衣服には、織物すなわち綾・平絹・うすものがあり、色は紅・蘇芳・二藍・葡萄染・紫・白など多様です。

小袿・細長

褻の服は後宮の女性には関係が少ないのですが、ついでに申し添えておきましょう。婦人の略服には二種あります。一は小袿で、他は細長です。主人は通常服の小袿を着ていますが、女房は礼装単衣・表着・打衣・唐衣をするのが普通です。ただし裳は省く場合が少なくありません。『紫式部日記』一宮御五十日の夜の倫子の装束は「赤色の唐の御衣、地摺の御裳、うるはしく」というふうに裳を着用したのですが、一条天皇母后、東三条院詮子の装束は「えびぞめの五重の御衣、蘇芳の御小袿……」というふうに裳を省いたものでした。これは身分の相違によるのです。『枕草子』に皇后のおられぬときの女房の装束について、「裳も着ず、袿姿にてゐたるこそ、物ぞこなひに口惜しけれ」とあるによっても、そのだいたいがわかるでしょう。小袿は表着や打衣と異なるところはありません。この下に打衣と単とを重ねて着ます。すなわち表向きの装束の唐衣と裳とを省いて、小袿を着るわけです。

細長は形状が明らかでありませんが、『枕草子』や『源氏物語』などの記事を考え合わせますと、唐衣・裳の代用として着用するもので、袖は唐衣のように短く、おくみがなく、丈は裳のように長く仕立てて、両者を兼ねたもののようで、いわば今の長襦袢のような形をしていたものと思われます。小袿に重ねて着たのですが、そのことは、胡蝶の巻に、玉鬘の装束を「撫子の細長に、この頃の花の色なる御小袿あはひけぢかう今めきて……」といい、若菜の下に紫の上の姿を「えびぞめにやあらん、色こき小袿うす蘇芳の細長に、御ぐしのたまれる程……」といっているのによって想像されます。これらは袿姿ともいわれたのですが、それは若菜の下に細長を着ておられる女三の宮の姿を、袿姿と書いているのによってわかります。

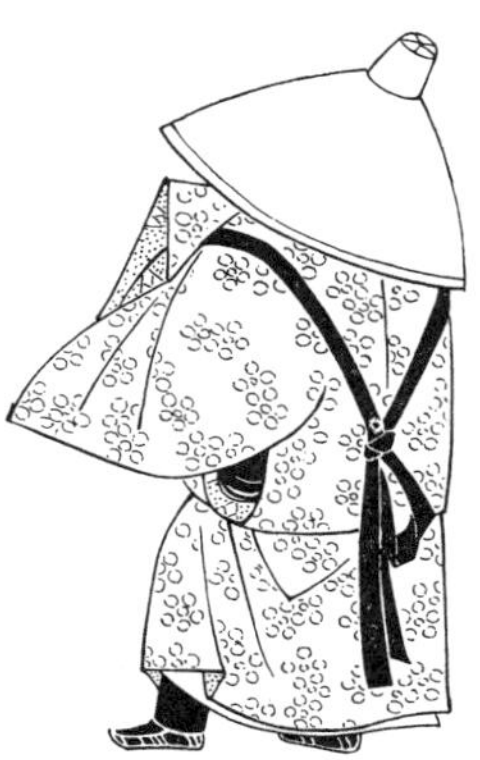

壺装束

三

壺装束

平安時代の女性が旅行する時には、車に乗

ったり、馬に乗ったりしましたが、徒歩で行くこともありました。寺社に参詣する時には、功徳のために、ことさら徒歩で行くことが多かったのです。そういう時には、普通壺装束《つぼそうぞく》という服装をしました。『河海抄』に引かれた俊成卿女の説や、『年中行事絵巻』『扇面古写経』『奈世竹物語絵巻』『法然上人絵伝』などの絵巻によれば、まず下着を着、その上に小袿または袿を着、紐で腰を結び、衣の裾を手にもち、またはからげて歩き、市女笠《いちめがさ》をかぶるのです。市女笠は中高の饅頭形《まんじゅうがた》の笠で、その中高の所に頭を入れます。もと、市に物売りに出る女のかぶる笠でしたが、貴族の間に流行するようになったもののようです。こういう下賤なものの服装が、上流社会に取り入れられることについては、注意すべきものがありますが、今ここでは述べている余裕がありません。

むし

また、女子の外出の時に着用するものに、「むし」というものがあります。三巻本『大鏡』の兼通の伝に、兼通の女媓子が、伏見稲荷に詣でた時のことを、

いと苦しげにて御むしおしやりて仰がれさせ給へ

むしたれぎぬ
（石山寺縁起による）

る御姿つき……さは云へど多くの人よりはけだかくなべてならずぞおはしましける。

と述べています。この「むし」は、『大鏡』の板本に「むしろ」とし、近来の諸本に「うしろ」としているが、すべてさかしらで、『類聚名義抄』に「帔ムシ」とあり、『夫木抄』九の正三位季能の歌に「草深みむしのたれぎぬ結《ゆ》ひあげて通りわづらふ夏の旅人」とある「むしのたれぎぬ」のことです。「むし」の語義については諸説がありますが、笠の周囲に身《たけ》と等しく、外の透して見られるような薄物の帛を垂れたもので、山野を行く時に用いるものだといわれています。『石山寺縁起』に、菅原孝標女《すがわらたかすえのむすめ》が、石山詣でをした時の旅装に、むしたれの笠を着用した様を描いていることはあまねく知られています。

童女の服・細長・汗衫

なお童女の装束に、細長と汗衫《かざみ》とがあります。『源氏物語』末摘花の巻に、紫の上の様を「紫の君いともうつくしき片おひにて、……無文の桜の細長なよよかに着なして……」としるしているのがこれです。この細長は、一般には、男の子の着る細長と同じ形すなわち袍と同じ形であろうといわれていますが、おそらくそうではなく、やはり女服で、その形の小さいものではなかったかと思われます。細長については別に考えがありますが、これは他の機会に詳しく述べてみたいと思います。

汗衫は、カザミとよみますが、これは字音の転じたものであろうといわれています。もと汗取りの服でしたが、後には女童の表着の上に着るものとなったようです。『枕草子』に「なぞ汗衫は尻長といへかし」とか「汗衫長く尻ひきて」とか見え、その後方が特に長かったもののようです。童女が着たことは、『西宮記』『天徳歌合』『宇津保物語』『枕草子』『源氏物語』『紫式部日記』『栄花物語』などにしばしば見えています。衵《あこめ》を重ねて着たり、表着の上に着たりする定めです。『枕草子』に大進生昌の家に中宮の行啓があったとき、生昌が汗衫のことを「衵のうはおそひ」といって、清少納言に笑われた由が見えています。衵は、『和名抄』に「女人近レ身衣也」とあるように女子の肌着です。

『堤中納言物語』貝合に、

八九ばかりになる女の子のいとをかしげなる薄色の衵、紅梅などみだれ着たる……

とあるのがこれですが、衵にはその下にさらに衵を重ねたり、単を重ねたりすることもあります。

なお、男子の服装については、直接女性生活に関係がありませんから、ここでは省略したいと思います。

第十四章　服飾美の表現

一

服制と服飾美

平安時代の女子の服装は、その形が大きいばかりでなく、重ねる枚数も多かったので、女性としての容姿美特に線の美しさは、服装そのものからは、容易に表現されませんでした。そこで、唐衣の着方とか、袖口とか、褄などの部分に、女性美をあらわすことに努めたのです。たとえば、『枕草子』に「女房、桜の唐衣どもくつろかにぬぎたれて……」と書いていますが、これは唐衣の襟を肩からすべらかして、くつろかに着用し、後世の抜衣紋のように、襟すじとか、肩の感じの美しさを見せたものでしょう。

衣服の形式は固定し、地質・地色などにもだいたいのきまりがありましたので、各人の好尚や心意気をあらわす部分はきわめて一部分に限られました。たとえば、『紫式部日記』に、少将の君は、秋の草むら、蝶鳥などを、白銀して作りかがやかしたり。織物は限りありて、人の心にしくべいやうなければ、腰ばかりを例にたがへるなめり。

とあるように、刺繡や、打金や、螺鈿《らでん》などを施すことによって、個性を表現し、才気を見せることが行なわれました。

打出

平安時代の女子の服装美は、打出《うちで》とか押出とかの方式に集中されています。打出とは、「うちいだし」ともいい、詳しくは「打出の衣《きぬ》」といいます。簾や牛車の下簾の下から女房の衣の褄・袖口などを出すことをいいます。大饗・臨時客・五節・四方拝・任官・各種の賀などの晴れがましい時に、多くは寝殿の南面、東の対の廂の間などに、三間・四間・七間などに打出すのが普通です。『栄花物語』御裳着の巻に、

大宮の女房寝殿の南より西までうちいだしたり。藤十人、卯花十人、つつじ十人、山吹十人ぞある。いみじうおどろ〳〵しくめでたし。枇杷殿の宮の女房は、西の対の東面南かけてうちいだしたり。

とあるによれば、重ねの色目を十人ずつ四種に分けたことがわかります。これらには、時に応じて衣服の品目、その服色に定まった作法がありました。なおこの作法については、考えて見なければならない幾多の問題がありますが、ここでは述べる余裕がありません。

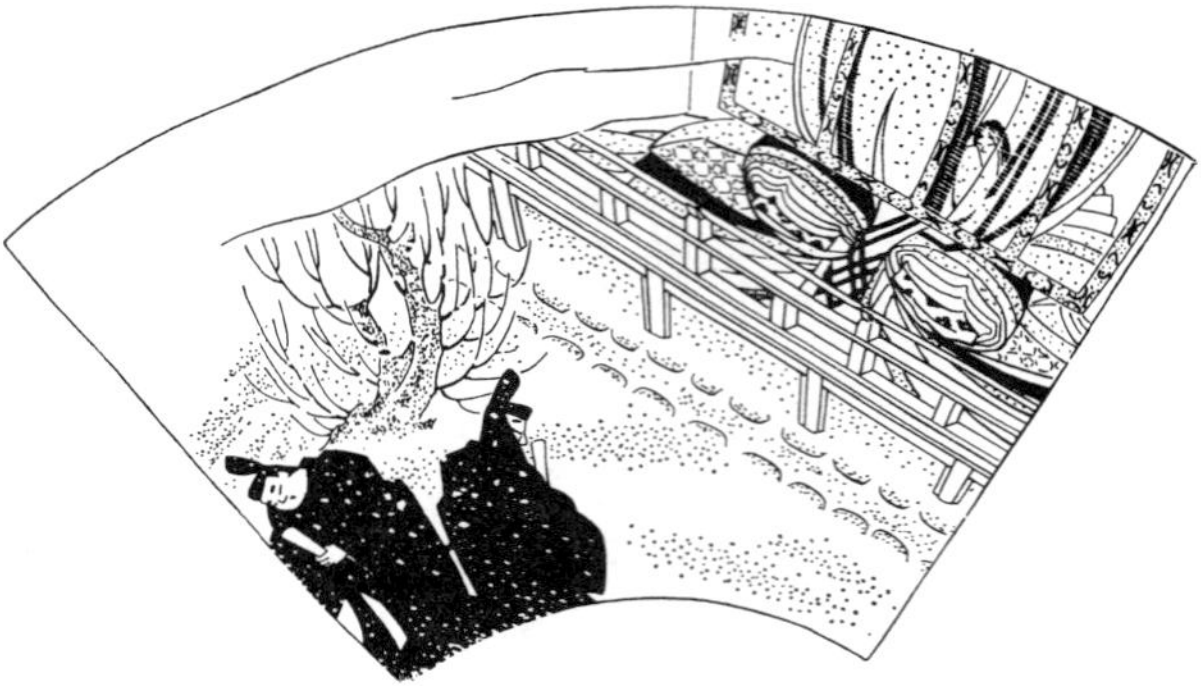

うちいだし

押出

押出は「おしいで」とも「おしいだし」ともよび、詳しくは「押出し衣」といいます。『弁内侍日記』に「もみぢがさねのおしいだし見ゆ」とあるのがこれです。女房が御簾の中央・左右から衣の袖を出すことです。この押出は打出とは別で、その区別については注意を要します。『玉海』建久二年四月十三日、中宮において童舞があり、女房の押出のことがありましたが、そのことを『玉海』には、

非打出、只所着用之薄綿衣等、出袖、不出褄、是定例也

と註しています。これによれば打出が袖および褄を出すのに対し、押出は袖のみ出して褄を出さない点が異なっています。『枕草子』正暦五年春、清涼殿に伊周が参上した時の様を「御簾のうちに、

女房桜の唐衣ども、くつろかにぬぎたれて、藤・山吹など色々このましうて、あまた小半部の御簾よりもおし出でたる……」とあります。また『栄花物語』根合にも「すこしさしのきて、よき程におし出でたるきぬの裾、袖口いと目もおどろきて見ゆ」とありますが、これらはすべて押出のことを意味しております。

打出・押出の美は、袖口・褄などに、衣の地色、詳しくいえば、表着・打衣・重袿などの表と裏との地色が重なり合い、調和しているところに示される美です。裏の地色は、いわゆる「おめり」によって表面にあらわれるものであることはいうまでもありません。

襲の色目

かように打出も押出も、けっきょく衣の色の美に帰一するのであって、ここにいわゆる襲の色目ということが問題となってきます。元来襲の色目には、三様の意味があるとされています。第一は表裏の色の関係、第二は経《たていと》緯《よこいと》の関係、第三は多数の衣を重ねる女官の服の表の裂地の配色の関係です。これらのうち、打出と押出とは、第一・三の意味におけるものです。しかし、普通襲の色目というのは、第一の意味のもので、四季折々の植物の色を移してその名とするのであります。たとえば、春の季節においては、紅梅（表紅梅 裏蘇芳）・柳（表白 裏青）などがあり、夏の季節においては、卯花（表白 裏青）・花橘（表黄 裏青）・躑躅（表紅梅 裏青）などがあり、秋の季節においては、萩（表薄色 裏青）・女郎花（表黄 裏青）・黄菊（表黄 裏青）・紅葉（表赤 裏濃赤）などがあり、冬の季節においては、枯色 表薄香 裏青・氷 表裏 白 などがあります。また季節に関係のないものとして、二藍・萌黄・花田・薄色・檜皮・赤香・浅黄・蘇芳・木賊《とくさ》などがあります。これらは、表の裂地と、裏の裂地との色目の関係を意味するのですが、こういう色目は、後のものを加えると、実にその数二百の多数に達しています。これらの多数の色目は、多くは四季の草花の色を採り、またはその草花にちなんだものですが、これは深い注意を払わなければならないところだと思います。

自然美への愛

われわれは平安時代の色彩感覚の多様性と鋭敏さとに驚嘆せざるを得ませんが、さらに、かれらが自然の草木の色をとって服装の色としていることは、いかにかれらが、周囲の自然美に身を潜め、美を愛し、美の本質をとらえ、またとらえようと努めたかを示すものと思われます。

季節に対する敏感さは、やがて自然に対する理解と親愛の情の深さとを示すものであり、ここに日本民族性の一面が見られます。青い葉のかげに、ほのかに色づく秋萩のしおらしい風情は、表薄色、裏青という襲の色目に象徴されています。いかにも優雅な、奥ゆかしい自然観照の態度というべきではないでしょうか。

にほひ

二

打出・押出のような重袿の配色については、「にほひ」ということがあります。この「にほひ」は、『雅亮装束抄』に、

すはうのにほひ　うへはうすくて、したざまにこくにほひて、あをきひとへ
くれなゐのにほひ　うへくれなゐにほひて、したへうすくにほひて、こうばいのひとへ

とあるものですが、これは、『女官飾抄』に「くれなゐにほひのきぬ」について、「うへくれなゐにうす紅をかさぬ」と説明しているように、重袿の色の関係をいっているのです。重袿の場合は、上の衣が濃くて、下の衣がしだいに薄いもの、またはその逆のものを申します。『紫式部日記』に「上衣は菊の五重」とあるが、これは菊の匂いの五重衣のことでしょう。上が白で、中に薄紫と少し濃い紫とを重ね、下に緑を置くのであろうと思います。もっともこれを五重織のことだと説く人もありますが、わたくしは仕立て方のことだと考えております。

匂いは元来薫物の匂いの意であります。初めの間は香気がたしかにかおり、後に至るほどに、ほのぼのと香がうすくなり、はてはかすかに消え失せることを意味しています。そ

れから転じて、刀の焼刃にも、黛にも、鎧の縅色にも、破りつぎ・切つぎの料紙の小口にもいいます。『枕草子』の木の花はの条に、梨の花を評して「せめて見れば、花びらのはしに、をかしきにほひこそ、心もとなうつきためれ」とあります。装束でいう「にほひ」も、このそこはかとない、ほのぼのとした、余情にみちた一種の美をさすのです。においは、嗅覚や、視覚や、聴覚などの感覚をこえる美の一つの形態であって、日本的な美の一性格として、今日なお生きつづけているものです。それが平安時代の後宮女性の美的関心の中に端を発していることは、注意を要するところでしょう。

うすやう

次に、「にほひ」に関連して考うべきことは、装束における「うすやう」ということです。『雅亮装束抄』に、

くれなゐのうすやう　　くれなゐにほひて三、白き二、白きひとへ

とあり、『女官飾抄』に「くれなゐのうすやう」について、「うへくれなゐに白きをかさぬ」と註しています。元来うすようとは、染色の一様式で、上を濃く下をしだいに薄く染めることをいいます。襲の色目についていう場合には、上を紅にして、しだいにうすくし、ついに白くすることをいいます。「にほひ」と異なる点は、白のある点であります。

色彩の調和と教養

色彩の調和ということは、平安時代の女性が最も多くの注意を払ったところです。ここにその衣服を着た者の趣味・教養があらわれるからです。紫式部は、衣服の色や紋様などから、それを着る婦人の心ばえを想像していますが、服飾におけるこの精神性は、現代においても深甚の注意を払うべきものと思います。

なよよか

平安時代の服装は、男女を通じて、その形が長大にすぎて、肉体の線の美しさをあらわすのに不適当でしたが、地質の上等のものは柔軟で、線の美をあらわしえたのです。当時の人々は、かような衣服を「なよよかなる」という修飾語をもって形容しました。たとえば『宇津保物語』楼の上の下に「いとなよよかなるうちぎ」とあり、『枕草子』に「なよらかなる袴」とあり、夕霧の巻に「なよびたる御衣」とあるのなどは、みなこういうしなやかな衣服をいうのです。須磨の巻に、源氏のすがたを、

白き綾のなよよかなる御衣、紫苑色など奉りて……御涙のこぼるるをかき払ひ給へる御手つき、黒木の御数珠にはえ給へるは、故郷の女こひしき人々の心地みな慰みにけり。

と描いているのは、はっきりとその当時の服飾美の性格を示したものであります。通説には、糊引をした衣服が、少し着ふるされて柔らかになったものをいうとも説かれています

が、それはどうでしょうか。

第十五章　女性美としての調度・車輿

一

しつらひの意義

打出・押出と連関していうべきことは、平安時代の後宮および貴族の邸宅における「しつらひ」のことです。しつらいとは、調度によって、部屋を設備し、装飾することを意味します。このしつらいは、婦人の服装美に密接な関係をもっていますが、調度の中でも、特に屏障具が重要な役割をしております。

簾・壁代・几帳・軟障・屏風

屏障具としては簾・壁代《かべしろ》・几帳・軟障《ぜじよう》・屏風などがあります。簾は母屋ならびに廂の周囲にたれます。竹を編み、萌黄色の絹に黒く窠《か》の紋を染めつけたもので四方の縁とします。上部に帽額《もこう》という絹を引き張るのが普通です。壁代は表に朽木形または花鳥の模様を描き、

簾・壁代・几帳など（源氏物語絵巻・柏木）

裏は白く磨いて光沢を出した絹七幅で作り、簾のすぐ内側に下げます。一幅ごとに表と裏とに、一本ずつ幅三寸くらいの絹の紐をたらします。この壁代と簾との色彩の対比は、はなやかな中に一種の静かな落ち着きをあらわしています。

几帳は「土居《つちい》」という四角な木の台の上に、「足」という二本の丸柱をたて、「手」という横木を渡し、これに帳《とばり》をかけたもので、三尺の几帳と、四尺の几帳とがあります。手の長さは足の倍ということになっています。帷《かたびら》は四尺の几帳では長さ六尺、幅五幅であって、一幅ごとに中央に野筋と称する長い紐二条をたらします。几帳の手や足は黒塗、帷は夏は生絹《すずし》に胡粉で花鳥を描き、冬は練絹に朽木形の紋様を施します。野筋は、はじめは表紅、裏濃紅でしたが、後に裏は黒となりました。『枕草子』に、

青やかなる御簾の下より、几帳の朽木形、いとつややかにて、紐の風に吹き靡かされたる、いとをかし。

とあるのは、几帳を中心とする調度の色彩の調和の美を述べているのです。

これらの屏障具は、単に部屋をくぎるという実用的な目的だけではなく、部屋に落ち着きと深みとを与えるために用いられました。ことに女性が、これらの調度によって、あるいは半身をかくしたり、あるいは衣の一部を出したりしたことは、容姿をいっそう優雅に、かつ深みあるものに見せる適当な手段でした。「物のあはれ」は、かくれた部分のある、露出しないものに宿る美です。しつらいにかような性格のあることは、注意すべきことと思います。

扇をさしかくす女房（枕草子絵詞）

扇・畳・筵・茵

扇は、後宮の女性が、面をおおうための具で、婦人にとってはたいせつな品でした。かれらがどんなにその扇の意匠に苦心したかは、『枕草子』に「すさまじきもの……物のをりの扇、いみじと思ひて、心ありと知りたる人にとらせたるに、その日になりて、思はずなる絵など書きて得たる」とあり、『紫式部日記』にも、扇を特に心して用意する由が書かれているによってもわかります。当時の女性が、扇で面をかくしたのは、単に人に顔を見られることを恥じるという意味からだけではなく、かれらの容貌をいっそう深みのある、魅力にみちた美しいものとしたいがためでした。たとえば、『紫式部日記』に左衛門内侍の容貌を、「いささかはづれて見ゆるかたはらめ、花やかに清げなり」といっているのによっても、また同じ日記に「扇よりかみの額つきぞ、あやしく人のかたちを、品々しくも下りても、もてなす所なんめる」といっているのによっても、また『枕草子絵巻』に、その扇にはずれて見える額つきの美しさというものを実際に描いているのによっても、扇というものの意味がよく了解されると思います。「えんなり」ということばが、この時代の文学に盛んに出てきますが、露出しない、かくれたものの魅力についていうことばです。長く日本の女性美を支配したものであったといえましょう。大和絵の構図の美しさは、こうした屏障具と、人物との配置の関係の上に見いだすことができます。また室内の色彩としては、繧繝端《うげんべり》・高麗端《こうらいべり》・紫端《むらさきべり》・黄端《きべり》などの畳や、筵や、茵《しとね》などの色が、全体を美化し、そこにいる人物を引き立たせているのです。

二

家什具

家什具すなわち家具は、間接的に女性の美しさに役だっています。家什具のおもなものには、厨子・二階棚・唐櫃・櫛筥・草子筥・硯筥・鏡筥・手筥などがあります。厨子は御

厨子（源氏物語絵巻・宿木，左に見える）

厨子とも、御厨子棚ともよび、もとは食器を載せる棚でしたが、後には貴人の座側において、いろいろの器物・草子などを載せるようになりました。二段になっていて、下段には両開きの扉があります。白木・黒塗・梨子地など、美麗をきわめたものが作られました。

火取・泔坏・唾壺・打乱筥

二階棚は二階ともいいます。厨子とは異なって、下段に扉がありません。普通上段に火取《ひとり》と泔坏《ゆするつき》とを置き、下段に唾壺《だこ》と打乱筥《うちみだりのはこ》とを置くことになっています。火取は香を焼く道具で、径七寸三分の漆器皿の上には銀製の薫炉《くんろ》を入れ、その上に銀製の高さ九寸五分の網をかぶせ、匙《かい》と箸《はし》とをそえます。泔坏は、泔を入れる器です。泔は頭髪を洗うに用いる水で、米のとぎ汁が用いられたということになっています。しかしいつもそんなものを入れていたとは思われません。泔坏ははじめは土器でしたが、後には蓋付きの銀器となり、台までも銀製となりました。唾壺は唾吐《つばはき》で、口径一寸余、深さ二寸の白銀製の壺の上に、唾壺羽《だこばね》という深さ一寸五分、口径九寸五分のものを載せて、唾が外にこぼれないようにしたものです。しかし、この二階棚に置く唾壺は、装飾品で、実際には、使用しなかったでしょう。泔坏といい、唾壺といい、実用としてはあまりにきたないものです。打乱筥は、長さ一尺一寸五分、幅九寸五分、深さ一寸の浅い筥で、結髪のときに、髪《かもじ》を入れたり、手巾を入れたりするものです。

女性美の総合性

これらは調度で、いわば実用品ですが、われわれはこのような調度を背景にして、そこに浮き上がる女性の種々の姿態を考えてみなければなりません。これらの調度が、どんなに女性の容姿と調和し、それを美化しているか、思い半ばにすぎるものがありましょう。当時の女性の美しさは、けっして孤立したものではなく、周囲との調和のなかにのみ存するものであって、いわば総合の上にあるものです。そのことは、『源氏物語絵巻』や、『紫式部日記絵巻』や、『枕草子絵巻』などを見る時に、何人にも容易に感じられるところでしょう。ここに平安時代の女性美の特色がありますが、この特色は、やがて日本的な美の特色ともいえると思います。

『栄花物語』輝く藤壺の巻に、一条天皇が藤壺女御彰子の御方にお渡りになった時のことを、

上藤壺に渡らせ給へれば、御しつらひありさまは、さもこそあらめ、女御の御有様もてなし、あはれにめでたく、おぼし見奉らせ給ふ……打橋渡らせ給ふよりして、この御方のにほひは、只今あるそらだきものならねば、若しは何くれの香のかにこそあなれ、などもかかへず、何ともなくしみ薫り、わたらせ給ひての御移香は、こと御方々にも似ずおぼされけり。はかなき御櫛の箱、硯の箱のうちよりして、をかしく珍らかなるものどもの有様に、御覧じつかせ給ひて、明けたてば、まづ渡らせ給ひて、御厨子など御覧ずるに、いづれか、御目とどまらぬもののあらむ。弘高が歌絵かきたる草子に、行成の君歌かきたるなど、いみじうをかしう御覧ぜらる。

と書いております。

三

しつらひ

さて、以上述べたような諸種の調度で、室内を装飾することが、「しつらひ」です。しつらいのことは、『雅亮装束抄』に詳しく見えています。『栄花物語』御裳着の巻の髪上の典侍への御贈物の条に、

今宵の御前の物ども、やがてたまひたり。局には屏風・几帳・硯の箱・くしの箱・火

取・はんざふ・たらひ・畳まで、のこりなうたまはる。

とありますが、これらは禎子内親王の裳着の時のしつらいの調度です。

その当時の調度は、華麗をきわめたもので、たとえば、『紫式部日記』に、道長から中宮への贈り物を書いた条に「手筥一よろひ、片つ方には、白き色紙、つくりたる御草子ども、古今・後撰集・拾遺集……表紙は羅・ひも・同じく唐の組、かけごの上に入れたり」とあり、『源氏物語』の梅ヶ枝の巻に、

嵯峨の帝の古万葉集をえらび書かせ給へる四巻、延喜の帝の古今和歌集を、唐の浅縹の紙をつぎて、同じ色の濃き紋の唐の綺の表紙、おなじき玉の軸、緂《だん》の唐組の紐など、なまめかしうて……

とあるのは、ともに書籍のことをいっているのですが、これほど、美術的な意図によって、装飾され、善美をつくした書籍は珍しいでしょう。『西本願寺本三十六人集』の料紙や装幀、たとえば、切継《きりつぎ》・破継《やぶりつぎ》をはじめとして、あらゆる手段をつくした料紙の加工は、その当時どんなに発達していたか、今日のわたくしどもが、どれほど想像しても、想像しすぎることはないといって、けっして過言ではありますまい。

美術工芸の発達

遺憾なことには、その当時の美術工芸品で今日まで伝存するものはほとんどありません。

その当時が、いかに讃歎すべき黄金時代であったか、今日実物によって証明することはできませんが、やや後代の製作にかかる遺品によって、この時代がどんなにすばらしい進歩をとげた時代であったかを察することができます。蒔絵や、螺鈿《らでん》や、金銀の彫刻など、細部の繊麗な技巧は、この時代に頂点に達したと思われ、また大和絵や、草仮名なども、この時代が極盛期であったと思われます。「こまかにをかし」とか「めでたし」とかの形容詞は、繊細な行きとどいた美しさの中に見られる一種の貴族的性格を意味しております。これは、住居も、衣服も、その形式が一定して、新しい創造が不可能であったから、いきおい細部に意匠が集中された結果とも考えられるでしょう。

女性美の高貴性

文化の歴史としてみると、天平時代や、延喜・天暦の時代は高潮の時代といえましょう。一条天皇の寛弘時代も、また黄金時代であったといってよいでしょう。名人とか、巨匠とかの輩出は、その底に総合的な国力というものがあったからで、文化は国家の大きな総力の象徴であるといえると思います。比較的衰退に向かった時代の『平家納経』や、『西本願寺本三十六人集』のごときですら、その芸術の典雅と精巧は、われわれの眼を驚かせるものがあります。そして、こういうすぐれた美術は、後宮女性の生活を、外面的にも内面的にも高貴にし、また優美にしているのです。

燈光の美しさ

後宮の女性たちは、時には夜ふけるまで月を見たり、物語を読んだり、歌会をしたり、虫の音をきいたりすることがありました。もちろん、夜分には局に下りて、夜具をきて普通の睡眠をとるのが常ではありましたが、時に催し物があるとか、行事が行なわれるとかの場合には、その場所で何かによりかかってうたたねをすることもたびたびありました。『枕草子』には、伊周が夜ふけて御進講申し上げ、暁に及んで「鶏の声明王の眠をおどろかす」と誦したのを、お側に侍候した清少納言が感激した話をはじめとして、いたる所にそのような事実が見えております。女房が夜ふけるまで起きているような場合、燈火は、かれらの容姿美と深い関係をもつのは当然のことです。「もののあはれ」は、ともし火のほのかさの中に生まれる美であるとさえいってよいと思われます。

四

燈台・燈籠・脂燭・篝火

当時の点燈具は、燈台《とうだい》と、燈籠《とうろ》と、脂燭《しそく》と、篝火とがそのおもなものです。『源氏物語』常夏の巻に「月もなき頃なれば、燈籠に大となぶらまゐれり。なほけぢかくていと暑かはしや。篝火こそよけれとて、人召して篝火の台ひとつこなたにと召す」とあります。

まず燈台には結《むすび》燈台・切《きり》燈台などがありますが、だいたい竿の頂に盤《さら》があり、上に金輪《かなわ》があって、その上に油坏《あぶらつき》を載せ、油を注ぎ、燈心を入れて、これに火をつけます。オホトナブラというのがこれです。夕顔の巻に、源氏が東山の尼寺に夕顔の骸を訪う時のことを「入り給へれば、火とりそむけて……」と書いてあり、また御法の巻の、紫上逝去の条に「大となぶら近くかかげて見奉り給ふに……」とあり、また総角の巻の、大君逝去の条にも同様の文があります。ほの暗い灯の光に照らされた死者の顔は、どんなにか美しく深々と見えたことでしょう。常夏の巻に、玉鬘の姿を「この御琴の事によりてぞ、近うゐざりよりて、いかなる風の吹きそひて、かうは響き侍るぞとてうち傾き給へるさま、火影にいと美しげなり」とあるのを見ても、灯がどんなに婦人の容姿を美しくするもの

燈台（源氏物語絵巻・横笛）

であったかがわかります。

燈籠は木製で、四角または六角、屋根は墨塗で、そこにかぎがあります。窓にはうすものを張り、上を布で結び、つりがねにかけます。『紫式部日記』に御産後の中宮の御様を「小さき燈籠を、御帳の内にかけたればくまもなきに、いとどしき御色合の、そこひも知らず清らなるに、こちたき御ぐしは、ゆひてまさらせ給ふわざなりけりと思ふ」としるしています。ほの明るい四つの燈籠の光に、中宮のお顔は、常よりもあえかに、若く、そして美しげにお見えになったというのです。

脂燭は、松の木で作り、長さ一尺五寸、太さは径三分ばかり、まるく削り、先のほうを炭火であぶって黒く焦がし、その上に油を引いて乾かし、本のほうを紙屋紙で巻いたものです。これは室内で用いるものですが、室外で用いるものに、松明《まつ》があります。夕顔の巻に「十七日の月さし出でて、河原のほど、御前の火もほのかなるに、鳥辺野の方など見やりたるほどなど……」とありますが、これは前駆の松明です。なお、松明の類で、手に持って、室内および室外の明りとするものに立明《たちあかし》があります。「たてあかし」ともいいます。後宮の公事などには、主殿寮の官人が、この立明を

燈　籠
（上方にその一部が見える）

篝火（紫式部日記絵巻）

つとめました。そのことは諸家の日記の類によく見えています。

篝火は、鉄の籠をつるし、その中に打松を入れてたきます。『紫式部日記』に「池のみぎは近う、篝火どもを木の下にともしつつ、……」とあります。また『源氏物語』篝火の巻に「打松おどろ〳〵しからぬ程におきて、さししぞきて燈したれば、御前の方はいと涼しくをかしき程なる光に、女の御有様見るかひあり」とあります。篝火の光に照らされた玉鬘の顔を、美しいものと作者も批評しております。平安時代の女性美は、『枕草子』に「燈台に向ひたる顔どももいとらうたげなり」とあるように、燈火と密接に関係していることを注意しなければなりません。玉鬘の顔が、蛍の光によって、ほの白く闇の中に浮かび出されたという、例の蛍の巻の記事なども、この燈火の美しさと関係づけて考えるべきものでしょう。

五

女性乗用の牛車

後宮奉仕の女性が外出する時の常用は、

牛車です。輦《こし》に乗ることはありません。輦のうち、鳳輦《ほうれん》と、葱花輦《そうかれん》とは天皇の乗御になるものですが、皇后・斎王には、特に勅許がくだる場合もあります。手輿には臣下も乗ることができますが、多くは車に乗ります。車には唐車《からぐるま》・檳榔毛車《びろうげの》・檳榔庇車《びろうひさしの》・糸毛車《いとげの》・半《はじ》蔀《とみの》車・八葉車《はちようの》・網代車《あじろ》・網代庇車《あじろひさしの》・雨眉車《あままゆの》などがあり、それぞれ格式があって、みだりに乗ることはできません。

女房の車は、だいたい檳榔毛車・糸毛車・半蔀車・八葉車などに限られています。檳榔毛車は檳榔の葉を細く裂いて糸のようにし、車箱の屋形を葺き、左右の腋にも押した車です。上皇・親王以下四位以上の公卿・高僧・女房などの乗用です。大進生昌《だいじんなりまさ》の家に行啓のあったとき、清少納言らが乗って行ったのは、この檳榔毛車であったことが、『枕草子』に見えています。糸毛車は、高貴の女性の方々をはじめ、身分の高い女官の乗用で、普通の女房には許されません。この車は、檳榔の葉を細く糸のようにしたものを染めて、車の箱を作ります。糸の色によって種々の名があります。青糸毛は皇后・中宮・東宮・准后《じゅごう》・親王・摂関などの乗用であり、紫糸毛は女御代・更衣・尚侍・典侍などの乗用であり、赤糸毛は賀茂の祭の女使の乗用です。半蔀車は、檜皮を斜めに網代に組み、青地黄文とし、物見に半蔀をつけたものです。上皇・摂関・大臣以上の乗用ですが、高僧・女房も許されました。八葉車は、萌黄の網代に、黄の八葉の文九曜星の模様をつけたもので、大八葉・小八葉の二種があります。女房の乗用にはたいてい小八葉があてられました。

檳榔毛車

乗車の作法

これらの車すなわち女房車に乗る場合には、他の車に乗る場合と同様に、一定の作法があります。車に乗るには、榻《しじ》を置いて後のほうから乗り、降りる時には、牛を外《はず》して、前のほうから降ります。榻とは轅《ながえ》を載せておく台のことです。一人乗る時には、前の簾に近く、左側に右を向いてすわります。二人以上乗る時には、前は右側が上席で、後は左側が上席ということになっています。両側に背を向けて、向かい合ってすわるのです。男と女と乗る時は、男は右側、女は左側に乗るのが作法です。

出車

女房車には出車《いだしぐるま》ということがあります。『大鏡』師輔伝に「出車などのめでたさは……」とあるのがこれです。出車については諸説がありますが、随行の女房が出衣《いだしぎぬ》をして乗る車という説が一般に行なわれています。出衣とは牛車の簾や下すだれの下から、衣を出すことです。下簾とは、簾の内側にたらした帳のことです。女房の乗った車からは、袖口および裳の褄を出しますが、童女の乗った車からは、袴と汗衫の裾を出す定めです。葵の巻の例の車争いの条に「かねてより、物見車心づかひしけり。一条の大路、処なくむくつけきまで騒ぎたり。所々の御桟敷心々にし尽したるしつらひ、人の袖口さへいみじき見物なり」とあり、また「げに常よりも好み整へたる車どもの、われもわれもと乗りこぼれたる下簾の透間ども様々なるを……」とか、「下簾のさまなどよしばめるに、いたう引き入りて、ほのかなる袖口、裳の裾、汗衫など、物の色いと清らにて……」とかあるのは、みな出車のさまを述べているのです。

女房車は、このように美麗なものでしたが、これが都大路を牛にひかれて、ゆるやかに動いて行くさまは、いかにも優美であったでしょう。『枕草子』に「檳榔毛はのどやかにやりたる」とありますが、人の身長くらいもあるような大きな車が、動くともなく大きく廻転して行く、そののどやかな、大まかな動きは、まことに平安時代らしい優雅さをあらわしていたことと想像されます。

出車

六

女性美の日本的特性

以上は、平安時代の女性の美的生活を、住居や、衣服や、調度や、牛車などに分けて考えてみたのですが、これらは、形状も、色彩も、すべて相互に対照せられ、総合せられた美としてあらわれるのです。たとえば『枕草子』に、

上の御局のみすの前にて、殿上人日ひと日、琴・笛吹きあそび暮して、おほとなぶら参るほどに、まだみ格子はまゐらぬに、おほとなぶらさし出でたれば、外のあきたるがあらはなれば、琵琶の御琴をたたざまに持たせ給へり。紅の御衣《みぞ》どもの、いふもよのつねなる、うちき、また張りたるどもなどをあまた奉りて、いと黒うつややかなる琵琶に、御袖をうちかけて、とらへさせ給へるだにめでたきに、そばより、御額の程のいみじう白うめでたく、けざやかにて、はづれさせ給へるは、譬ふべき方ぞなきや。近く居給へる人にさし寄りて、「なかば隠したりけむも、えかくはあらざりけむかし。あれはただ人《うど》にこそありけめ」といふを、道もなきに分けまゐりて申せば、笑はせ給ひて、「別れは知りたりやとなむ仰せらるる」と伝ふるもをかし。

殿上の管絃の遊びが終わって、夕やみが弘徽殿の内や外をつつむころ、退下の前に、一しきり殿上人の群れがさざめいています。上の御局には大となぶらが点ぜられて、はなや

かな光が御簾の外にもれています。紅の御衣を召された后の宮は、袖をうちかけ、黒くつややかな琵琶をたて、そのかげに顔をかくしておられます。琵琶の片側からはずれて、白い顔の半分が見えます。

清少納言は、これまで、女絵や古物語のなかに、幾度も描いていた幻を、まざまざと眼前に見たのでした。側にいる女房にさし寄って、自分の胸一つにおさめきれないその感激を吐き出さずにはいられなかったのです。昔潯陽《じんよう》城外の江上の月に秘曲を弾じた女主人公の幻が、いま清少納言の眼の前に、現実として再生しているわけです。

少納言の感激にまた感激したその女房は、人ごみを分けて中宮のお側に近づき、少納言のことばを啓上する様子です。お声は聞こえませんが、なにか仰せられて、にこと笑われる様子が、遠くから見えます。女房は、また人ごみを分けて、かえってきて、

「「別れは知りたりや」となむおほせらるる」

とわざわざ報告にくるのです。そのしぐさを、少納言は、また「をかし」と見たというのです。

右の文には、清涼殿の上の御局という高貴な場所、夕暮れ時のほの暗い光線の中でのことが書かれています。御簾や燈台などの調度を背景とし、明るい燈火に照らされて、黒いつややかな琵琶の片はしから、紅の御衣をめされた中宮の白いお額が半ばかくれて見える、その形・色・光・音の総合の中に浮き出てくる美の高貴性が、表現されているのです。衣

食住などに分解して、それぞれの知識を解説することは、風俗史の仕事ですが、文学研究の立場としては、これらのものの総合が、人の心に、どのように映ったかを見なければなりますまい。

七

服装と季節

以上、だいたい平安時代の後宮女性の服装と装飾のことを述べ終わりましたから、最後に服装と季節との関係について簡単につけ加えておきましょう。

平安時代においては、一年に夏・冬二種の装束を着用しました。季によってこの区別が厳重に守られています。衣服の仕立てには綿入れもありましたが、基本となるものは袷と単との二種でした。もとより、襲の色目には夏冬の外に春秋の色目があって、随時その色を用いたのですが、衣服の仕立てとしては、夏冬の二種でした。

もちろん『栄花物語』根合の巻の天喜四年正月、皇后宮歌合の条に、「右は綿入れず……衣にはみな綿入れたれど、表着・裳・唐衣は冬のにてなむありける……」とあり、『枕草子』に「汗の香のすこしかかへたる綿衣の薄きをいとよくひきて……」とあるように、綿を入れた衣もあるにはありましたが、それは基本となる形式ではなく、むしろ特殊な意味のものだったのではないかと思います。

更衣

冬春の衣服を更えて、夏秋の衣服とし、夏秋の衣服を更えて、冬春の衣服とすることを更衣といいます。更衣は朝廷でも、民間でも、恒例の年中行事となっています。朝廷では四月一日と、十月一日とに行なわれました。この日には装束のみならず、殿中の装飾はすべて取り替えられたのです。四月一日、掃部寮は、御殿の御帳並びに御几帳のかたびらを改め、生絹《すずし》に胡粉で絵をかいたのに取り替えます。壁代と火桶は皆撤し、夏は壁代をかけないのが例です。畳も新しいのに替え、燈籠の綱もまた取り替えます。天皇は御直衣、生絹の綾の御単、御張袴を召されますが、これらは内蔵寮から奉るのです。女房のきぬは袷をぬいで単とします。唐衣は生絹で、裳は上臈は薄物、小上臈は薄紫という定めです。更衣は一種の季節表現ですが、当時の人々は、こうして生活を自然に順応させ、風土に調和させることにつとめたのです。ここに自然に対する日本人の親和の情を見ることができます。

第十六章　女性と容姿美

一

容姿美の表現

　平安時代の容姿美をあらわす特殊な語に「かほ」「かたち」「すがた」などがあります。

「かほ」は顔面の形様をいう語で、『日本書紀』の古訓に、面貌・顔色・顔容・顔貌・姿色・相貌などをすべて、「カホ」と訓じてあります。これが本義でしょうが、さらに、容姿・形容・形姿・容貌・容止などをも「カホ」と訓じている点から見ると、すべて身体の形様全体に及ぼしたもののようです。「かたち」も「絵にかける楊貴妃のかたち」桐壺「珍かなるちごのかたち」桐壺「こよなうねびまさりにけるかたちけはひ」松風「かたちある女をあつめて見む」玉鬘などのように、顔面から容姿にかけて、漠然と意味したようです。また「かほかたち」という場合も少なくありません。この語は、東屋の巻に「もはら顔かたちのすぐれたらむ女のねがひもなし」とあるように、広く顔面・容姿をさしているように見うけられます。「すがた」は、主として容姿の意味に用いられているように思われます。たとえば、浮舟の巻に「女もぬぎすべさせたまひてしかば、細やかなるすがたつきいとをかしげなり」とあり、松風の巻に「あはれとうちながめて立ち給ふすがたにほひ世に知らずとのみ思ひ聞ゆ」とあるのなどは、その一証とすることができましょう。「すがたかたち」という場合もありますが、これは顔面・容姿の両方にわたっていて、さきの「かほかたち」と同様です。

美人を表わす語

後宮奉仕の女性は、服飾と共に直接化粧という方法によって、容姿を整えました。自分をより美しく見せようとする女性らしい欲求によるものでしょう。いったい当時の美人は、どういうことばで表わされているかと申しますと、たとえば「うつくしきをみな」とか「かほよき女」とか「よきをんな」とかのようにいわれていますが、また別に「をかしげなる」「はなやかなる」「みめかたちすぐれたる」「こまやかに」「きよげに」「らうたげに」「らうらうじく」などの修飾語を附していわれることもあります。こういう美人は、いったいどういう規準によって規定されたのか明らかでありません。しかしその条件の大部分が顔面にあったことは、疑いの余地のないところです。それから髪と手とがこれに次いだもののように思われます。

線の美

容姿については、胸・腰などの線の美は、問題になりませんでした。『万葉集』では、末珠名娘子《すえのたまなのおとめ》を「胸《むな》わけの広きわぎも、腰細のすがる娘子《をとめ》の、そのかほのうつくしさに、花のごと笑《ゑ》みて立てれば……」巻九、一七三八などと、胸部・腰部の美をうたったものもありますが、平安時代では、肉体の線の美しさを述べたものはほとんど見いだされません。これは比較的大きな、個性味を表現しえない衣服の形状とか、衣を幾枚も重ねるという、服装の制とかのさせたところで、あえて異とするに足りませんが、しかし、女性の美の規準は、このために著しく範囲狭小とならざるを得なかったのです。

醜女

平安時代で醜または美とせられた容貌はどのようなものであったか、実例について見ますと、まず醜女として有名な閑院大将朝光の継室は、『大鏡』兼通伝の記事によりますと、「色黒くて、ひたひに花がたうちつきて、髪ちぢけたるにぞおはしける」というありさまでした。この花形はあばたであるともいわれ、また八の字形の皺だろうともいわれていますが、いずれにしても美的なものではありません。『源氏物語』の末摘花はその方面の代表者ですが、それは、先づ居丈《ゐたけ》の高う、を背長に見え給ふに、さればよと胸つぶれぬ。うちつぎてあなかたはと見ゆるものは、御鼻なりけり。ふと目ぞとまる。普賢菩薩の御乗物とおぼゆ。あさましう高うのびらかに、先の方少し垂りて、あからかに色づきたる程、殊のほかにうたてあり。色は雪はづかしく白うて、真青《さを》に、額つきこよなう晴れたるに、なほ下勝ちなる面やうは、大方おどろおどろしく長きなるべし。やせ給へること、いといとほしげにさらぼひて、肩のほどなどは痛げなるまで衣の上だに見ゆ……

と書かれています。

二

美女

醜女の標本は右のとおりですが、美女のほうはどうかと申しますと、『紫式部日記』に、宮の女房・斎院の女房などの容貌を批評し、美人の実例として、宰相の君・大納言の君・宣旨の君・宮内侍・式部のおもと・小大輔・源式部・宮木の侍従・五節の弁などをあげています。

たとえば宰相の君を批評して、

丈だちよき程に、ふくらかなる人の顔、いとこまかに、にほひをかしげなり。

といい、大納言の君を批評して、

いとささやかに、小さしといふべき方なる人の、白ううつくしげに、つぶつぶと肥えたるが、うはべはいとそびやかに、髪たけに三寸ばかりあまりたる、裾つきかんざしなどぞ、すべてにるものなく細かにうつくしき。

といっています。

これらの批評を総合して、美人の標準を考えてみると、体格は小さいのが美とせられ、色は白く、きめは細かなのがよく、額は突出しないほうがよい。鼻は長大ならず、赤からず、また屈曲していないのはもとより、いわゆるカギバナという小さな鼻がよろしい。顔の形は「ふくらかなる」といわれるように、いわゆる「豊下《おもふくら》」すなわち下ぶくれなのがよい。瘦せたのよりも、むしろつぶつぶとふとったほうがよい。ただし中年以上は、あまりふとりすぎたのはよくありません。目は巨大でないのがよく、絵巻にあらわれる女性の眼――いわゆる引目、すなわち横に細く引かれたのがよいのです。口もとはあまり大きくなく、引きしまったのが美とされたことは、今も昔も変わりません。手は白く、細かに、少しふとっているのがよろしいようです。

髪

髪はふさやかに長く、黒々として光沢があり、筋は癖がなく、ちぢれず、分量はあまり多くないのが美とされました。髪は美人の最大の条件で、緑の黒髪、いろなる髪、ひすいのかんざしなどと称せられ、日本女性の美を表象するもののように考えられました。比較的単純な色彩をもった大きな衣服に、黒髪が長くふさふさとたれているのは確かに美しく見えたに違いありません。『紫式部日記』にも「よくかいたる墨絵に髪をおほしたらむやうに」といっています。その髪のうち、髪ざしと、髪の下がりばとは、女性美の最大のものでした。髪ざしは、額ぎわの髪の生えざまをいうので、そこに女性の美が表現されました。髪の下がりばは額髪の端をきって、びんそぎをした、その一ふさの髪の毛をいいます。『源氏物語』少女の巻に雲井雁のさまを「御ぐしのさがりば、かんざしなど、あてになまめかし」とあるのがこれです。

女性美の精神性

美醜の判断は主観的なものではありますが、しかしある程度の客観的な規準というものがないわけでもありません。上に述べたのは、その客観的なもので、こういう規準は、ほぼ一般的に共通していたと思います。これらの条件を見ますと、婦人の容色の美は、顔・髪・手というような部分的なものに限定されていて、生まれつきの肉体の線の美というようなものはありません。これは前にも述べたように、当時の服制が線が生かすことのできないものであったからです。そこで容飾という場合には、一方では衣服の色・紋様などの調和に心をつくし、顔・髪・手などの化粧に腐心するということになりました。すなわちこれらのものに人工的な美しさを出そうとするのです。それで、いきおい容色の美は、その人の心ばえ、すなわち精神と密接な関係をもつことになってきたのです。

内面的美・貴族性

紫式部の所見によりますと、婦人の外面的な美しさはすなわちその内面的な美しさにほかなりません。内面的な美しさが外面的に表われる、心と形との調和の上に美しさがあるというふうに考えられております。そうした美しさは、式部によれば、まず子めかしさです。ういういしさ、おおどかさ、無邪気さです。宇治の大君や、夕顔や浮舟などが、この型の婦人といえましょう。第二は精緻にして整っていることです。いわゆる、細やかさ、うるわしさです。藤壺や、六条御息所や、明石の上や、中の君などがこれです。一種の犯しがたい高貴性、粗野に対する端正優雅な美しさがここに見られます。第三は今めかしさ、すなわち近代的な知性と感情との中からおのずから光り出る美しさで、明るさがこれです。朧月夜の君などにこれが見られます。第四は都会風で、貴族的な好尚です。いなかびた、またはひなびた心に対する、洗練された心の表現であって、紫の上や、雲井雁や、玉鬘に見られるものです。

これらの内部的な精神性は、おのずから外部的な容色としてあらわれます。その心と姿との融合した境地に、女性の容姿美があるわけです。紫式部が日記のなかに弁宰相の君を、

「絵にかきたるものの姫君」といい、今年十七歳の頼通を「物語にほめたる男」と評しているのは、こういう精神美を、感覚的な美をとおして、そのかなたに認めている、すなわち感覚的なものと、精神的なものとの調和の美を認めていると解せられます。

第十七章　整容の方法

一

沐浴・湯具

平安時代の婦人の整容の方法としては、大別して沐浴と、理髪と、かおづくりとの三つをあげることができましょう。

沐浴は化粧のためにばかりされるものではありません。しかし、整容の際には少なくとも必ず顔は洗い、また沐浴もしました。『源氏物語』東屋の巻に、浮舟の母が少将を婿に迎えようとして、浮舟に化粧をさせることが述べてありますが、その中に「頭洗はせ、とりつくろひて見るに……」とあるのもその一例です。この沐浴は浴槽でします。浴槽の大きさは『延喜式』に見えていますが、かなり大きなものです。浴槽の設のある建物を湯屋または湯殿といいます。沐浴した後には「ゆかたびら」という単衣を着用します。後世「ゆかた」というのはその略称です。湯巻というのは、禁中で浴室または理髪に奉仕した婦人の着用した表着の名であって、『紫式部日記』や『禁秘抄』などに見えていますが、後には一般に湯具をさすようになりました。湯もじというのは、鮨をすもじという類であって、湯槽にはいる時、腰部にまとうた布のことです。手巾《たなごい》・風呂敷など、すべて湯具です。

泔坏・匜・盥・手水

沐浴具の小さいものに、泔坏《ゆするつき》・匜《はんぞう》・盥などがあります。泔坏には前にも述べたように、木製の漆塗りのものや、銀製のものがありますが、その形が非常に美麗であったので、室内の装飾品として用いられました。『雅亮装束抄』一に「もやひさしの調度立つる事」という条があって、そこに詳しく見えています。匜は、『枕草子』の長谷参籠のことをしるした条に「はんざふに手水《てうづ》など入れて、盥の手もなきなどあり」とあるように、手水を入れる具です。手水とは、手または顔などを洗い清めるために使用す

泔坏（伴大納言絵詞）

る水であることはいうまでもありません。木製で、漆塗りのものや、銀製のものがあったことが、『延喜式』や、『宇津保物語』の菊の宴などに見えています。柄のあるのやないのがありました。その図は『枕草子絵巻』や、『西行絵巻』その他に多く見えています。

盥は手洗いの義で、金属製のものと、陶器のものと、漆塗り木製のものとがあります。形によって大手洗い・小手洗いがあったことが、『延喜式』『江次第』などによって知られます。盥に手のあるものは、いわゆる「みみだらひ」または「つのだらひ」です。前に引いた『枕草子』の記事に「盥の手もなき……」とは、柄のない盥のことです。

盥

めざし・あまそぎ・ふり分け・わらは

沐浴を終わってから理髪のことがありますが、その前に、平安時代の髪のことについて一言述べておかねばなりません。この時代の幼い女童は、八歳くらいまでは髪の末をそぎ、目の上にさすようにおおうていました。これを「めざし」といい、転じて幼童を「めざし」ともいいました。『枕草子』に「かしらは尼そぎなるちごの目に髪のおほへるを掻きはやらで、うちかたぶきて物など見たるもいとうつくし」とある「あまそぎ」も、『栄花物語』浅緑の巻に歓子のさまを「御ぐしふり分けにて、御かほつきらうたげにうつくし」とある「ふりわけ」も、みな放ち髪のことで、これを一名「わらは」ともいいました。葵の巻に源氏が紫の上に仕える女童に「まづ女房いでねとて、わらはの姿どものをかしげなるを御らんず」とありますが、このわらはは振分け髪のことを意味します。

うなゐ・はなり・髪上・さがりば

八歳から後になりますと、女童はやや毛を伸ばし、肩を過ぎるくらいに下げました。これをうなゐといい、またはなりともいい、合わせて、うなゐはなりともいいました。成年に達すると、かみあげということをします。元来かみ上げということには、三つの意味がある。その一は女子にかぎらず、すべて一般に髪を結《ゆ》うことであります。その二は特に女子についていうもので、女子が成年に達すると、うないを改めて髪を結い上げる。『竹取物語』に「よき程なる人になりぬれば、髪上げなど沙汰して、髪上げせさせ、裳きす」とあるように、裳着《もぎ》と同時に行なわれるものです。これは男子の元服と同性質のもので、振分け髪を一つに結い集めて、その末をうしろにたれておくことです。その三は、陪膳の女官などが、たれ髪を結いあげて、釵子《さいし》などさすことで、『紫式部日記』に「その日の髪あげ、うるはしき姿、唐絵ををかしげに書きたるやうなり」とあるのがこれです。このように三つの意味がありますが、今ここでいうのは第二の意味のものです。すなわちその当時の女性は成年に達すれば髪あげをなし、ひとところに結い、その余りをうしろにたれていたのです。ただし用のある場合などには、たれ髪をつかねて頭上にすえることもあり、さがりばを耳にはさむこともあった由が、『伊勢物語』や『宇津保物語』や『源氏物語』などによって知られます。横笛の巻に「耳はさみして、そそくりつくろひて、いだきてゐ給へり」とあるのなどはこれです。

洗髪

髪は、『枕草子』の心ときめきするものの条に「かしら洗ひけさうじて、香ばしうしみたる衣など着たる……」とあるように、時々洗ったものですが、それはなかなかたいへんなことなので、そうたびたび洗うことはできず、特に日をえらんで洗ったものです。七月七日に賀茂川に出て洗うということが、『宇津保物語』などによく見えます。夏季には特に多かったでしょう。『源氏物語』東屋の巻に、匂宮が中君を訪れた時、中君は髪を洗っていたということを述べ、さて、「あやしう日頃も物うがらせ給ひて、今日すぎば、この月は日もなし、九・十月はいかでかはとて、仕うまつらせつると大輔いとほしがる」とあります。これらから考えますと、四月・五月・九月・十月などは、洗髪には忌むべき月で、髪は洗わなかったように考えられます。なお洗髪のときには、半裸体となるので、河原などに出る時には、人目をはばかって、浜床《はまゆか》や歩障の類で囲いをしたらしいことが、『宇津保物語』楼の上の巻に見えています。

鏡

髪はいうまでもなく、櫛でけずります。鏡に向かって髪をけずることは、『枕草子』内裏の猫の段に、「御梳櫛・御手水などまゐりて、御鏡をもたせさせ給ひて御らんずれば……」とあるのによってわかります。髪をとくときに、ゆするを、こうがいの先につけて、髪をぬらす風習のあったことが、『雅亮装束抄』によってわかります。『貞丈雑記』によれば、米のとぎ汁は、のぼせをさますもので、結髪の時に用いられるといっていますが、どんなものでしょうか。

顔づくり

沐浴し、髪をくしけずり終わると、顔づくりをします。『枕草子』に行成のことばとして「女はおのれをよろこぶ者のために顔づくりす。士はおのれを知る者のために死ぬ」と『史記』の文を引いています。顔づくりすとは、化粧する、すなわち白粉《おしろい》をぬり、紅《べに》をさし、引眉を引き、歯黒《はぐろ》めをすることとです。天性の容色の上に、人工的に加工して、美を増そうとすることは、人間としては当然の要求ですから、早くから行なわれたことなのでしょう。

朝顔

二

平安時代の女性は、朝の寝起きの顔を朝顔といい、これを人に見られるのを恥じました。『枕草子』に、清少納言が寝起きの顔を藤原行成に見られて、恥じることが見え、『紫式部日記』にも、藤原道長が早朝女郎花を折って式部の局を訪れた時のことを、

御さまのいとはづかしげなるに、我が朝顔の思ひ知らるれば、「これ遅くてはわろからむ」とのたまはするにことづけて、硯のもとによりぬ。

と書いています。当時の女性たちは、寝起きの顔が化粧くずれがしたり、髪が乱れたりしている上に、精神の緊張も欠けているので、それをとりつくろうまでは、人に会わないことにしていたようです。いわゆる身嗜みです。それで、後宮の女房たちの朝の第一の仕事は、容姿をととのえる、すなわち化粧をすることであったと思われます。『紫式部日記』に、小中将という女房のことを、

けさうなどのたゆみなく、なまめかしき人にて、暁にかほづくりしたりけるを、泣き腫れ、涙に所々ぬれそこなはれて、あさましう、その人となむ見えざりし。

と書いているのをはじめとして、その他にも多くの例があります。ことに、なにか晴れがましい行事などのある時には、必ず化粧しました。『紫式部日記』に、中宮御産直後のこ

女性の容貌（源氏物語絵巻・夕霧）

とを、
人の局々には、大きやかなる袋、つつみども持てちがひ、唐衣のぬひもの、ひもひき結び、螺鈿、ぬひもの、けしからぬまでしてひきかくし、扇もて来ぬかなど、いひかはしつつ、けさうじつくろふ。

と書いていますが、いちいちこういう例をまつまでもなく、それはきわめて当然のことといえましょう。

白粉

化粧で普通の方法は、白粉をぬることです。白粉は『和名抄』に「波布邇」とよみ、粉を「之路岐毛能」とよんでいます。『色葉字類抄』も、『類聚名義抄』もまた同様です。ハフニとはハクフンの字音の転だろうと思われます。白粉は、胡粉アルカリ性炭酸石灰の白色沈澱物だろうとの説もありますが、『延喜式』の「造二供御白粉一料」の条に、「糯米一石五斗……」とありますから、米の粉と見るべきでしょう。ただしこれは下等の白粉です。「しろきもの」は後に「おしろい」ともいうようになりましたが、これは女の扱うものですから、女性語として「お」の字をそえたのでしょう。『枕草子』に「からぎぬにしろいゝものうつりて、まだらにならんかし」とある「しろいもの」がこれです。『日本書紀』雄略天皇の条および持統天皇の条に、鉛華とか、鉛粉とか見えていますから、かなり古く、支那から伝わったものでしょう。これは上等の白粉で鉛を酢で蒸して作ったものです。一説に白粉《おしろい》草の実の白い粉をとり、それで白粉を製するのだともいわれますが、従いがたい説です。よく小野小町が、落ちぶれて見るかげもなくなったとか、和泉式部が癩病にかかったとかいわれますが、鉛毒に冒されたのかもしれません。そういう例も多かったのでしょう。また女性が三十歳未満で死亡する者の多かったのも、一つにはこうした理由があるのかもしれません。

白粉は女ばかりでなく男も使いました。『枕草子』の白馬《あおうま》の節会《せちえ》の条に「舎人《とねり》が顔のきぬもあらはれ、白きもののゆきつかぬところは、まことに黒き庭に、雪のむらぎえたる心地して、いと見苦し」とありますが、これなどは男が白粉をつけている様子をいうのです。白粉は、蒔絵《まきえ》を施した美しい筥に入れて保存しました。そのことは、『落窪物語』や、『栄花物語』初花の巻その他に見えています。当時の婦人は、もがさをわずらったものが多く、また夜ほの暗い灯のもとに相対するというような場合が多かったので、女房たちは比較的厚化粧をしたものと思われます。

紅

紅またはベニとよみますが、このベニという語の意義は明らかでありません。『江《ごう》次第《しだい》』の御元服の条に、面脂・口脂とあるのを見ますと、べにには顔面にぬるものと、唇にぬるものとの二種のあったことがわかります。『源氏物語』常夏の巻に「べにといふもの、いとあからかにつけて、髪けづりつくろひたまへる」とあるのは、面脂のほうで、紅に白粉を加えたものを、顔にさしていたのでしょう。

紅は、紅花《あかばな》の花弁をしぼり、その汁に梅の酸を加えて真紅とし、それを乾したものです。紅花はくれなゐとも、くれのあゐとも、すゑつむ花ともよばれ、菊科に属するあざみに似た草です。紅はべにざらに入れて保存しますが、『江次第』に脂筥とあるのがこれだろうと思います。『枕草子』のうつくしきものの条に「雀の子のねずなきするにをどりくる。またべになどつけてすゑたれば、親雀の虫などもて来てくくむるもいとらうたし」とあります。爪に紅をさしたことは、『女郎花物語』に「ふかつめとりたる指の先、そりかへりたるやうなるに、べにいたくさしたるは……」とありますが、平安時代の文献ではまだ管見に入りません。おそらく中世以来の風習であろうと思います。紅は白粉とともに、古くからわが国の女性たちの間に愛用されて今日に及んだもので、なんとなく親しみがあり、伝統的・古典的な感じを与えます。

三

引眉

化粧の方法としては、白粉・紅をぬるほかに、引眉ということをします。平安時代の女性は、成人後は必ず眉を抜きました。『枕草子』もののあはれ知らせ顔なるものの条に「眉抜く《まゆぬ》」とあるのは、こういう習慣を意味しているのです。『堤中納言物語』虫めづる姫君の条に「人はすべてつくろふ所あるはわろしとて、眉更に抜き給はず、歯ぐろめ更にうるさし、きたなしとてつけ給はず……」とあるのによっても、その他物語草子の類によっても、当時の成人した女子が眉をぬき、歯ぐろめをしたことがわかりましょう。眉をぬいた後には、眉墨を引いて眉をつくります。『万葉集』十二に「咲《ゑ》める眉引《まよびき》」などとあるのがこれです。眉墨は『万葉集』の歌にもあるように、細く三日月形に引いたもののようですが、『源氏物語絵巻』『枕草子絵巻』などによると、必ずしも細くはないようです。翠黛というのがこれですが、後世では、削り落しただけで、別に引眉はしなくなりました。

歯黒め

歯黒めは、歯を黒くそめることです。『とりかへばや物語』三に「まゆぬき、かねつけなど、女びさせければ……」とあります。「かね」とは、鉄を酒にひたして、酸化させた液を用いるので、そうよぶのでしょう。鉄漿の字をあてます。上代では結婚した婦人の証としてなされていたらしく、それが平安時代中期には結婚すると否とにかかわらず、成年に達した、もしくは成年に近い女子の一種の容飾となっていたようです。『紫式部日記』に寛弘五年十二月つごもりの夜のことを「つゐなは、いととく果てぬれば、歯黒めつけなど、はかなきつくろひどもすとてうちとけゐたるに……」とあるのを見ると、一定の儀式があってしたのではなく、暇を利用して、身だしなみのためにしたものであることがわかります。これが結婚の儀式などと関係が生じて、礼式化したのは、室町時代以後のことと思われます。

引眉と歯黒めとは同時になしたものらしく、それは、多くの文献によって察せられます。『源氏物語』に紫の上のことを「古代の祖母《おば》君の御名残にて、歯黒めもまだしかりけるを、ひきつくろはせ給へれば、眉のけざやかになりたるも、うつくしう清らなり」とあって、歯黒めをしないのは古風だといっております。古代では、年齢が十歳以上にならなければ、これをしない風習であったらしいのですが、『源氏物語』の書かれた時代には、少なくとも十歳くらいになれば、眉をぬき、お歯黒をしたもののようです。

四

香

以上で後宮の女性たちの整容について、ひととおり述べ終わりましたが、今一ついうべきことがあります。それは香のことです。『枕草子』の「心ときめきするもの」の条に、かしら洗ひけさうじて、香ばしうしみたる衣など着たる、ことに見る人なき所にても、心の中はなほいとをかし。

とあります。このように香を衣にたきしめることは、今の香水と同じように、美容のたいせつな方法であったわけです。『源氏物語』東屋に薫君の衣の妙なる薫香のことを述べて、「よりゐ給へる真木柱も茵も、名残匂へるうつり香、いへばいと殊更めきたるまでありがたし」とありますが、その薫君という名は、この香に由来しております。また薫君の友人の匂宮の名の由来も同様です。ですから、女性の美しさから、香を除外することはできないと思われます。

香の種類・香の具

香の種類は、四十二種とも、四十三種ともいわれていますが、普通には六種、すなわち沈香《じんこう》・丁子香《ちょうじこう》・薫陸香《くんろくこう》・貝香《かいこう》・白檀香《びゃくだんこう》・麝香《じゃこう》の六和香《わこう》があげられます。これらの基本的な香料を、適当に調合し、練り合わせることを方《ほう》といいます。方の名に梅花・荷葉《かよう》・菊花・侍従・黒方《くろぼう》などがあります。これらの合香《あわせこう》すなわち薫物《たきもの》は、それぞれ季節に配せられています。香の具には、香壺《こうご》・火取・香匙・火箸などがあり、衣服に香をたきしめる場合には、火取の上に薫籠《たきもののこ》籠伏をおおい、その上に衣服をかけて、香をたくのです。薄雲の巻に「えならぬ御衣ひきかさねて、たきしめさうぞき給ひて……」とあるのがこれです。香は単に感覚的な意味のものではなく、その感覚のかなたにある深々とした精神性としての「にほひ」こそ、香の本質をなすものです。香を単に感覚的な意味に考えることは、非常な誤りです。

女性美の完成

さて髪をくしけずり、おしろいや紅で化粧をし、季節に合った美しい重袿に、打衣・表着をつけ、几帳・壁代・御簾・御厨子棚・草子などの調度を背景にし、扇に半ば面をかくし、ほの明るい燈火のもとに歌など案じている高貴な婦人を考えるときに、だれでも『源氏物語絵巻』や、『紫式部日記絵巻』の表現している世界がけっして絵そらごとでないことを感ずるでしょう。大和絵に展開されているあの静かな、しめやかな落ち着き、ほのぼのとした深さは、そのまま平安時代の後宮女性の生活であり、そして精神であるといえると思います。

明石の上は、端麗な容姿と、豊富な教養の点で、紫の上からさえ、一目おかれた婦人でありますが、紫式部は、その生活を、初音の巻において、次のように述べています。これは源氏が明石の上の部屋を訪れた時の描写であることは、いうまでもありません。

暮方になる程に明石の御方に渡り給ふ。近き渡殿《わたどの》の戸押し開くるより、御簾の中《うち》の追風、なまめかしく吹き匂はして、物より殊にけだかく思さる。正身《さうじみ》は見えず。いづらと見廻し給ふに、硯のあたり賑ははしく、草子ども取り散したるを取りつつ見給ふ。唐《から》の東京《とうぎやう》錦《き》のことごとしき縁《はし》さしたる褥《しとね》に、をかしげなる琴《きん》うち置き、わざとめき由ある火桶に、侍従をくゆらかして、物ごとにしめたるに、衣被香《えびかう》の香《か》のまがへる、いとえんなり。手習どもの乱れうち解けたるも、筋かはり、故ある書きざまなり。ことごとしく草《さう》がちになども戯《ざ》れ書かず、めやすく書きすましたり。

ここに描かれている明石の上の美しさは、単なる感覚の世界の存在ではありません。われわれは現在ここにいない美しい部屋の主《あるじ》の全貌を、その生活の環境の中から、容易に幻想することができます。そして、こういう総合の上に描かれた幻想の明石の上の横顔は、けっして狂いのあるものではないと思います。

第十八章　女性と教養

一

女子教育の伝統

平安時代に、貴族の婦人はどんな教育を受けていたか、またどんな教養を必要としていたか、そういうことを考え、当時の教育の理想というものは、わが国の女子教育の伝統に、どのような地位を占めているか、またその精神は、日本民族の過去・現在・将来にどんな意義をもっているか、というようなことについて述べたいと思います。

平安時代の女子教育には、男子と同等の機会は与えられておりません。男子のためにはいうまでもなく官立の大学がありました。この大学は紀伝・明経・明法・算道の四科目に分れています。その外私学として和気広世の弘文院がありましたが、これは『西宮記』に「弘文院荒廃す」というような記事があって、早くから衰微したものと見えます。次に中納言在原行平の奨学院、これは設立の趣意書によりますと、王族ならびに源氏の子弟の為に設けられた学校です。また藤原冬嗣の勧学院、これは藤原氏の子弟を教育したもので、勧学院の雀は蒙求を囀るとまでいわれたほど盛大をきわめたものです。

平安時代の学校と女性の地位

これらの学校は、官立の大学といい、私学といい、どれも男子のために建てられたものです。女子はすべての学校から門戸を鎖され、公的には教育を受ける機会が与えられませんでしたので、家庭で教育を受けました。元来女子は、男子のように社会的に活動をする自由を与えられておらず、したがって学問においても、そうした不公平な取り扱いを受けたのです。清少納言の『枕草子』の「すさまじきもの」の条に「博士《はかせ》のうちつづき女子うませたる」とありますが、これは博士の家に引き続き女の子ばかり生まれて、男の子が生まれないことを、興ざめる不釣合いのことだと評しているのです。女子にはその家の学問を伝えることができなかったことを意味しております。

『紫式部日記』の記事

また『紫式部日記』に「この式部丞といふ人のわらはにて、史記といふ書《ふみ》よみ侍りし時、聞きならひつつ、かの人はおそうよみとり、忘るる所をも、あやしきまでぞさとく侍りしかば、文に心入れたる親は「口をしう、をのこごにて持たらぬこそ幸《さいは》ひなかりけれ」とぞ常になげかれ侍りし」（＊「史記といふ」は一部の伝本にある表現）とあります。式部丞とは、紫式部の兄にあたる人で（＊現在は、弟とするのが通説）、その兄がまだ少年のころ、父越前守為時から『史記』を教えられた時、傍で聞いていた紫式部のほうが、兄よりも早く理解したので、その方面に熱心な父為時は、慨嘆して、幼い紫式部に向かって「残念なことにはおまえが男の子に生まれなかったことだ」と、愚痴をこぼしたというのです。これらによっても、その当時の婦人の立場がわかります。

和魂漢才

平安中期になりますと、漢字と仮名、支那風な絵と日本風な絵などが、厳重に区別されました。漢字は男文字といい、仮名は女文字といいます。支那風な絵は男絵、大和風な絵は女絵とよんでいます。そういうふうに、男・女という区別がはっきりと立てられて、前者は支那風なもの、後者は日本風なものを意味することになりました。「ざえ」というのはおもに漢学をさすのです。それに対して「やまとだましひ」というのは、日本人としての本然の心というような意味に解せられます。よく、和魂漢才というふうに区別されているのですが、男子たる者は和魂とともに漢才も備えなければならぬ、大和心とともに才《ざえ》も備えなければならないとされたのですが、女子は、漢才つまり学問というものは、必ずしも必要ではない、むしろ敬遠すべきものであるとされているようです。

中宮に楽府を進講する紫式部（紫式部日記絵巻）

学問と女性

『土佐日記』に「男もすなる日記《にき》といふものを女もしてみむとてするなり」と書き出してあります。男の日記というものは、漢文で書かれたものです。ところで貫之は仮名で『土佐日記』を書きました。『土佐日記』ができ上がった事情については、説がありますが、要するに女文字すなわち仮名で書いたために、わざと女の所為のようにことわりをしているのです。『源氏物語』などを見ますと、たとえば、玉鬘の巻に、源氏が末摘花を批評することばが見えていますが、そこに学問というようなもの、たとえば和歌の髄脳《ずいのう》などという理窟っぽいものは、女子にはあまり奨励すべきものではないというようなことをいっています。また帚木の巻に、女子のことをいろいろと批評してあって、そこにある博士の娘のことが書かれています。その婦人は、けっきょく終わりを全うしないで不幸な身の上になるのですが、それはつまり学問が禍いをしているのだというのです。

紫式部の見解

また『紫式部日記』を見ますと、式部は亡夫宣孝《のぶたか》の残した漢学の書物をたくさん読みましたが、女房たちはそれを苦々しいことと思って、「おまへはかくおはすれば幸ひ少きなり。なでふ女か真字《まんな》書《ぶみ》はよむ。昔は経読むをだに人は制しき（あなたは漢籍というようなものばかり読んでおられるから幸福でないのだ、いったいどんな女が漢字の書物なんかを読むか、そんな婦人はろくな女ではない）」というふうに批評をしたのです。それを聞いた紫式部は、それから後は、漢字も書かず、漢籍も読まないようにしました。また屏風に書かれた詩文なども、人の前などではなるべく読めないような顔をしていました。読めないのではないが、いかにも知ったかぶりにふるまうということを慎んだのです。すなわち学問を隠したのです。また、やはり『紫式部日記』に見えていますが、式部は、中宮に『白氏文集』三・四の巻にある楽府《がふ》をお教えする際、人に隠れて、目にたたぬようにしております。

学問に対しての紫式部の考え方は、『源氏物語』の帚木巻にも、たびたび現われていま す。女が学問をしてはならぬというわけはない、またわざと習うというわけではないけれども、少し才のある人であれば、しぜんに会得《えとく》することもあるだろう、だからそういうことをとめるわけにはいかない、しかし、三史・五経というような、道々にむつかしい学問を専門に研究して、その研究したものを、残るところなく外に現わしてしまうような態度は、けっして賞揚すべき態度ではないと批評しているのです。

高内侍の生活

『大鏡』や、『栄花物語』などにでていますが、高内侍という才女、当時有数な学者であった高階成忠《たかしなのなりただ》の娘ですが、この人が中関白道隆の室となりました。父に似て学問があり、漢詩なども男子以上に作ることのできる人だったそうですが、晩年ひどく零落してみすぼらしい生活をしたということです。これに対して、『大鏡』の作者は「女のあまりざえかしこきは、ものあしと人申す」と世人が批評をしていたといっています。すなわち高内侍が零落されたのは、学問があり過ぎたからであるというのです。

二

宣耀殿女御の家庭教育

当時の女子の教育が、家庭で私的に行なわれたことは、前に述べたとおりですが、では家庭における女子教育はどういう方法で行なわれたか、どのようなものが女子教育の課目になっていたかといいますと、これについておもしろい話があります。村上天皇の女御であられた宣耀殿女御のことで、この話は『大鏡』に出ていますが、もっと詳しくは『枕草子』に見えます。この女御は、小一条左大臣師尹《もろただ》という人の姫君です。父小一条左大臣は、次のような方針でこの姫君を教育しました。それは『枕草子』に見えていますが、その文章をそのままここにあげてみますと「まだ姫君ときこえける時、父おとどの教へ聞え給ひける事は、一には御手を習ひ給へ、次にはきんの御琴を人よりことにひきまさらむとおぼせ、――さては古今の歌二十巻をみなうかべさせ給ふを、御学問にはせさせ給へとなむ聞え給ひける」とあります。すなわち第一には仮名文字を習いなさい、第二にはきんの琴をじょうずにひくように、第三には『古今集』の歌二十巻を全部暗誦しなさい、というのです。つまり宣耀殿の女御の教育の課目は、習字・音楽・和歌、ということになるわけです。これは単に宣耀殿の女御の教育にかぎるのではなく、当時の一般の女子教育の課目、または方針であったということができましょう。

習字・和歌・音楽

『枕草子』の「うらやましげなるもの」という段を見ますと「手よく書き、歌よく詠みて、物の折毎にも、先づとり出でらるる羨まし（じょうずに習字ができて、じょうずに歌をよんで、晴々しい場合にそれが取り出されるのはまことにうれしいものだ、うらやましいものだ）、（中略）琴笛などを習ふ、まださこそはまだしき程は、これがやうにいつしかと覚ゆらめ、（音楽を練習するのに、まだ自分は上達しない時に、じょうずな人のを聞いているといつになったらあんなにじょうずになれるだろうかとうらやましく思う）」というようなことが書いてあります。また『宇津保物語』の祭の使の巻にも、仮名や和歌というものが非常にだいじにされ、そういう道に長じた婦人が賞讃されたということが書いてあります。それから、『今昔物語』の巻十三に「今は昔西の京に住む人ありけり。品いやしからぬ人なり。一人の女子あり。その女子形貌《かたち》端正にして心性柔和なり。然れば父母これを愛してかしづくこと限りなし。年十□歳ばかりに成るに、手を書くこと人に勝れて、和歌を読むこと並びなし。また管絃の方に心を得て箏を弾ずること極めて達《いた》れり」とあり、それから『蜻蛉日記』に「ちひさき人には手習、歌よみなど教へ」と、少女の教育について述べているところがあります。以上の諸例のように、平安時代の女子の教育の課目は、習字・音楽・和歌が、いわゆる必修課目というようなものであったことがわかります。

まず習字では、漢字を習ったのではなく、仮名を習いました。若紫の巻に、源氏が幼い紫の上に手習いをやることが見えています。そして紫の上は、その手習いをそのまま手本としたということになっています。その当時、手習いの初めには、難波津の歌や浅香山の歌が用いられました。そのほか「あめつち」の詞や「いろは」の歌なども手本にされましたが、みな仮名の手本によって練習したのです。行成卿の姫君は、字の上手な人で、『更級日記』の著者菅原孝標女なども、この姫君の書いたものを手本として、稽古しています。また『栄花物語』には、教通の娘のために、道長が手本を贈ることが見えています。『大鏡』には、藤原佐理の娘がすぐれた仮名の名人であったと書いてあります。村上天皇の御記の絵巻の詞書は、この佐理の娘が書いた、また道長の室倫子の七十の賀の屏風の歌もやはりこの人が書いたというようなことが、『栄花物語』に見えています。そのほか『源氏物語』『宇津保物語』『狭衣物語』『夜半の寝覚』『浜松中納言物語』などにも、女子の教養として、習字が重んぜられていたという記事があります。

次に、音楽が女子のたいせつな教養課目であったことも、文学作品の上にしばしば見えています。『栄花物語』の月宴の巻には、村上天皇が宣耀殿の女御に、箏の琴を教えられたという話や、同じく村上天皇の皇女の保子内親王が、まだ十二、三ばかりで、箏の琴を非常にじょうずにひかれたということが、出ています。『宇津保物語』には、主人公の俊蔭が、その娘に四つのときからきんの琴を教えた由がみえ、その子の仲忠は、娘の犬宮に琴を教えるのですが、その場合には高い楼の上に上って、一年の間、生母女一宮に会うことさえも禁ぜられて、楼の中に籠って一心に稽古したとあります。また『落窪物語』などにも、六つ、七つの幼少の時代から箏の琴を教えたという記事もありますし、『源氏物語』には、そのような事実は無数で、いちいち枚挙に遑《いとま》ないくらいですが、その中の一、二を申しますと、明石の入道はその娘に琴を教え、源氏は玉鬘や女三宮に琴を教えていますが、宇治の八宮も姫君たちに琵琶や琴などを教えておられます。それから『夜半の寝覚』には、太政大臣が姫君の教育に、姉君には琵琶、中の君には箏の琴を教える記事があります。このように、音楽は女子教育には欠くべからざる課目であったわけです。

次に和歌ですが、これも、当時の女子の教養としてたいせつな必須課目でした。醍醐天皇の延喜年間に、『古今和歌集』が勅命により撰進され、『後撰集』『拾遺集』などが続々と撰せられました。これまで、漢詩に対して一段と低いものとされていた和歌は、勅命による国家的事業としての勅撰集にまで昇格したわけです。これは、純日本的な国民文学の確立といってもよいものです。

三

芸術教育と実用教育

このように、草仮名と音楽と和歌とは、中古上流社会における女子教育の必修の課目でしたが、かような教育は、今日のことばでいえば、だいたい芸術教育とでも申すべき教育です。この芸術教育というものが、その当時は最も重んぜられたのです。ではこういう和歌とか、草仮名とか、音楽とかの芸術だけが重んぜられて、他に実用的な教科目というものはなかったかというと、そうではありません。裁縫・染色の技というようなものは、女子のりっぱな資格として重んぜられていたのです。

裁縫・染色

『宇津保物語』の吹上の巻には、織物・縫物・染物などについて詳しく述べてあります。『落窪物語』にも、落窪の姫君が継母の強要によって裁縫をして、りっぱに縫いとげる記事があります。『蜻蛉日記』にも、兼家から縫い物を頼まれて、それを縫って返すことがあり、『枕草子』にも、中宮定子の無文の御衣を、女房たちが競うて縫うことが書かれています。『源氏物語』にはいうまでもありません。裁縫は、やはり女子の実用的な教養として重んぜられていたことがわかります。

次に染色のことは、『枕草子』に出ています。巻染・むら濃・くくり染などをしたとき、自分の染めたものがどういうふうに染まったか早く知りたいというようなことが書いてあります。染色の術は非常に発達していましたから、当時はいろいろな染め方があったようです。『源氏物語』を見ても、紫の上が染色の技術に長じていたことは、野分の巻や玉鬘

裁縫をする女房たち（源氏物語絵巻・早蕨）

の巻によって知られます。当時は色彩の感覚が異常に発達して、かさねの色目や、薄様の色目などが、ほとんど無数といってもよいほどたくさん出ました。

ところで、草仮名・和歌・音楽といったものは、いかにも実際生活とは関係のない、むだな、ぜいたくな、いわば趣味に類する課目であるかのように一応考えられないでもありません。しかし仔細に調べてみますと、それらはけっしてぜいたくな余計な教科目ではないことがわかります。こういう教科目は、その当時の上流の婦人にとっては生活上欠くべからざるものでした。というのは、当時の社交生活では、手紙というものは避くべからざるものであり、手紙にはじょうずな手蹟、じょうずな和歌が必ず要求されましたし、また人と会っても、席上において和歌を唱和するのが常であったのですから、ぜいたくどころではありません。そういう時に役だたせるために、必要な、いわば実用教育であったとさえいうことができます。

技術と人格・婦徳の涵養

しかしさらに考えてみますと、それでは平安時代の芸術教育すなわち和歌・習字・音楽、それらのものは、単にすぐれた技術を習得させればそれでよいという意味のものであったでしょうか。元来技術家は、その方面に非常に長《た》けた技倆をもっているのですが、女子教育はそうした技術家、すなわち書家とか、音楽家とか、歌人とか、そういう人を養成するためになされたかというとけっしてそうではありません。なるほど実用的に見て、そういう技術に長ずることは、たいせつなことでしたが、それよりもいっそうたいせつなことはそうした教育によって豊かな円満な人格をつくり上げるということ、つまり和歌・習字・音楽、そういう学課を修練することによって、りっぱな婦人をつくり上げるということが、目標とされていたのです。けっきょく女子教育の目的は単なる技術家の養成にあるのではなく、――その技術もさることながら、――それよりも、そのことによってりっぱな、完全な、「女性」をつくり上げることであったと思われます。

知識と人間教養

平安時代には、物知りということと、わかりのよい人ということとの間には区別があって、単なる物知りではつまらないと考えられていたことは、『源氏物語』などを見ても明らかにわかります。大江匡房は、大政治家の資格としては、知識よりもむしろ大和魂《やまとだましい》のほうがたいせつであるという意味のことをいっています。むろん大和魂という意味は、現在われわれのいう大和魂とは、違っているらしく、漢才《ざえ》に対する和魂といったような意味です。その匡房卿のことばとは「摂政関白必ずしも漢才備はらねども、大和魂だにかしこくおはしまさば、天下はまつりごたせ給ひなん」というのです。物知りよりもわかりのよい人がだいじである、漢学の知識よりも人間らしい心がだいじである、そういう意味であろうかと察せられます。

　男子の教育ですらそうでしたから、女子教育では、学問はなおさら重んぜられませんでしたが、しかし家庭で、私的に学問を修める機会がないではありませんでした。『枕草子』を見ますと、大納言伊周が、一条天皇に漢籍を御進講申しましたとき、中宮定子は、清少納言を従えて傍聴されております。紫式部は、帚木の巻において、女子たる者が三史・五経というようなものを研究するのは、ほめたことではないが、しかし、いくら女子でも、多少頭のよい人ならば、しぜんそういうものに触れる機会もあって、それを修得することもあるであろう、それをいけないという法はない、しぜんに知識を修得することを防止するという理由はないというようなことを語っております。それらの点から見ても、少なくとも学問そのものは、女子教育の目標ではなくして、その学問がいかに人間をつくるに役だつかという点で、学問の重要性が認められていると考えられるのです。紫式部は、その日記の中に「男だに才がりぬる人はいかにぞや云々」といっています。男でさえもあまり学問をふりかざすような人はどんなものであろうか、あまり大したりっぱな紳士ではないというのです。男でも、学問と人間とが調和しないで孤立しているような、そういう学問はいけないと、非難しています。

道隆三の君・紫式部

紫式部はまた、清少納言を批評して「清少納言こそしたり顔にいみじう侍りける人、さばかりかしこだち真字書き散らして侍るほども、よく見ればまだいと堪へぬこと多かり（清少納言という人は学問をふりかざす人、漢字などをしきりに書き散らす人である、しかしよく見るとまだまだいたらぬところがある、円熟しないところがある）」というようなことをいっています。また『大鏡』中巻に、関白道隆の第三の姫君のことが書いてあります。この姫君は、非常に漢学の才能のあった人で、冷泉天皇の皇子帥宮敦道親王を婿として迎えましたが、あまり学問を鼻にかけ、常軌を逸するところがあって、ついに離縁になり、晩年はひどく零落したようです。紫式部は、一条天皇が、『源氏物語』をお読みになり、それを批評されて、この作者は実に感心な者である、『日本紀』をよく読んでいるというようなことを仰せになった、そこで口の悪い女房が、式部に対して、日本紀局というあだ名を付けました。これはむしろほめたあだ名ですが、式部としては、さような評判の立つことさえ恥ずかしく思っています。式部の恐れたのは、学問そのものではなくて、どうかするとその学問が婦人たるの徳を傷つける、という点にあったと思われます。

四

清少納言

さて紫式部から生《なま》の学問をふりかざす女だと評せられた、あの清少納言はどうであったでしょうか。清少納言は、なるほど紫式部のような円熟した境地から見ると、いかにも未熟な人のように見えたことでしょうが、しかし清少納言でも、けっして生の学問をふりかざしたのではありません。一、二の例について見ますと、ある時、——これは『枕草子』に見えて有名な話ですが、——頭中将斉信が、清少納言の才を試みようとして、『白氏文集』の、

蘭省花時錦帳下

の句を書き、この対句になっている次の句はなんであるか、すぐ答えよという手紙をやりました。そうしますと、清少納言は、「蘭省花時錦帳下」の次の文句が「廬山雨夜草庵中」というのであることくらいはすぐわかるが、その対句をいかにも知ったかぶりに、なまなましい漢字で書いてやるのが見苦しい、どう返事をしたものかと考えて、そこにあっ

た火鉢の中から炭を取り上げて、

草の庵を誰か尋ねむ

と書いて与えました。こう返事をすれば「廬山雨夜草庵中」ということはすぐわかるだろう。この漢詩のままを書いてやったのではいかにも浅薄である。そこで和歌の下の句として答えたのです。しかも「草の庵を誰か尋ねむ」という句は、清少納言が咄嗟《とっさ》にこういうかってな文句を考えついたのではありません。もしかってな句を考えるのでしたら「草の庵に夜の雨降る」とかなんとか書いてやればよい、それを「草の庵を誰か尋ねむ」と書いてやったわけは、実はこの歌は当時の有名な歌人藤原公任の作った歌の下の句であって、少納言はそれをすぐ利用したのです。これには試験をした斉信のほうが驚いてしまいました。翌朝になって、源中将宣方が「このあたりに草の庵はいるか」と、大きな声で少納言を捜しているのをきいて、少納言は「あやし、などか人げなきものはあらむ、玉の台ともとめ給はましかばいらへてまし」と、こういうふうに答えました。これは『拾遺集』夏の読み人知らずの歌に「けふ見れば玉の台もなかりけりあやめの草の庵のみして」とありますが、清少納言はこの歌の中からことばを見つけ出したのです。源中将が「草の庵はいるか」と少しも含蓄のない、表面だけのむき出しのことばを使ったのに対して、少納言は、そういう情けない者はおりません、玉の台《うてな》とおっしゃるならば返事をいたしましょう、と答えましたが、これは玉の台といえばすぐ草の庵ということくらいはわかるはずである。

いやしくも草の庵を口にするほどの人であれば、『拾遺集』の「けふ見れば玉の台もなかりけり」という歌くらいは当然頭に浮かんでこなければならないはずだ、そういうことを少納言は考えていたのでしょう。

また雪の降った朝、中宮が「少納言よ香炉《こうろ》峯《ほう》の雪いかならむ」と仰せになったのに対して、少納言はなにもお答えせず、御前を立ち、御簾を高くかかげました。これが『白氏文集』の「遺愛寺鐘欹レ枕聴、香炉峯雪撥レ簾看」という詩によったものであることは、もと小学校の読本にも出ていたほど有名なことです。もし清少納言が中宮の御下問に対して、白詩に考え及ぶだけの力をもっていなかったならば、いかにも無学というよりほかはありません。もしまたこれを「香炉峯の雪は簾を撥げて看ると白氏は詠じております」などと申し上げたとすれば、それはまだ生《なま》の学問であるとしかいえますまい。黙って立ってみずから御簾を巻き上げたというところに、清少納言の清少納言たるところがあるのです。なおこのほか、『前漢書』によった于公高門の話もありますし、『史記』の函谷関の故事によった「夜をこめて鳥のそらねははかるとも世にあふ坂の関は許さじ」という歌の逸事もあります。また慶滋保胤《よししげのやすたね》の「九品蓮台之間、雖下品応足」という詩は『和漢朗詠集』にも出ていますが、ある時中宮定子が、清少納言がかねてから、だれにでも第一に思われなくては承知できないというようなことを、口癖のようにいっていると聞かれて「おまえはわたしに第一に思われたくないか」と問われると、少納言は「九品《くほん》蓮台の間には下品《げぼん》というとも」と、お答えしました。——こういうりっぱな宮様にお仕えしておりますのでは、第一の人に思われるなどとはとんでもなくもったいないことで、ただもういちばん下で結構でございます——ということを、保胤の詩によって言上したわけです。生の学問をふりかざしたと評せられる清少納言でさえも、学問そのものを露骨に示していばるというようなことはせず、女らしい情趣に包み、その中からつつましく示す、そういう表現のしかたをしています。

清少納言でさえそうでしたから、まして他の婦人では、いうまでもありません。あの宣耀殿の女御が、村上天皇の御試験を受けられる時には、天皇はなんの予告もなく、突然女御の御殿にお出でになって、いきなり『古今集』の歌を覚えておられるかどうかをためされたのです。しかも女御は一つも間違わない、そうした女御の実力が、すでに非常に感嘆すべきことなのですが、それよりもさらにいっそう感嘆すべきことは、『枕草子』に「さかしうやがて末まではあらねども、すべてつゆ違ふことなかりけり」とあるように、自分の知っている歌でも、初めから終わりまで、残りなく滔々とまくしたてるというのではなく、ただ上の句だけを、つつましやかに答えて、後は黙っているという、そういう深みのある、奥ゆかしい態度であります。

五

明石姫君の教育方針・日本婦道の淵源

このような、深みがありゆとりのある態度は、洗練され、鍛えられた心の持ち主でなければ不可能であろうと思われます。『源氏物語』などには、気どった才人などというものは、表面的にはちょっとえらそうに見えるが、よく見るとどうもぐあいが悪い、というような意味のことがしきりに書かれています。玉鬘の巻に、明石姫君の教育に関して「すべて女は立てて好める事設けてしみぬるは様よからぬ事なり。ただ心の筋を漂はしからずもて静めおきて、なだらかならむのみなむ目安かるべき」といっています。すべて女というものは、なにか一かど立てて、それに偏してしまう、というようではいけない、ただ心の中に、しっかりとしたものをもっていて、しかも外面はなだらかにしているのがよいのだということを、明石姫君の教育方針として語っています。それから帚木の巻に、女というものは「すべて心に知られむ事をも知らず顔にもてなし、いはまほしからむ事をも、一つ二つのふしは過すべくなむあるべかりける」――自分は知っているけれども知らないようなふうにもてなす、全部しゃべってしまわない、そういうふうにするのがよいのであるが、むつかしいものである、ということを教えています。内には堅固な志操を持して、しかも、外には中庸・謙譲・誠実な態度をとるのがりっぱであると教えているのです。

和の精神

前に述べたように、平安時代の女子の美徳とされたものは、『源氏物語』の藤袴の巻で、源氏の君が「女は三に従ふものにこそあなれ」といっているように、儒教のいわゆる「幼従レ父、既嫁従レ夫、夫死従レ子」という思想が、日本固有の思想と結合したものではなかろうかと考えられます。服従の精神は、寛容・謙譲・調和・誠実、そういったさまざまの美徳を包含しています。もしこの精神を「和」という語で現わしうるならば、「和」によって統一された人格が、平安時代の女子教育の理想であったろうと考えられます。

第十九章　生活と娯楽

一

女性の娯楽について少し申してみましょう。

物語・和歌・音楽

かれらの娯楽としては、和歌をよむとか、物語を鑑賞するとか、琵琶や、和琴や、琴や、箏をもてあそぶとか、手習いをするとかいうような精神的なものが主でした。玉鬘は物語をよんでは不幸な生《お》い立ちを考え、末摘花は琴をかなでては恵まれない生活を慰め、浮舟は手習いをしてはこの世の悲しみを忘れようとしております。これらの芸術がいかに当時の女性たちの生活を平和にし、幸福にしたかは、あらためていうまでもないと思います。また管絃の御遊は殿上でも後宮でも、しばしば行なわれ、女房もまたこれに参加したことが文献にも見え、絵巻などにもあらわれています。

音楽をたのしむ女性たち（源氏物語絵巻・橋姫）

年中行事

これらの芸術鑑賞に対して、各種の勝負事や、雛遊び・花見の宴・菖蒲の節供・七夕の祭り・月見の宴・観菊・雪見などのような、年中行事があり、寺社へのもの詣でがあり、花のころや、紅葉の折には、西山・北山などへの行楽があります。

以上のうちの大部分は、すでに一わたり述べてきましたから、ここでは勝負事について、ちょっと申しておきましょう。

双六

勝負事には双六・碁・物合・探韻・偏つぎ・聞香などがあります。まず双六は、スグロクまたはスゴロクとよみ、双陸の字音だろうといわれています。古くからわが国に行なわれ、『万葉集』十六にはその歌があり、『日本書紀』持統天皇の三年十二月には、双六を禁断された記事が見えています。双六は『枕草子』に「心ゆくもの　てうばみに、てう多くうちたる」とあるように「てうばみ」ともいいます。女房もこれをして遊んだもので、『蜻蛉日記』にも見え、『栄花物語』月の宴の巻にも、村上天皇の女御たちが、双六をうたれることが出ており、『枕草子』には「つれづれなる物……うまおりぬすぐろく」などとあります。ちなみにうまおりぬとは、双六に思う目の出ないことをいうのです。双六の作法やうち方については、詳しいことはわかりませんが、賽を筒に入れてふり出したものであるらしい。後世のものですが、『乳母の草子』に「まづ石の袋をもちてまゐり、その後盤を参らせ……」とあり、盤と石とが用意されています。『枕草子』には、

清げなる男の、双六を日ひと日うちて、なほあかぬにや、短き燈台に灯をあかくかかげて、かたきの采をこひせめて、とみにも入れねば、筒を盤の上に立ててまつ。狩衣のくびの顔にかかれば、片手しておし入れて、いとこはからぬ烏帽子をふりやりて、さはいみじうのろふとも、うちはづしてむやと、心もとなげにうちまもりゐたるこそほこりかに見ゆれ。

と見えていますし、『源氏物語』常夏の巻には、近江の君が、五節の君と双六をうっている様子について、

手をいと切におしもてみて、せうさい、せうさいといふ声ぞいと舌疾《と》きや。あなうたて

と思して、御供の人の前追ふを、手かき制し給ひて、なほ妻戸の細目なるより、障子のあきあひたるを見入れ給ふ。この人もはた気色はやれる、御かへしや〳〵と、筒をひねりつつ、とみにも打ち出でず、なかに思ひはありやすらむ、いとあさへたる様どもしたり。

と書いてあります。これらによって、詳しいことははっきりわかりませんが、その遊び方のだいたいを察することができます。

攤

攤は「ダ」といい、また「ダウチ」ともいいます。多くは移転（御堂関白記）・産養（紫式部日記）・庚申（宇津保物語貴宮）・饗宴（左経記）などのときに行なうものです。『紫式部日記』に「上達部座をたちて、御橋の上にまゐり給ふ。殿をはじめ奉りて、攤うち給ふ。紙の争ひ、いとまさなし」とあります。『大鏡』や、『栄花物語』などに見えています。筒賽をふって、貴賽を得たものを、勝とするようですが、その作法は『御産部類記』に見えています。遊び方はよくわかりませんが、全体としては、おそらく双六の遊び方と同じものであったろうと思われます。碁《ご》手《て》の銭を賭けることがあります。そのことについては、平安時代の文献に多数見えております。

囲碁

囲碁は単に碁ともいいます。『枕草子』に「あそびは、小弓、韻ふたぎ、碁」とあげているほど、一般的なものです。支那からわが国に渡ってきたもので、奈良時代には、すでに一般に行なわれていたようです。『源氏物語』手習の巻には、浮舟が老尼と碁をうつことが見えており、『枕草子』の心にくき物の条に「夜いたう更けて、人のみなねぬる後に、外の方にて殿上人など物いふに、奥に碁石けに入るる音あまた聞えたる、いと心にくし」

碁をうつ女（源氏物語絵巻・竹河）

とあって、後宮の女性にとってはなつかしい遊びの一つでした。一条摂政伊尹が蔵人頭であった時、村上天皇の御碁のお相手をつかまつったことが、『拾遺集』に見えていますが、これは有名な話です。またその様子は、『源氏物語』空蟬の巻に、空蟬が軒端の荻と碁をうつことを、

碁うち果てて、けちさすわたり、心疾げに見えて、きはぎはとさうどけば、奥の人はいと静かにのどめて、待ち給へや、そこは持にこそあらめ、このわたりの劫

をこそなど云へど、いでこの度は負けにけり、隅の所々、いでいでと、およびをかがめて、十《とを》、二十《はた》、三十《みそ》、四十《よそ》などかぞふる様、伊予の湯桁もたどたどしかるまじう見ゆ。

と書いているによって、だいたいわかるであろうと思います。また竹河の巻に、玉鬘の姫君の兄弟が碁をうつとき、弟の侍従の君がけんぞ傍で見る役をすることがみえ、『狭衣物語』にもまたこのけんぞのことが見えています。

碁には、多くの場合、なにか物が賭《か》けられました。銭が賭けられるのを碁手の銭といいます。碁手の銭のことは『古今著聞集』にも見えます。また帯を賭けたり拾遺集 新しい草子を賭けたり拾遺集 銀の虫籠を賭けたり新勅撰集 金の枕を賭けたり今昔物語 銀の笙を賭けたり古今著聞集 花の枝を賭けたり源氏物語宿木 その他いろいろのものを賭けたようです。碁に負けたものが、負態《まけわざ》ということをしたことは、『紫式部日記』に、

播磨守碁のまけわざしける日、あからさまにまかでて、後にぞ御盤のさまなど見給へしかば、華足《けそく》など、ゆゑゆゑしくて、すはまのほとりの水にかきまぜたり。

紀の国のしららの浜に拾ふてふこのいしこそはいはほともなれ

とあるによってわかります。

乱碁・弾碁

また乱碁ということがあって、『拾遺集』雑秋に、天禄四年五月二十一日、円融天皇が

一品宮にお渡りになって乱碁をとらせられた由の詞書があります。『今鏡』や『増鏡』にも乱碁のことが見えていますが、その遊び方は不明です。弾碁はタギといい、また「いしはじき」ともいいます。『源氏物語』須磨の巻や椎本の巻にも見えています。『禁秘抄』には、囲碁・弾碁などの盤は、台盤所に置かれる由を書かれております。『和泉式部集』にも弾碁の盤のことが見え、その図は『徵古図録』に出ています。八道行成は「やすかり」といいます。『和名抄』にその名が見えていますが、遊び方は不明です。今の十六むさしのようなものであろうといわれています。

小弓

小弓は『蜻蛉日記』には、上にも、中にも、下にも見えており、『今昔物語』や、『今鏡』などにも見え、『宇津保物語』楼の上の下の巻にも、『源氏物語』若菜の巻にも、上下ともに見えております。また『枕草子』にも「あそびわざは、小弓」とあげています。『古今著聞集』九には、

長暦二年三月十七日、殿上人十余人野の宮へ参りたりけるに、御殿の東庭に畳を敷きて、小弓の会ありけり。また蹴鞠もありけり。夕べに及んで膳を進められける間、簾中より管絃の御調度を出されたりければ、すなはち糸竹雑芸の興もありけり。又和歌も有りけるとかや。むかしはかく期せざる事も、やさしく面白きこと、常の事なりけり。いみじ

かりける世なり。

と書いてあり、『枕草子』には、

したりがほなるもの　小弓射るに、片つ方の人、しはぶきをし、まぎらはして騒ぐに、念じて音たかう射て、あてたるこそ、したり顔なるけしきなれ。

とあります。これらは、小弓の作法を活写したものとして注意されます。

投石

投石は「いしなとり」とよみます。『小大君集《こだいのきみ》』に「おほむいしなとりの石をつつませ給ひけるに、三十一ありつれば、一つに一文字を書きて参らせける」とあり、『拾遺集』十八にも、同じ歌が少しことばをかえて出ています。『赤染衛門集』上にも、『散木奇歌集』五にも「いしなとり」の歌があります。今の手玉のような遊びではなかったかと思います。

二

物合

物合《ものあわせ》は広く事物について、多くの人を集め、これを左右に分け、左と右とに番《つが》い、双方の事物を合わせ、優劣を争うことで、その事物には、草合や、前栽合や、根合のような植物があり、鶏合・虫合のような動物があり、扇合・貝合のような器物があり、物語合・詩合・歌合のような文学があり、香合のような芸道があり、琵琶合・今様合のような音楽があります。これらの物合は、物忌《ものいみ》・庚申《こうしん》などの夜に盛んに行なわれたもので、『枕草子』に、

うれしきもの　物合、何くれといどむ事に勝ちたる、いかでかうれしからざらむ。

とあるように、後宮の女房が、最も真剣になってした遊びです。

草合

草合《くさあわせ》は『拾遺集』九雑や、『後拾遺集』二十誹諧などにそのことが見え、前栽合は、『伊勢集』上・『拾遺集』五賀・『金葉集』三秋・『詞花集』三秋・『千載集』四秋・『栄花物語』月の宴などをはじめ所見の非常に多いものです。『源順集』に、

ある所の前栽合の歌の判ある所に、男女かたわきて、御前の庭のすすき・荻・しらに・紫苑・くさのかう・をみなへし・かるかや・なでしこ・萩などうゑさせ給ひ松虫・鈴虫をはなたせ給ひて、人々にやがてその物どもにつけて歌を奉らせ給ふに、おのが心々に我も〳〵と……

とあります。これによってその様子を察することができましょう。康保三年閏八月十五日の前栽合については、前にも述べたとおりです。

菖蒲根合

菖蒲根合は、五月五日に行なわれ、『赤染衛門集』や『金葉集』二夏・『詞花集』二夏などに見えており、『今鏡』七根合にも詳しく出ています。最も詳細に書かれているのは、『古今著聞集』十九草木に出ている永承六年五月五日内裏で行なわれた菖蒲の根合と、『中右記』寛治七年五月五日の条に出ている郁芳門院媞子内親王の女房の根合とです。この二つで、根合の作法の詳細を知ることができます。菖蒲の根のうるわしく長いのを争うたのです。

なでしこ合

撫子合《なでしこあわせ》は、多く七月七日に行なわれ、『中務集』に三条の女御の撫子合のことが見え、前大納言『公任卿集』に、藤壺の撫子合のことが見えていますが、詳しくは『古今著聞集』五和歌に出ている東三条院の撫子合の記事です。

女郎花合・萩花合・菊合

女郎花合は、朱雀院女郎花合に、天皇・皇后のお催しになったものが見え、萩花合は、『相如集』に一品宮が梅壺の萩の花を合わせられたものが見えます。菊合は、上東門院で催されたものが、上東門院菊合と、『後拾遺集』五秋に見えますが、『古今著聞集』十九草木に、延喜十三年十月十三日の内裏の菊合と、天暦七年十月十八日の内裏の菊合とのことが見え、いずれもあまねく世に知られています。

紅梅合・花合・紅葉合

このほか、紅梅合のことが、『高光集』に見え、花合のことが、『古今著聞集』十一画図や、『十訓抄』二や、『散木奇歌集』一春や、『光経集』などに見え、紅葉合のことは、『元輔集』や『清正集』に見えています。これらには、花や紅葉とともに、歌がよまれるのが常であります。

鶏合

鶏合は、『栄花物語』初花に、寛弘三年三月の花山院の鶏合のことが書かれていますが、『古今著聞集』二十魚虫禽獣に書かれている承安二年五月二日の東山仙洞の鶏合は、最も詳細なものです。『弁内侍日記』上にも、

> 三日の御とり合に、今年は女房のも合せらるべしとききしかば、若き女房たち、心つくしてよき鳥ども尋ねられしに、宮内卿のすけどのは、為教の中将が播磨といふ鳥を出さむなどぞありし……

と、細かに述べられていますが、これらによって、女房たちのたがいに競うたさまが察せ

られます。

小鳥合・虫合

小鳥合ということは、『禁秘抄』下にも、『古今著聞集』二十魚虫禽獣にもあらわれ、虫合は、『山家集』下に見えています。

扇合・小筥合

扇合のことは、『貫之集』七賀や、『金葉集』三秋などに見えますが、円融院扇合には、その時の模様が細かに書かれています。小筥合は『伊勢集』に見えていますから、古くから行なわれたことがわかります。

貝合

貝合は『山家集』下にあらわれていますが、さまざまの貝を合わせ、それに歌をよみそえて、優劣を争うものです。『堤中納言物語』に貝合の巻があって、その記述の中に、貝合の様子が詳しく述べられています。

物語合

物語合は、六条斎院で行なわれたのが最も有名で、その時のことは『栄花物語』煙の後の巻にも、『後拾遺集』十五雑にも見え、また最近見出だされた『二十巻本歌合巻』にもおさめられています。この歌合が文学史上重要なものであることは、のちに述べるはずです第二十二章。

草紙合

草紙合は、『金葉集』四冬 同 七恋 に見え、また『今鏡』にも見えています。『袋草子』遺編上に、後朱雀天皇皇女正子内親王のお催しになった草紙合のことが書かれていますが、それには、

左銀透筥、蓋入㆓古今絵七帖、新絵銀造紙一帖㆒、右銀透筥、納㆓絵造紙六帖、新歌絵銀草子一帖㆒

とあって、その大要を知ることができます。

歌合

歌合は、物合の中で最も重要なもので、その種類は非常に多いのですが、とにかく歌を左右に分け、それを番えて一番となし、その優劣を判定する競技です。左右の歌人をば方人といい、頭人・読師・講師・籌刺《かずさし》などが左右にいます。頭人は歌合に関する諸般のこと

を処理し、読師は番の順序によって、方人の歌をとり集め、講師に示し、講師はこれを朗吟します。判者があって、各番の終わるごとに優劣を判定し、籌刺は勝負の数を洲浜台の籌刺に刺し、最後に合算して、籌の多いほうを勝とするのです。第一番にはまず左の歌を吟じ、第二番以後は負方の歌を先に吟ずるのが例です。番数は五番・七番というような少ないものから、六百番・千五百番というような多いものがあります。

判者が優劣を決定するためには、その理由を述べます。これを判詞といいます。はじめは判詞は、その席上においてただちに加えられたものですが、後には慎重となり、後日推敲を重ねて、文章につづるというようなことになりました。判者は一代の大家が選ばれる例ですが、時には方人が互いに論難する場合もあります。これを衆議判といいます。この判詞は仮名文で書かれることもあり、漢文で書かれることもあります。

歌合は古くから行なわれましたが、宇多天皇の御時に行なわれた後宮歌合・亭子院歌合をはじめ、村上天皇の御時に行なわれた天徳内裏歌合などが最も有名です。その後、歌合の行なわれることは非常に多く、それらが『十巻本歌合巻』『二十巻本歌合巻』などの中に類聚せられています。歌合は、歌についての競技ですから、和歌を隆盛に向かわせ、判詞をとおして、歌学・歌論の勃興をうながし、文学史の上に功績が多いのです。しかし、一面歌を技巧的にし、主知的にし、消極的にした点もまた少なくはありませんでした。

男女歌合は永承五年六月五日、祐子内親王家歌合が有名であり、女房のみの歌合は、天徳四年三月三十日に内裏で行なわれた歌合をはじめ、禖子内親王家の歌合や、特に呂保殿歌合などが有名です。

特殊な歌合としては、拾遺百番歌合のような物語の歌を合わせたもの、年中行事歌合のような年中行事を合わせたものがあります。その他いろいろなものがありますが、煩わしいから省略します。

香合・絵合

香合は歌合と同じようなもので、薫物合ともいいます。左右に分け、香料の合わせ方の浅深厚薄により、判者が優劣を定め、勝敗を決するのです。香合のことは、『源氏物語』梅枝の巻に詳しく見えています。また絵合のことも、『源氏物語』絵合の巻に詳しく書かれていて、あまねく知られていますから、ここでは改めて述べないことにします。なお物合については、黒川春村の『合物名彙』という詳しい解説書があります。

三

なぞなぞ

遊戯の一種に謎があります。謎は「なぞ」とも「なぞだて」ともいい、古くは「なぞなぞ」といいました。『讃岐入道集』に「ある宮ばらの女房のもとより、なぞなぞとてかくいひたる」とあるのがこれであって、「何ぞ」の義であることはいうまでもありません。まず隠語を寓したことば、または詩歌で質問し、この質問を解いて、問者の意に的中せしめるという遊びです。『日本書紀』天武天皇の条に、

朱鳥元年正月癸卯、御大極殿、而賜宴於諸王卿、是日、詔曰朕問王卿、以無端事、仍対言得実、必有賜……

とある「無端事《あとなしごと》」は、『釈日本紀』に「兼方案之、今世何何歟《などなど》」とあって、謎のことであろうとされています。

「なぞなぞ」は、なぞなぞ物語ともいいます。『実方集』に「小一条殿のなぞなぞ物語に、かたずまけずの花の上の霞といひけるに……」とあるのがこれです。また『散木奇歌集』七に、

ある人のもとに、なぞなぞ物語をあまた作りて、解かせに遣したりけるを、ことざまに解きたりけるを、また遣すとてよめる

いかでもと思ふ心のみだれをばあはぬにとくる物とやは知る

とあり、同じく十にも「なぞなぞ物語よく解くと聞えける人のもとへ作りて遣しける歌」と詞書のある歌が見えていますが、いずれも謎のことです。

謎は、またなぞなぞ合ともいいました。『枕草子』に、小二条宮の御様を叙した段に、中宮のおことばとして、

なぞなぞ合しける……みな方人の男女ゐ分れて、けんぞの人などいと多く居なみて合はするに、左の一いみじう用意してもてなしたる様、如何なる事をかいひ出でむと見えたれば、こなたの人、あなたの人、みな心もとなくうちまもりて、なぞなぞといふ程心にくし。天にはり弓といひたり右方の人は、いと興ありと思ふに、こなたの人は物も覚えず。みなにくく愛敬なくて、あなたによりて、殊更に負けさせむとしけるをなど、かた時の程に思ふに、右の人、いと口惜しくをこなりとうち笑ひて、やや更にえ知らずとて、口を引き垂れて、しらぬ事よとて、さるがうしかくるに、籌《かず》さささせつ。

とあります。これは、なぞなぞ合の実際のありさまを示す記事として注意すべきものです。さらに小野宮右衛門督家歌合には、その状況や、歌や、勝負のことが、その仮名日記に詳しく書かれています。今その一節をあげると、

小野宮の右衛門督の君達の物語より出で来りける謎合、左青き薄様一かさねに書きて、松の枝につけたり。かくなむ。

我がことはえもいはしろの結び松千年を経とも誰か解くべき

右は紫の薄様一かさねに書きて、あふちの花につけたりしはかくぞ

おくていねの今は早苗と生ひ立ちて待ちてふるねもあらじとぞ思ふ

かくてえ解かぬをば、己が方々に解かせて、勝負を定むるに、人の心いづれもいづれも同じやうなりければ、いとよく解きつつ、持にて合せ合せたるにあなり。中にかしこく

もあらぬ事に、思ひあなづりたるにやありけむ、えたしかに解かず、右方に籌ひとつさされて負けぬ。

左　なぞこの頃ふるめかしき香するもの
　　磯の上ふるめかしかのするものは花橘のにほふなるべし
右　なぞあづまの方に開けたるもの
　　東路のしづの垣根の卯の花はあやなく何と問ふぞはかなき

といったようなものです。これらによって、謎合のだいたいを知ることができましょう。女房の間には好んで行なわれたものでした。

論議

後宮女性の娯楽に、物合に類したものに論議ということがあります。これは春秋の優劣を論ずるとか、物語の主人公の優劣を論ずるとかして、打ち興ずるものです。あるいは法華八講の形式などの影響があるかもしれません。春秋の定めについては、古くは『古事記』や『万葉集』にその起源が見え、『源氏物語』や『更級日記』にも見えています。人物の優劣を論ずることは、『公任卿集』に、円融天皇の御時に、御前で『宇津保物語』の人物の論議があったということが書かれていますし、『枕草子』にもまた同様の論議のあったことが見えています。さらにこれは学問上の論議として、弘安源氏論議のようなものにまで発展していくのですが、これは歌合のときの判者の批評すなわち判詞とともに、文学上注意すべきことでしょう。

韻塞・偏つぎ

なおこれらの遊びのほかに、韻塞《いんふたぎ》とか、偏つぎとかがあります。韻塞は『中務集』や『枕草子』や『源氏物語』などにたびたびあらわれていますが、古詩の韻字を塞ぎ隠して、それを推しあてる遊びです。『枕草子』に「したりがほなるもの　ゐふたぎの明《あけ》とうしたる」とあって、明《あけ》とは何の字と推しあてたのをいうのです。偏つぎも、『枕草子』や『源氏物語』に多く見えていて、『栄花物語』月宴の巻には「へんをつがせ」とあります。文字の偏につくりをそえて、何の字となるかということを知る遊びです。一説に偏突で、文字のつくりと偏とを分け、つくりを隠して、偏をもって、何という文字といいあてることであるともいっています。

第二十章　疾病と医療

女流文学には、疾病や医療のことが、どういうふうにあらわれているでしょうか。しばらくこの問題について考えてみましょう。

一

病草子

病気は美的なものではありません。したがって病気そのものは、おそらく芸術の対象となることはないでしょう。『病草子』にはその当時見られた疾病が絵にしてありますが、これは芸術品として描かれたものとは受けとれません。『枕草子』に「やまひは」として、胸・物のけ・あしのけ・歯などをあげているのは、その病をめぐる雰囲気を、美しいと見たのです。病気することは「あつしくなる」とか「わづらふ」とか、「ここちあし」とかいい、病人を「ばうざ」（病者）といい、平癒することを「おこたる」などといいますが、それらはすべて『源氏物語』などに見えています。

眼病

病気の種類で、文学に見えているものについて、少しあげてみますと、まず眼病があります。たとえば、『源氏物語』に朱雀院が御目をなやませられることがあり、『大鏡』に三条天皇が御目をなやみたまうこと、中納言隆家が目をなやむことなどが出ております。

口腔病・歯痛

『病草子』には、口の中のくさい女のことが見えていますが、『枕草子』には歯痛に苦しんでいる女のことが書かれていて、十八、九ばかりの、髪が長く、色白で、愛嬌のある人が、歯をひどくやんで、額髪を涙に泣きぬらし、顔を赤くして、おさえているのを「をかし」といっています。『源氏物語』賢木の巻には「御歯の少し朽ちて、口の中の黒みて笑み給へる、かをりうつくしきは、女にて見奉らまほしう清らなり」とあり、虫歯も美しいものと見られております。

胸の病

胸の病は『枕草子』に「やまひは胸……」としてあげられており、

八月ばかりに、白き単衣なよらかなるに、袴よきほどにて、紫苑の衣のいとあでやかなるを引き懸けて、胸をいみじう病めば、友達の女房などかずかず来つつ訪ひ、との方にも、若やかなる君達あまたきて、いといとほしきわざかな、例もかうや悩み給ふ、などど事なしびにいふもあり。心かけたる人は、まことにいとほしと思ひ歎き、人知れぬ中なれはまして人目思ひて、寄るにも近くはえ寄らず、思ひ歎きたるこそをかしけれ。いとうるはしう長き髪を引きゆひて、物つくとて起きあがりたるけしきも、らうたげなり。うへにも聞し召して、御読経の僧の声よき賜はせたれば、几帳引きよせてすゑたり。ほどもなきせばさなれば、とぶらひ人あまた来て、経聞きなどするもかくれなきに、目をくばりて読み居たるこそ、罪や得らむと覚ゆれ。

この記事は、局の女房が胸を病んでいる様子を叙したものですが、一般に後宮女性が病気した時のことを知る上に、たいせつな文献ということができます。

腹の病

腹部の病気は『源氏物語』の帚木の巻に「腹をやみて」とあり、『落窪物語』に「その頃腹をそこなひたる上に、衣いとうすし、板のひえのぼりて、腹こぼこぼと鳴れば……」とあります。『栄花物語』浦々の別の巻には、承香殿女御が「痕《はらふくる》」すなわち脹満《ちょうまん》という病気にかかられたことが見えています。

脚の病

脚の病は脚病《かくびよう》といい、最も多く文学に見えるもので、『落窪物語』や、『源順集』や、『源氏物語』夕霧などには「あしのけ」とあり、若菜の巻には「みだりかくびやう」と見えていますが、脚気のことかといわれています。しかし、疑問の余地があって、確かではありません。

女性の寝姿

流行病

流行病は、「よの中さわがし」ということばで、『蜻蛉日記』や、『大鏡』や、『栄花物語』などにしばしば見え、この疾病の流行のあとには、死骸が路上にみちるというありさまでした。そのことは公卿の家記の類にもたびたび見えております。こういう場合、朝廷におかれては、仁王経とか、大般若経とかを転読させられ、疾病消除を祈らしめられたのであって、『類聚符宣抄』などにより、その由を知ることができます。その惨状を詳細に書いているのは、後世のものではあるが、鴨長明の『方丈記』です。

瘧

流行病のうちで最も普通のものは、瘧《おこり》です。瘧はワラハヤミともエヤミともいい、青少年のかかりやすい一種の熱病で、『源氏物語』の若紫の巻や、賢木の巻に見えています。「あまたたびおこり給ひければ……」などとあり、『十六夜日記』には「わか〱しきわらはやみにや、日まぜにおこること二たびになりぬ……」などと書いています。

咳の病・風病

風邪は咳《しわぶき》の病といいます。『源氏物語』夕顔の巻に「この暁よりしはぶきやみにや侍らむ、かしらいと痛くて苦しく侍れば、いと無礼《むらい》にてきこゆること」とあり、『大鏡』にも伊周の薨去《こうきょ》のことを述べ、「御しはぶき病にやなどぞおぼしける程に、おもり給ひにければ……」と書いています。この「しはぶきやみ」は今の感冒すなわち「かぜ」ですが、その当時「かぜ」または風病と称した病は、まったく別のものでした。『源氏物語』帚木の巻には「ふびやう」とあり、若菜の巻や、『堤中納言物語』などには「御風」とあり、椎本の巻には「風」とあります。『栄花物語』にもたびたび見えていますが、治療には朴の木の皮を煎じて飲ませています。これは感冒の治療とは受け取れません。今の風邪とは異なる慢性の病気で、今俗にいう痾であろうとも、また腹病の意で下痢であろうともいわれています。『病草子』に「近頃男ありけり。風病によりて、ひとみ常にゆるぎけり。厳寒に裸にてゐたる人のふるひわななくやうになむありける」とあるのを見ても、感冒でないことは確かです。

もがさ・あかもがさ

裳瘡《もがさ》は、今の天然痘です。『続日本紀』には、天平七年に、この裳瘡の流行した記事があります。宣長はこれがわが国の裳瘡の初めかといっています。おそらくこれは外来の流行病に相違ないと思います。『続古事談』五には、新羅《しらぎ》国の病気で、筑紫の人がうつってきたものだといっています。いわゆる痘痕《みっちゃ》とか、あばたとかいうのは、この病気によって顔面にあとの残るのをいうのです。平安時代にあった最も恐るべき流行病の一つでした。『加茂保憲女集』に、

この歌は天のみかどの御時に、もがさといふものおこりて、やみける中に、賀茂氏なる女、よろづの人におとれりけり。さる中に、ただもがさをなむ、すぐれてやみける。

とあり、『日本紀略』以下の史書や、『栄花物語』によれば、天延二年八、九月、この痘瘡が大流行しています。天下貴賤を通じて死亡する者が多く、伊尹の子、前少将挙賢・後少将義孝などが、同じ日のうちに続いて死亡したとあります。「あかもがさ」は、もがさの

一種で、今の「はしか」ですが、『栄花物語』浦々の別の巻に長徳四年の流行、同じく峯の月の巻に万寿二年の流行、同じく布引の滝の巻に承保四年の流行のことが見えています。

吐血・黄ばむやまひ

吐血して死亡した例は文献に所見が少なくありません。淑景舎原子がなくなられるときには、鼻や口から吐血されたと、『栄花物語』鳥辺野の巻に見えています。また「黄ばむやまひ」すなわち黄疸は、その名が『和名抄』にも出ていますが、『増鏡』十あすか川に、後宇多天皇がまだ東宮にあられた時、黄疸を病まれたことが見え「御目の中、おほかた御身の色なども、ことの外に黄に見えければ……」と病状を詳細にしるしてあります。

もののけ

もののけは、病因の一つでありました。当時の病気の過半が、もののけ・生霊《いきりょう》・死霊・いきすだまなどによることについては、後にも述べますが、これは一種の精神病ですから、医師の代わりに、密教の僧侶や、陰陽師や、修験者などが、修法や方術により、もののけを調伏《ちょうぶく》して、平癒させました。中毒特に毒茸に中毒した例は、『小右記』や、『今昔物語』などに少なからず見えています。だんだん説話化していく過程が示されていて、なかなか興味があります。

月経

月経は病気というわけではありませんが、病気に準ずるもので、「月のさはり」とも、「さはり」とも、「けがれ」ともいったことが、文献に見えています。『宇津保物語』俊蔭の巻に「何時よりか御けがれはやみたまひし云々」といって、妊娠の日数を問うています。この月経の間は不浄の身として、神仏の前に出ることができませんでした。たとえば、『風雅集』に「晴れやらぬ身の浮雲のたなびきて月の障りとなるぞ悲しき」という和泉式部の歌は、式部が熊野に詣でて、月経のために奉幣することができなかったことを、嘆いてよんだものです。このさわりは、女性の文学にあらわれることが少なくありません。

二

中古の医師

病気に関連して、平安時代の医学と薬学とのことをつけ加えておきましょう。

平安時代には、丹波・和気《わけ》の両氏が世襲して医道のことに従い、多くの名医がこの二氏から出ました。大宝令の定めるところによりますと、名称は違いますが、その実体としては、今日の内科・外科・小児科・産婦人科などが設けられていたのです。そして、典薬寮の内には医学校があって、各科の博士が教授にあたり、試験を行なうことになっておりました。

医術

医術は、普通には薬物によりますが、あるいは鍼・灸・按摩・湯治などによることもあります。『源氏物語』や説話文学の類によく出てきます。またまじないや、修法によることもありましたが、これらは医術の諸科と相対立するもので、医術そのものではありません。

平安時代の薬は、草根・木皮・鳥虫魚獣などで製したものが普通に用いられました。植物性のものが最も多く、動物性のものがこれに次ぎ、土や砂のような鉱物性のものはきわめて少なかったようです。

薬草・製薬・唐薬

薬草は典薬寮に属した薬園で栽培されました。『西宮記』や、『延喜式』によると、薬園師・薬園生などがこのことに従っております。こうしてわが国でできた薬を倭薬といいます。草薬のおもなものは、『延喜式』三十七によれば五十九種で、芍薬・桔梗・附子《とりかぶと》・松脂・紫苑・菖蒲・桑根・朝顔など多数あげられています。こういう薬草は、諸国から貢物として朝廷に奉り、朝廷では、典薬寮をして、丹薬・膏薬・丸薬・散薬・煎薬・湯薬などを製せしめられました。その名は『和名抄』にあげられています。『源氏物語』に「み湯まゐる」などとあるのは、煎じ薬のことでしょう。これらの日本製の薬に対して、支那から舶来した薬を、唐薬ということは申すまでもありません。薬のことについては、他にも申すべきことがありますが、煩わしくなるので省略いたします。

第二十一章　葬送・服喪

一

平安文学と死

死は人間にとって最も哀しむべき、しかも厳粛な事実です。それは恋愛とともにいずれの時代、いずれの国の文学にも、最も多くの素材を提供し、また最も多くの傑作を残させております。平安文学もまたこの問題をしばしば取り扱い、そこにすぐれた多くの詩歌や文章を残しました。今それらの作品をはじめ、他の記録や諸文献によって、平安朝の女性が体験した死に関する風習や制度などについて、だいたいのことを述べてみましょう。

死去

平安時代には、人が死ぬと、もしや蘇生することがありはしないかと、しばらくの間、死体をそのままにしておくのが例でした。『源氏物語』葵の巻に、葵の上の死をしるした

あと、

御もののけの度々とり入れ奉りしを思して、御枕などもさながら、二三日見奉り給へど、やうやう変り給ふことどものあれば、限りと思しはつる程、誰も誰もいといみじ。

とあり、また『栄花物語』本の雫の巻の、長家の室の死去のところに、

かかれど七日ありて生き出でたるためしどもを、人々語り聞ゆるままに、山々寺々に御祈どもしきりたり……かくて日頃になりぬれば、色も変り給ひぬるぞ、いとどあはれに悲しかりける。

とあるほか、いちいち枚挙にいとまありません。人間の心情としておそらく大部分の場合がこうであったと思われます。

遺骸安置・灯に照らす顔

いよいよ死んだときまりますと、白の衣を着せて北を上に横臥させ、近親の衣などをかけ、屏風や几帳を「様異《こと》に」(栄花楚王の夢)たてめぐらし、枕頭に光をとりそむけて燈台を立て、近親や僧侶が無言念仏をしたようです。『源氏物語』夕顔の巻に源氏の君が夕顔の死骸に別れを告げに行ったところに、

外の方に法師ばらの二三人、物語しつつ、わざとの声たてぬ念仏ぞする……入り給へれば、火とりそむけて、右近は屏風へだてて臥したり……わが紅の御衣の着られたりつる

など……

と見え、また『栄花物語』玉の飾、妍子崩御の条にも、

御衣《ぞ》のいとあざやかなる上に、殿父道長の御ころも袈裟を上とりおほはせ給ひて、あざやかなる御衣《ぞ》ひきかづきてふさせ給へり。

と述べております。几帳や屏風を様ことに立てるとはどのようにするのか明らかでありませんが、屏風は逆さまに立てたもののようです。また『栄花物語』楚王の夢、嬉子薨去の条に、

殿の御前にも上の御前にも、御となぶらをとりよせて、近うかかげて見奉らせ給へば、いささか亡き人ともおぼえさせ給はず……

とあるように、死者の顔を灯をかかげて見ることは、『源氏物語』にも紫の上や宇治の大君の死去のところに見られますが、これは白昼見るに忍びなかったからでしょうか、または死者を美しく見ようとするためか、あるいは一種の儀式的な意味のものでもあったのでしょうか。いずれにせよ、この風習が文学にしばしばとりあげられ、特に女性の死を美しく飾っていることは注意されなければなりますまい。

沐浴・入棺

次に沐浴と入棺のことがあります。沐浴は近親や僧侶がさせるのですが、前記『栄花物

語』玉の飾、妍子崩御の文の次に、

関白殿頼通御湯など参らせ給ひて、あつかひ聞えさせ給ふ。

とあるほか、嬉子薨去の条にも長家室の逝去の文にも見えております。沐浴の後新しい衣を着せ、種々の調度と共に棺に納めます。

殯

入棺のことが終わりますと、これを正室に殯するのが礼でした。殯は、モガリ・アラキ・アガリ、などというのが古いいい方です。その後葬送までの間、朝夕膳を供え、読経・供養を行なうのですが、このとき上代では歌舞が行なわれました。『伊勢物語』にも「よひは遊びをりて」とありますが、これは平安時代の風習とみるべきか、あるいは伝唱文学の一例と見るべきか、にわかにきめられません。

殯の期限

殯の期限は一定していなかったようです。天皇・院・宮などの場合には、その間御葬儀の準備や、山陵の設計などのことがあって、上代では一か年が普通でしたが、場合によると数か年もかかることがありました。しかしのちにはその風が改められ、数十日または数日に短縮されるようになりました。

殯はまれに寺院でしたこともあります。嬉子の場合は法興院《ほこいん》が当てられ、遺骸は車に移されて、父道長、兄頼通・教通などに送られつつ、法興院に至り、そこでねんごろな法事が営まれたのでした。

陰陽師の勘申

すべてこれらの儀式すなわち、入棺出棺の日時方向および葬地などは、陰陽師を召して勘申《かんじん》せしめるのが例でした。『栄花物語』楚王の夢にその詳細が見えております。『源氏物語』にも、たとえば夕顔の巻に、惟光の言葉として、

明日なん日よろしく侍れば、とかくのこと、いと尊き老僧の相知りて侍るに、言ひ語らひつけ侍りぬる。

と見えており、『栄花物語』鶴の林、道長薨去の条には次のようにしるしてあります。

夜中すぎて冷えはてさせ給ひける。……又の日陰陽師召して問はせ給ふに、七日の夜せさせ給ふべし。所は鳥辺野と定めらる。

二

出棺・葬列

出棺は夜行なわれます。出棺の時刻になりますと、近親家族が焼香して別れを告げ、陰

陽師が勘申した方角から棺を出します。もしその方角が塞がっている場合は、築垣をこわして出すことになっていました。行列は身分の高下によって一様ではありませんが、前には炬火を立てます。楚王の夢の巻に、

御車につきたる人々、御さきに火をともしたる人など、すべて二三十人の程の人の、さうぞくはみな同じ様にしたり。

とあるのがそれです。

葬列がととのいますと、喪主以下、死者の子女または父兄親戚などが、喪服を着け、白杖をとり、徒歩で柩に従い、その他の諸員・役僧・会葬者などがこれに続き、葬地に至って式をとり行なうのです。

土葬・火葬

葬式が終わりますと、会葬者は遺骸を残して帰宅します。遺骸は土葬または火葬にするのですが、土葬の場合は、三方に土塁を築き、その中に檜皮葺きの仮屋を立てて柩を納めましたが、後にはただちに土中に埋めるようになりました。わが国では上代の葬送はすべて土葬でしたが、藤原宮時代から奈良時代にかけて火葬を行なわせられ、歴代この風によられたので、平安時代も火葬が普通でした。

もっとも平安時代でも、特別の場合は土葬も行なわれました。例を挙げますと、皇后定

子の崩御の際には、御遺志によって火葬をやめ、特に土葬とされたのです。『栄花物語』鳥辺野の巻に、

宮は御手習をせさせ給ひて、御帳の紐に結びつけさせ給へりけるを、今ぞ帥殿、御方々など取りて見給ふに、このたびは限りのたびぞ、その後すべきやうなど書かせ給へり。……

煙とも雲ともならぬ身なりとも草葉の露をそれとながめよ

などあはれなる事ども多く書かせ給へり。この御ことのやうにては、例の作法にはあらでと思しめしけるなめりとて、帥殿いそがせ給ふ。

とあるのがそれです。また皇后娍子崩御の際も、あるいは高内侍、長家室などの場合、いずれも土葬だったようです。

拾骨

火葬の場合は、薄檜皮の火屋をたて、その前に鳥居をたて、火炉を築いて、柩をその上に安置し、両脇に香炉をおき、焼香した後に薪に火をつけて、終夜これを焼き、翌朝拾骨の式を行なうのです。その作法については、『類聚雑例』の長元九年五月十九日、後一条天皇御葬送の記事、および『長秋記』大治四年七月十五日、白河天皇御葬送の記事によってだいたいを知ることができます。すなわち、御棺を舁《か》いて貴所に安置し、喪官らが生絹《すずし》

で冠の額を結び、御棺の蓋をあけて、折松や薪をはさみ、上に藁をおき、蓋はおおわずに火を薪につけます。火は乾《いぬい》の方からはじめて艮《うしとら》の方に及びます長元の場合は逆。ただし女性の場合は蓋をおおうのが例でした。

この間、役僧たちは近くに侍して念仏を唱えます。次いで御調度品を焼き、荼毘《だび》の事が終わりますと酒をもって火を消し、御遺骨を御壺に納め奉り、これに少し土砂を加え、梵字の真言書一巻を御壺の上に結び、御寺に渡し、さらに御葬所におもむいて、土中に葬り、御墓の上に石の卒都婆を立てます。臣下の例もだいたいこれに準じて考えてよいと思います。

煙と灰

『栄花物語』嬉子葬送の時の記事に「煙にてあがらせ給ふも、やがてなびきて、いづれの雲とも御覧じ分くべくもあらぬにつけても云々」とあり、『源氏物語』に、

見し人の煙を雲と眺むれば夕べの雲もむつまじきかな（夕顔）

のぼりぬる煙はそれと分かねどもなべて雲ゐのあはれなるかな（葵）

などと見えるのは、いずれも火葬の煙を意味しております。また、桐壺の巻に「灰となり給はむを……」とあり、『拾遺集』恋五に、

もえ果てて灰となりなむ時にこそ人を思ひのやまむ期《ご》にせめ

とある灰も、やはり火葬を意味しているのです。

墓と墓地

墓は古くは「おくつき」といい、『万葉集』に多く見られます。また「つか」ともいい、その例は『大和物語』下や『源氏物語』竹河の巻などに発見されます。墓を作る際は土地の土を用いたことが、『大和物語』の菟原乙女《うないおとめ》の説話で知られます。

墓の形状には種々ありますが、『餓鬼草紙』や『春日権現験記』などにその図が見えています。また墓地は、京都では鳥辺野、愛宕《あたご》などの名が平安時代の文学作品にしきりにあらわれてきます。木幡《こはた》もまた藤原氏の墓地として諸家記や『栄花物語』などにしばしば見えております。

三

中陰・四十九日の作法

人の死後四十九日の間を仏教で中陰または中有と称します。人が死ぬと極善の者はすぐ極楽に生まれ、極悪の者は地獄に生まれるのですが、善悪のまだ定まらぬ普通の人は、その善悪の軽重にしたがって、七日ごとに転生し、七七すなわち四十九日に至りますと、必ず行くべきところに落ち着くものと信ぜられました。これを累七とも斎七ともいい、この四十九日の間がすなわち中陰なのです。

右に述べたように、中陰の間は、死者の魂魄は極楽へも行かず、地獄へも行かずに彷徨しますから、七日ごとに仏事を修し、冥福を祈れば、悪趣におもむくはずの者も善趣に生まれうるものと信ぜられました。中陰の法事はこれにもとづき、初七日・二七日・三七日・四七日・五七日・六七日・七七日と行なわれ、そのうち初七日と五七日・七七日が最も重いものとされています。そのことは『栄花物語』『源氏物語』などにしばしば見えますが、その中でも特に重いのは七七日すなわち四十九日です。

四十九日は、『拾遺集』七に「四十九日」と題して、

秋風のよもの山よりおのがじしふくにちりぬる紅葉かなしな

とあるように、シシフクニチともよび、また『狭衣物語』四の中に、故式部卿宮の姫君の歌に、

夢さむる暁方を待ちしまにななななぬかにもややすぎにけり

とあるように、ナナナヌカともいいました。『源氏物語』の古写本には、両様に書かれている場合が少なくありません。

四十九日の法事のさまは、『源氏物語』夕顔の巻や、『栄花物語』鶴の林の巻などに詳しく見られます。だいたいをいいますと、仏像を安置し、仏画を懸け、御経を飾り、僧をはじめとして諸員参集し、御経や願文《がんもん》を誦《ず》し、僧に布施《ふせ》の装束などを贈ることになっていま

す。願文の例としては、夕顔の巻に、「あはれと思ひし人の、はかなき様になりにたるを、阿弥陀仏に譲り奉る由、あはれげに書き出で給へれば……」とあるように、惜別の情を訴えたものでしょう。文例としては、『本朝文粋』十四に見えています。中でも大江朝綱が亡息澄明のために書いた願文などは有名です。

四十九日のことは、『蜻蛉日記』『栄花物語』をはじめ、平安時代の文学作品に数多く見えるもので、『源氏物語』では、六回の多きに及んでいます。

逆修

生前にみずから四十九日の法会を営むことがありますが、これを逆修《ぎゃくしゅ》と称します。逆とはあらかじめの意といわれます。『菅家文草』十二にその願文が見え、また『雑談集《ぞうだんしゅう》』九には、逆修について本説灌頂経に引いてある故事が見えております。

四

喪・ぶく

人の死を悼み、哀しみに引きこもることを「喪《も》」といい、あるいは『古今集』十六に「母がおもひにてよめる」とあるように「おもひ」ともいいます。喪のことをまた「ぶく」ともいいますが、これは『源氏物語』夕顔に「ぶくいと黒うしてかたちなどよからねど」とあるように、もとは喪服のことですが、転じて服を着る時、すなわち喪のことを意味するようになったのでしょう。『後撰集』二に「法皇の御ぶくなりける時」とあるのがそれです。重服《じゅうぶく》・軽服《きょうぶく》ということも同様でありまして、『源氏物語』蜻蛉の巻に、明石中宮が叔父君の喪におられることを「御きやうぶく」といっております。重服は父母の喪であって、その他の喪が軽服であります。また『栄花物語』鳥辺野の巻に「御いみのほどもあはれに思ほさる」とありますが、これは服のことをさします。後世は忌服といって、服の他に忌がありますが、昔はそうではありません。

服紀の制

服紀の制は大宝令に規定されております。それによりますと、君・父母・夫・本主などは一年十三か月・一か月は軽服 祖父母・養父母は五か月、曾祖父母・外祖父母・伯叔父母・姑・妻・兄弟・姉妹・夫の父母・嫡子は三か月、高祖父母・舅・姨・嫡母・継母・継父同居・異父兄弟姉妹・衆子・嫡孫は一か月、衆孫・従父兄弟姉妹・兄弟子は七日ということになっています。なお中古の制については『拾芥抄』下本にも『簾中抄』にも見えております。

童子の服喪

七歳以下の童子が親の喪にあう場合は、服仮《ぶくか》のことはない由が『源語秘訣』に引く延喜七年二月の勘文に見えています。『源氏物語』桐壺の巻に、生母更衣の死後、幼い皇子の源氏が宮中を退下する条に「かかる程に侍ひ給ふ、例なきことなれば……」とあるのは、延喜以来の例にあいませんし、大宝令の本文にも見えませんが、あるいは延喜以前にはこのような例もあったのかもしれません。『栄花物語』月宴の巻に、村上天皇の皇后安子崩後の条に「五の宮五つ六つに在しませば、御服だになきを、あはれなる御有様、世の常の事にかはらず」とあるのは、童子に服仮のなかった証拠です。しかし十歳ばかりになりますと、喪服を着たことは、『源氏』若紫の巻に、紫の上が外祖母の喪に服したさまを、

　にび色のこまやかなるが、うちなえたるどもを着て、なにごころなくうち笑みなどしてゐ給へるが、いとうつくしきに……

と述べていることによってもわかります。

服喪中の精進・設備

服喪中には身を清め、心をつつしみ、仏事に専念して、いわゆる精進の生活をいたしました。この間は酒も飲まず鳥獣魚肉なども用いず、音楽なども止めたもので、その例は、『蜻蛉日記』にも『落窪物語』にも、また『源氏物語』にも見ることができます。

喪中の室内は、平常の装飾を撤し、鈍色《にびいろ》の縁をつけた蘆簾をたれ、同じ色の縁の畳、同じ色の帷の几帳を用い、調度は黒色とし、床を低くして地につくようにします。『源氏物

語』朝顔の巻に、斎院が御ぶくでお下りになった時の生活を「にび色のみすに、黒き御几帳のすきかげあはれに……」としるし、『栄花物語』玉の飾には、妍子の崩後、一品宮禎子が、東の廊の板敷を下ろして服喪されることが見えています。

籠僧

服喪中読経の僧が籠ることを籠僧《こもりそう》といいます。『栄花物語』本の雫の巻に「こもりたる僧云々」と見えているのがこれです。また忌に籠るのは、上代は墓の側に廬《いおり》をたててそこに住む風習でしたが、平安時代には、寺院において籠る場合もあり、また家に籠ることも多く見られました。

神事公事の不参

服喪中は、神事・節会・行幸などの公事には出席しないのが例で、宝剣神璽に手を触れないことはもちろん、賀表・上表などのことにも参与いたしません。またおもな政務や仁王会、季の御読経その他重い仏教行事などにもあずからないことになっていました。神社の場合はそれぞれ服紀の制があって、深くその穢れを忌んだものです。特に皇大神宮や賀茂神社では厳重で、斎宮や斎院が重喪にあわれる場合は、その職を解かれることになっています。一般の神社でも、北野社のような特殊なところは別として、だいたいは喪にある人の参詣を許さなかったのです。

除服

喪が明けることを「ぶくぬぐ」といいます。『蜻蛉日記』上に亡き母の一周忌の法事を山寺で営むことをしるして「やがてぶくぬぐに、にび色の物ども、扇まではらへなどする程に……」とあるのがこれです。除服の場合には河原に出て解除の祓えをするのが普通でしたが、時には車に乗り、その車を門の外に引き出してする場合があります。また東や西の廊、寝殿の簀子などに出てする場合もありました。日時や方角などは、あらかじめ陰陽師に勘申《かんじん》させるのが普通です。

五

喪服・錫紵

喪服は喪にいる間に着ける服装のことで、凶服ともいいます。喪服には素服、諒闇《りょうあん》の服、心喪の服などの種類があります。また天皇がお召しになる喪服として錫紵《しゃくじょ》というものがあり、二等親以上の御喪に召されました。錫は支那では布の名ですが、わが国では色の名称です。すなわち浅黒の細布で製した闕腋《けってき》の御袍を錫紵といい、これを平生の御衣の上に重ねて用いられました。

素服

素服は喪服の一般の称で、天皇の場合でも三等親以下および諸臣の御喪にはこの素服を召されたものです。臣下の場合は一般に父母妻子などが死んだ場合に用いました。『古今集』以下の歌書、『源氏物語』以下の物語類にしばしば見える藤衣がこれで、もとは藤葛《ふじかずら》を用いたものと見えますが、一般には麻を用いました。上代では白い麻布を用いたようですが、後には薄墨色です。これはにび色ともいわれ、普通いう鼠色ですが、この色には死者との間の親疎により濃淡の別がありました。藤衣を着ることを「やつる」または「やつす」といい、その例は物語や歌書の類に多く見られます。

諒闇の服

諒闇の服は諒闇に用いられます。諒闇とは天皇が服される最も重い御喪のことで、皇考・皇妣《こうひ》のため、または皇祖父・御准母その他でも御父母同様の礼を行なわせられる場合、十三か月の間服喪なさるのです。殿上の侍臣は、『助無智秘抄』に示すところによると、四位・五位・六位みな橡《つるばみ》の袍をつけ、表袴《うえのはかま》・下襲《したがさね》などは鈍色《にびいろ》、また指貫も袿もやはり鈍色でした。『栄花物語』日蔭の鬘、寛弘八年十月二十四日の冷泉院崩御の条に、

世の中みな諒闇になりぬ。殿上人のつるばみのうへのきぬの有様ども、烏などのやうに

見えてあはれなり。

と見え、『源氏物語』薄雲の巻に、藤壺中宮の崩御の条に、

殿上人などなべてひとつ色に黒みわたりて、物のはえなき春の暮なり。

とあるのはそれです。

心喪の服

心喪の服は異説があって明らかでありませんが、重服を脱いだのちに、一定の期間着る軽服のことであろうと思います。『西宮記』臨時四に、

心喪装束、綾冠、綾袍、青朽葉、青鈍袴等

とあり、『助無智秘抄』にも、

有心喪人、アヲニビノ織物表袴、綾ノ柳色ノ下重ヲキル、夏ノ時ハアヲニビヲキルベシ。アヤノキヌ、マジヘテコレヲ用ヰル。

と見えています。また『源氏物語』総角に八宮の喪が果てた時の姫君たちの様子を述べて「月ごろ黒うならはし給へる御姿、うすにびて云々」といっているのは、喪を終えて濃い鈍色の服から心喪の服に着かえたことをさしているのです。

喪服の着方

喪服は上下重ねて着る場合があります。『栄花物語』に、後一条天皇の崩後、章子・馨子両内親王が重服を召している御様子を、

　黒き御単重に、黒き御小袿たてまつりて、二所ながらおはします。

と書いているのはその一例です。

それほど親密な間がらでない場合には、下にいろいろの衣を重ね、その上に喪服を着ることがありました。『栄花物語』楚王の夢、嬉子葬送の条に、女房の装束のことを、

　御伴の女房車、多くもあらず、二つぞ仕うまつりたる。それも唐衣うるはしきが上に、また藤の衣を着て、それも涙にしぼるばかりなり。

としるしているのはその例です。

男子の喪服

男子の喪服では、纓《えい》を巻き、緌《おいかけ》はつけません。時には縄を纓とすることもあります。束帯や衣冠の類はみな無文で、橡色・鈍色・青鈍色などを用い、その濃淡で喪の軽重を表わします。太刀・扇・帖紙・沓・杖など華美をさけて平常と別のものを用います。直衣も同様です。『栄花物語』浦々の別に、父道隆の喪にある伊周の服装を、

　うす鈍色の御衣のなよよかなる三つばかり、同じ色の御単の御直衣、指貫同じ様なり。

としるし、『源氏物語』葵の巻に、葵の上の喪にあった兄弟たちの様子を「鈍色の直衣・

指貫うすらかに衣がへして……」と述べているのを見てもだいたいわかりましょう。狩衣はその裾を長くたれるのが本式だということです。

喪服の色

喪服の色にはこれまで述べてきたように、青鈍色・鈍色・橡などがあります。青鈍ははなだの濃色であり、鈍色は移《うつ》し花《ばな》で染めるとも、蘇芳《すおう》にどうさを入れて染めるとも、また青花に黒味を入れて染めるともいわれます。また橡は櫟《いちい》の木の実《ドングリ》で染めることもあり、また椎柴《しいしば》の葉で染めることもあったようです。歌に「椎柴の袖」とあるのはこの意味です。

六

忌日

故人が死亡した日にあたる日、またはその法事は忌日とよばれます。『栄花物語』疑に「いづれの人も、あるは先祖のたて給へる堂にてこそ、忌日もし、説教説法をもし給ふめれ」とあるのがそれです。また『枕草子』に、

故殿の御ために、月ごとの十日、経仏など供養ぜさせ給ひしを、九月十日職の御曹司にてせさせ給ふ。

とあるのは、長徳元年四月十日に薨じた道隆のための法事をさすのであって、命日すなわ

ち毎月の忌日をいうのです。

忌月

死亡した月にあたる月を忌月といいます。『源氏物語』野分に秋好中宮が六条院におもむかれた秋のことを、

御遊などもあらまほしけれど、八月は故前坊六条御息所の夫の御忌月なれば、心もとなく思しつつ明け暮るるに……

としるしているのはその一例です。

年忌

次に年忌がありますが、その中の第一年にあたる一周忌は、古く『続日本紀』孝謙天皇の天平宝字元年五月二日の条に聖武天皇御一周忌のことが見えていて、父母などの一年すなわち十三か月の服紀にもとづくものです。十三か月の服喪の終わることを「はて」といいますが、この語は『源氏物語』『枕草子』をはじめ『栄花物語』の諸巻にもしばしば見られます。その時の法事が「はてのわざ」です。

三年忌は支那の三年の喪に由来するものと考えられますが、七年忌や十三年忌などは、わが国ではじめて行なわれたものらしく、文献によって見るところでは、平安時代の終わ

りごろから広く行なわれたようです。また十七年忌・二十五年忌・三十年忌・五十年忌などは室町時代から行なわれたらしく、二十一年・二十三年・二十七年・三十七年忌などは近世以後と考えられ、いずれも平安時代の文学には見えておりません。

第二十二章　女性と信仰

一

諸寺参籠・長谷詣・石山詣・清水参籠

後宮の女房たちは、ときどきお暇をいただいて里に下り、または物詣でなどをしました。清水寺《きよみずでら》・長谷寺《はせでら》・石山寺・太秦寺《うずまさでら》・雲林院《うりんいん》・鞍馬寺《くらまでら》・清涼寺などはかれらのよく参詣しまたは参籠したお寺です。『枕草子』の「さわがしきもの」の段に「十八日、清水寺に籠合ひたる」とあり、また「正月寺に籠りたるは」の段に、長谷寺清水寺か参籠のさまを詳しく述べていますが、それらによると、お寺は参籠の人でかなり雑沓したもののようです。同じ段に「二月晦日、三月朔日ごろ、花盛りに籠りたるもをかし」とあるのを見ますと、参籠者は年中絶えなかったようです。長谷詣でについては、『蜻蛉日記』や『更級日記』に詳しく見え、また『源氏物語』の玉鬘の巻にも詳細な記述がありますし、石山参籠については、同じく『蜻蛉日記』『更級日記』『源氏物語』関屋の巻『栄花物語』鳥辺野の巻などに詳しく見えています。

参籠と局

これらの寺に参籠する場合には、まず法師に依頼して局を予約します。局とは、仏前に屛風など立てて、くぎりをし、そこに香や、樒《しきみ》や、盥や、手水などを用意して、夜もすがら礼拝・誦経する場所です。参籠の時には、み燈《あかし》とともに、願いごとを書いた願文、すなわち燈文《あかしぶみ》を奉るのが例です。玉鬘の巻に、

いとさわがしく人詣でこみてののしる。右近が局は、仏の右の方に近き間にしたり。この御師は、まだ深からねばにや、西の間に遠かりけるを……こなたに移し奉る……物語いとせまほしけれど、おどろ〳〵しき行のまぎれに、さわがしきに催されて、仏を拝み奉る……国々より田舎人多く詣でたりけり。この国の守の北の方も詣でたりけり……右近は……かかるついでにのどかに聞えむとて、籠るべきよし、大徳《だいとこ》よびていふ。御あかし文など書きたる心ばへなど、さやうの人はくだ〳〵しう弁へければ、常のことにて、「例の藤原の瑠璃君《るりぎみ》といふが御為《おん》に奉る。よく祈り申し給へ。その人この頃なむ見奉り出でたる。その願《ぐわん》もはたし奉るべし」といふを、聞くもあはれなり。法師「いとかしこき事かな。たゆみなく祈り申し侍るしるしにこそ侍れ」といふ。いと騒しう夜一夜行ふなり。明けぬれば、知れる大徳の坊におりぬ。

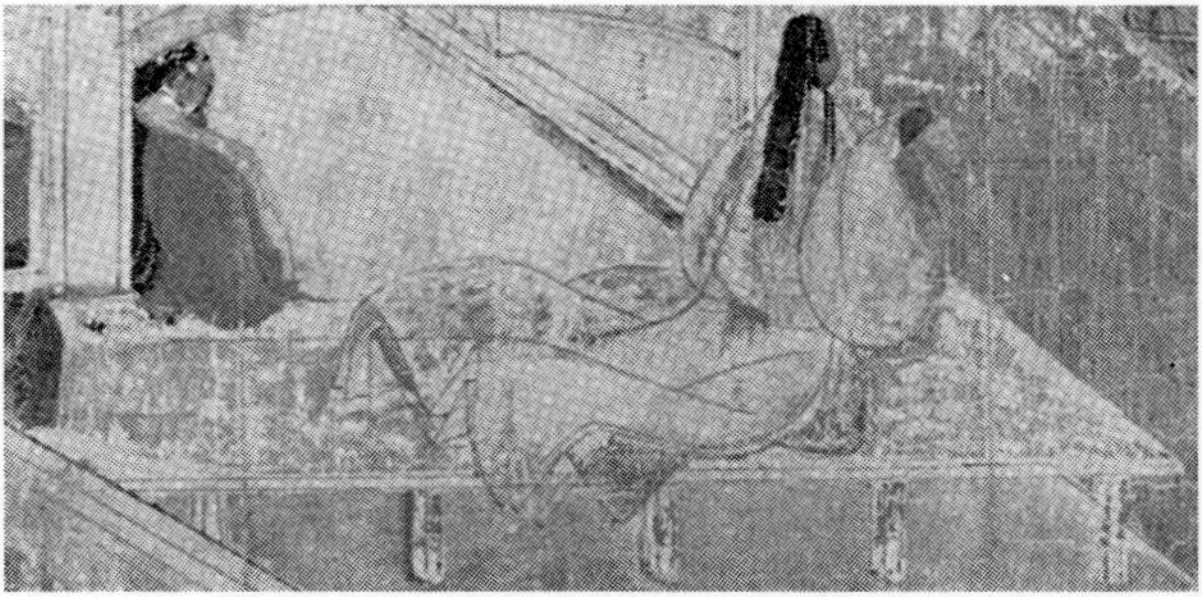

女性の信仰生活。右上に閼伽棚が見える（源氏物語絵巻・鈴虫）

とあるによって、そのだいたいの様子を知ることができましょう。宿泊の場所は僧坊であったらしく、右の記事のほかに、『蜻蛉日記』その他の記述によってもわかります。

参籠した女性たちは、『枕草子』に、
犬防《いぬふせぎ》のうち見入れたる心ちぞ、いみじく尊く、などてこの月頃まうでですぐしつらむとまづ心もおこる。御あかしの常燈にはあらで、うちに又人の献れるが、恐ろしきまで燃えたるに、仏のきら〳〵と見え給へるは、いみじうたふときに……傍によろしき男の、いとしのびやかに、額《ぬか》などつく。立居のほども、心あらむと聞えたるが、いたう思ひ入りたるけしきにて、いも寝ず行ふこそ、いとあはれなり。うちやすむ程は、経は高うは聞えぬほどに読みたるも、尊げなり。……夜一夜ののしり行ひあかすに、寝もいらざりつるを、後夜などはてて、少しうちやすみたる寝耳に、その寺の仏の御経を、いと荒々しう尊くうち出でよみたるにぞ、いとわざと尊くしもあらず、修行者だちたる法師の蓑うちしきたるなどが、よむなりとふとうちおどろかれて、あはれにきこゆ。

とあり、『更級日記』に、清水に参籠した時のことを、

彼岸のほどにて、いみじう騒しう、おそろしきまで覚えて、うちまどろみたるに、御帳の方に、犬防の中に、あをき織物の衣を着て、錦を頭にもかづき、足にもはいたる僧の別当とおぼしきが寄り来て、行く先のあはれならむも知らず、さもよしなし事をのみとうちむづかりて、御帳の内に入りぬと見ても、うちおどろきても、かくなむ見えつるとも語らず……

と書いているように、仏に対して、心からぬかずいております。『更級日記』の著者のごときは、仏前で見た夢を、仏のみ告げとして信仰しているくらいです。

美の絶対境と信仰

このような信仰心は、金色に輝く仏像の美しく崇高な相貌や、燦爛たる壁画などの中から生まれています。かれらにとっては、美しいものでなければ、ありがたいものではなかったのです。醜なるものは信仰の対象とはなりませんでした。宗教的法悦は、美の絶対境において、はじめて体験されたのです。ここに芸術と宗教との調和融合した至高至純な世界があります。これは『枕草子』に、

説経《せきやう》の講師《かうじ》は顔よき。講師の顔をつとまもらへたるこそ、その説く事の尊さも覚ゆれ。

とある精神に連なるものでもあり、宇治鳳凰堂の壁画や、二十五菩薩来迎図にも通うのです。ここにその時代の精神が見られます。当時の人々は、こういう絢爛たる美的世界を前にして、すぐ浄土の荘厳を体験することができました。妙《たえ》なる音楽を聞くと、そのまま仏の国を思い浮かべて、随喜の涙を流しました。『大鏡』の著者が法成寺の無量寿院のことを、

あめの帝の作り給へる東大寺も、仏ばかりこそは大きにおはしますめれど、なほこの無量寿院にはならび給はず……奈良は七大寺・十五大寺などを見くらぶるに、なほこの無量寿院いとめでたく、極楽浄土この世にあらはれにけると見えたり。

と評しているのは、この院が、この世の最高の美的世界として、あらゆる善美をつくしている点をほめたものであります。

二

宮廷奉仕と理想追求

後宮の女性たちは、前にも述べたように、この世に求められない理想的な生活を宮廷に求めて、宮仕えをしたのですから、かれらは、やはり一応この世を憂き世と観じていたわけです。しかもまた無下に捨て去るにはなお執着があって、いずれともつかないたゆたい

の中に、生きたのです。出家遁世ということも、したがってかれらにとっては、なまやさしいことではなく、苦しみでもあれば、悲しみでもあったわけです。ことに年若い人々は、よほどのことでもなければ、尼になろうとはしませんでした。たとえば夫や子に死別するとか、重い病気にかかるとか、というように現世に対する希望の大半を失ったものか、または自分の犯した罪障に対して、深く悔悟したものかでなければ、容易に尼にはなれませんでした。『堤中納言物語』の「このついで」に、東山の尼君のもとで、出家する女のことを、

物はかなき障子の紙のあなたへ出でて、覗き侍りしかば、簾に几帳そへて、清げなる法師二三人ばかり、すべていみじくをかしげなりし人、几帳のつらに添ひ臥して、この居たる法師近くよびて物いふ。何事ならむと聞き分くべき程にもあらねど、尼にならむと語らふけしきにやと見ゆるに、法師やすらふけしきなれど、なほ〳〵切にいふめれば、さらばとて、几帳の綻びより、櫛の筥の蓋に、たけに一尺ばかり余りたるにやと見ゆる、髪のすぢ、すそつきいみじう美しきを、わげ入れて押し出す。傍に今少し若やかなる人の、十四五ばかりにやとぞ見ゆる、髪たけに四五寸ばかり余りて見ゆる、薄色のこまやかなる一襲、掻練などひき重ねて、顔に袖をおしあてて、いみじう泣く。弟なるべしとぞ推し量られ侍りし。また若き人々二三人ばかり、薄色の裳ひきかけつつ居たるも、いみじう堰《せ》きあへぬけしきなり。

と述べており、『源氏物語』の手習の巻に、浮舟の出家する様子を、

鋏とりて櫛の筥の蓋さし出でたれば、いづら大徳達ここにとよぶ。はじめ見つけ奉りし二人ながら供にありければ、呼び入れて、御髪おろし奉れといふ。げにいみじかりし人の御有様なれば、うつし人にては、世におはせむもうたてこそあらめと、この阿闍梨も道理に思ふに、几帳の帷子の綻びより御髪を掻き出だし給へるが、いとあたらしくをかしげなるになむ、暫しは鋏をもてやすらひける。かかる程に少将の尼は、兄人《せうと》の阿闍梨の来たるに逢ひて、下に居たり。左衛門はこの私の知りたる人にあへしらふとて、かかる所につけては、皆とり〳〵に心寄せの人々、珍しくて出で来たるに、はかなき事しける見入れなどしけるほど、こもき一人して、かかる事なむと、少将の尼に告げたりければ、惑ひ来て見るに、わが御上の衣袈裟などを、殊更ばかりとて着せ奉りて、親の御方を拝み奉り給へといふに、何方とも知らぬ程なむ、え忍びあへ給はで泣き給ひにける。あな浅ましや。などかく奥なきわざはせさせ給ふ。上帰りおはしましては、いかなることをか宣はせむといへど、かばかりに仕初《しそ》めつるを、いひ乱るものしと思ひて、僧都いさめ給へば、寄りてもえ妨げず。流転三界中などいふにも、断ち果てしものをと思ひ出づるもさすがなりけり。御髪も削ぎ煩ひて、のどやかに尼君達して、直させ給へといふ。額は僧都ぞ削ぎ給ふ。かかる御容貌やつし給ひて、悔い給ふなど、尊き事ども説き聞かせ給ふ。

と書いており、また『源氏物語』賢木の巻に、藤壺が父帝・母后、ならびに桐壺院の御ために法華八講を営み、最終の日、ついに出家した時のことを、

御伯父の横川の僧都近う参り給ひて、御髪おろし給ふ程に、宮の内ゆすりて、ゆゆしう泣き満ちたり。何となき老い衰へたる人だに、今はと世を背くほどは、怪しうあはれなるわざを、ましてかねて御けしきにも出だし給はざりつる事なれば、親王もいみじう泣き給ふ。参り給へる人々も、大方の事のさまもあはれに尊ければ、みな袖ぬらしてぞ帰り給ひける。

と書いていますが、これらによれば、かれらは、一途に信仰を求め、徹底した閑居の境地に入りえたわけではないことがわかります。それでかれらの遁世は、鎌倉時代以後の出家入道とは、おのずから性質を異にしているといわなければなりません。やはり現世に対する愛着を断ちきれないところに、人間らしさが感じられますが、それこそ、この時代の仏教信仰の特色なのだといえましょう。

出家入道・仏教の民衆化

一条天皇の御代には、皇后定子も、中宮彰子も出家入道せられました。清少納言も紫式部も、和泉式部も、孝標女もたぶん出家して晩年を送ったと思われます。彼らの信仰そのものは徹底していませんが、しかし、西方浄土を幻に描きつつ、その生涯を終わったよう

に見うけられます。ここに仏教の民衆化があります。仏教はこうして、空也上人や恵心僧都《えしんそうず》などによって、南都北嶺の学僧たちの手から、人間の世界に降ろされ、やがて法然や親鸞を生む準備をととのえていたのだと申してよいでしょう。

三

宮廷の御神事

このように仏教信仰が世をおおうた時代に、宮中においては、やはりわが国古来の御神事を重い行事とされていました。たとえば年始の諸行事、二月四日の祈年祭、春秋二季の祈年穀の奉幣、夏冬二季の神今食《じんこじき》、九月十一日の伊勢大神宮奉幣、十一月卯の日の新嘗祭、十二月の内侍所の御神楽をはじめ、鎮魂祭《たましずめ》・鎮火祭《ひしずめ》・鎮花祭《はなしずめ》・道饗祭《みちあえ》・大殿祭《おおとのほがい》などの御神事がとり行なわれ、また賀茂社・石清水社・春日社・大原野社その他諸社の盛んな祭礼の儀などは、当代の重い行事であったのです。

賀茂祭と春日祭

ことに賀茂祭と、春日祭とは、当時の最も盛大な神事で、その祭礼の行列は豪華をきわめたものでした。後宮の女性はいうまでもなく、満都の人々は、その行列の沿道に立ち並んで見物しました。なかでも一条大路の雑沓のごときは、言語に絶するもので、道の両側に桟敷を設け、物見車をたて、先を争い、ひしめき合って見物しました。そのさまが、『源氏物語』『枕草子』にはいうまでもなく、『今昔物語』以下の説話文学などにも多数見えております。車争いというような騒動の起こることも、珍しいことではありませんでした。神事としては、このほかに大祓・六月祓などのことがあり、一般に触穢の思想が世をおおうていましたが、これらは、神祇思想に関係あるものとして、注意しなければなりません。

菅原孝標女の内侍所奉拝

孝標女は、深く天照大御神を念じ、その心持を日記に、

内の御供に参りたる折、有明の月いとあかきに、わが念じ申す天照御神は、内にぞおはしますなるかし。かかる折にまゐりて、拝み奉らむと思ひて、四月ばかりの月の明きに、いと忍びて参りたれば、はかせの命婦は、しる便りあれば、燈籠の火のいとほのかなるに、浅ましく老い神さびて、さすがにいとよう物などいひたるが、人ともおぼえず、神のあらはれ給へるかと覚ゆ。

と書いています。

斎宮・斎王

また斎宮は伊勢の皇大神宮に奉仕され、斎王は賀茂神社にお仕えになる内親王でありますが、朝廷では、厳重な御儀をとり行なわれ、清浄潔白な心と体とをもって、それぞれ赴任されました。また女房たちも、神社に参拝したり、御神楽を拝観したりしたときの感動を、それぞれ日記や随筆に書きしるしております。

四

陰陽道信仰

平安時代の女性は、神仏の信仰のほかに、陰陽道その他の信仰をもっており、種々の制約を日常生活の上に受けました。今そのおもなもの二、三について述べてみましょう。

生霊・死霊・もののけ・変化

まず「いきすだま」すなわち生霊や死霊などに関する信仰があります。これらは仏教にも関係するものですが、非常に恐怖されました。当時の文学にあらわれてくる「もののけ」は、漠然とこうした不可思議な存在を意味しますが、生霊や死霊が中心であって、これに悪神とか、木精《こだま》とか、鬼とか、狐とか、天狗とかのいわゆる変化《へんげ》のものもふくまれています。さて生霊・死霊はいわゆる怨霊であって、『源氏物語』に、六条御息所の生霊が葵の上にとりついて殺し、同じ人の死霊が紫の上にとりついて殺したように（*正しくは、危篤に至らしめた)、産前・産後の婦人とか、病身な人とかにとり入って、苦しめ、ついに死に至らせるものです。

百鬼夜行・餓鬼

百鬼夜行については、九条師輔が深夜内裏を退出した時に、この奇怪な夜行に出会った話が『大鏡』に見えております。また『宇治拾遺』一にも、ある修行者が、古寺に宿って、これに出会った話が見え、絵巻にもまた『百鬼夜行図』があります。餓鬼も人間に災害を及ぼすものですが、その状を描いた絵巻に『餓鬼草紙』のあることは御承知のとおりです。また『源氏物語』夕顔の巻に、源氏が荒れはてた院に泊った時のことばに「気《け》うとくもなりにける所かな。さりとも鬼なども我をば見許してむ……荒れたる所は、狐などやうのものの、人おびやかさむとて、気怖《けおそろ》しう思はするならむ」とあり、手習の巻に、浮舟が正気を失って森かげにたおれているのを、横川の僧都の従者たちが発見したときの、従者たちのことばにも「鬼か神か、狐か木精か、かばりの天の下の験者のおはしますには、え隠れ奉らじ。名のり給へ〳〵」とあります。鬼のことは、たとえば、『今昔物語』には安倍晴明が鬼の夜行にあった話があり、『長谷雄草子』には鬼と碁をうった話があります。朱雀門や、羅城門に鬼の住んでいたという伝説は、後世では展開して、例の茨木の物語を起こしています。こうした「もののけ」は、陰陽の術か、真言の法かによらなければ、退散させることのできないものとされていました。

修法

この機会に修法について簡単に述べておきましょう。元来修法というのは、密教の方で、攘災祈福のために、壇を設け、護摩・加持・誦呪・結印などのことを修するのをいいます。修法には壇を造り、本尊なる諸天を安置し、菓子・飯などの供物をそなえ、両手の指で種々の相を作って印を結び、陀羅尼を誦し、護摩を焼きます。護摩はいっさいの悪事の根本を焼き亡ぼす意から、修法のときに焼くものであって、これには芥子などを焼くこともあります。『源氏物語』の葵の巻に、葵上の所で護摩をたくと、その香気に乗って六条御息所の生霊が行きかい、御息所の衣服に芥子の香がうつったということが見えています。

三壇法・五壇法・十三壇法

壇の法には三壇法・五壇法・九壇法・十三壇法などがありますが、五壇法が最も普通に行なわれます。『紫式部日記』巻頭に「後夜《ごや》の鐘うちおどろかし、五壇の御修法、時《じ》はじめつ」とあるのがこれで、壇の設け方には二種あり、寺院によって異なっているようですが、普通には五か所に壇を設け、中央の壇に不動明王、東の壇に降三世明王、西に大威徳明王、南に軍荼利夜叉明王、北に金剛夜叉明王を請じて修法するのです。

験者・よりまし

加持については、『紫式部日記』に、

西には御もののけうつりたる人々、御屏風ひとよろひをひきつぼね、つぼね口には、几帳をたてつつ、験者あづかり〳〵ののしりゐたり。南にはやんごとなき僧正僧都かさなりゐて、不動尊の生き給へるかたちをも、よび出であらはしつべう、たのみうらみみ、声みな枯れわたりにたる、いといみじうきこゆ。……今とせさせ給ふ程、御もののけ、ねたみののしる声などのむくつけさよ。……宮の内侍の局には、ちそうあざりを預けたれば、もののけにひきたふされて、いといとほしかりければ、ねんがくあざりを召し加へてぞののしる。阿闍梨の験のうすきにあらず、御もののけのいみじうこはきなりけり。

とあるのや、『枕草子』「すさまじきもの」の条に、

験者の物のけてうずとて、いみじうしたり顔に、独鈷や数珠など持たせ、せみの声しぼり出して読みゐたれど、いささかさりげもなく、護法もつかねば、集りゐ念じたるに、男も女も怪しと思ふに、時のかはるまで困じて、更につかず、「たちね」とて、数珠とりかへして「あないと験なしや」とうちいひて、額より上ざまに、さぐりあげ、欠伸おのれよりうちして、よりふしぬる。

とあるのによって、その様子を知ることができましょう。験者が法力によって、物の怪《け》を

かりうつす媒介者をよりましといい、これに物の怪が移った時には、よりましは、一時病的な状態となり、種々なことを大声で口走ります。それは右にあげた『紫式部日記』の記事によってもわかりましょう。こうして、験者によって、もののけがよりましに移されて、制圧されることを調伏といい、その修法の効を験《げん》といいます。修法は、雨を祈ったり、子を授けられるように祈ったり、富を祈ったりする時にも行なわれますが、婦人の場合では、病気、特に産前・産後の場合に最も多く行なわれるようです。

忌

陰陽は、陰陽五行の説にもとづき、日月支干の運を考え、吉凶を占い、行動を弁ずるものでありますから、忌《いみ》ということを重しとします。忌には、方位・日時・諸事の忌がありました。当時は、冠婚・葬祭の大事から、洗髪・爪剪りなどの瑣事に至るまで、みなこれによらねばなりませんでした。『源氏物語』夕顔の巻に、夕顔の葬儀の日のことが「明日なむ日よろしく侍れば、とかくのこと、いと尊き老僧の相知りて侍るに……」とあり、葵の巻に「日えりしてきこしめすべきことにこそ……」とあるのなどがこれです。

祓・禁厭

このために、祭や、祓いがあり、また符呪を門にはり、また身につけて、災厄に備えます。また災害を避けるために禁厭ということが行なわれ、人を災厄に陥れるためには、呪詛ということが行なわれます。今これらの中から、女性に関係の深いもの一、二について見ましょう。

五

庚申

まず平安時代にはいろいろの忌むべき日があります。その中でも特に有名なのは、庚申すなわちかのえさるの日です。かのえさるの名は、『拾遺集』に見えますが、この夜は、人は終夜寝ないで、起きているという習慣がありました。それは人間には生まれた時から、三尸《し》という悪虫が体内にいて、身を離れない、隙があれば人間に害を加えようとする、特に庚申の夜は、人の罪過を天に告げて、命を失わせるという信仰によるものです。三尸のうち、上尸は人間の頭にすみ、眼をくらくし、顔の皺を作り、髪の色を白くさせる。中尸は腸の中にいて、五臓を損い、悪夢を見させ、みだりに飲食を好ませる。下尸は足にいて、命を奪い、精力をなやませる。そこで庚申の夜ねむらず、三尸の名をよぶと、禍を除き、福を招くことができると考えられたのです。

庚申の夜は、猿田彦の神に関係があるともいわれますが、それは附会で、元来は老子にもとづくもののようです。庚申をするというのは、終夜眠らないで起きていて、呪文を唱えたり催し事をしたりすることです。その呪文は、彭侯子、彭常子、命児子、悉入窈冥之中、去離我身というので、これをくりかえし唱えると、三尸を駆除し、万福を得ることができるというのです。この誦文は『口遊』や『簾中抄』に見えています。また『袋草紙』四には、庚申をしないで寝ようとする時には、

しやむしは、いねやさりねや、わがとこを、ねたれどねぬぞ、ねねどねたるぞ

という呪文を唱えればよい、そうすると災厄をまぬかれることができるといっています。

庚申歌合

この夜、宮中では、親王《みこ》たち、上達部がお召しによって清涼殿に参上し、御前において、終夜攤《だ》うちのことがあり、また詩や歌をよみ、物語合とか、歌合とかの遊戯がなされ、暁に及んで、管絃のみ遊があるのが例でした。そのことは『西宮記』その他の古い記録に出ており、『菅家文草』や『江吏部集』や、『本朝文粋』などにも見え、また『枕草子』『大鏡』『栄花物語』『源氏物語』などにも、所見が多いのですが、文学史の上で最も有名なのは、『源順集』に見えている斎宮の庚申でしょう。

貞元元年の庚申の夜、村上天皇の皇女規子斎宮は、野の宮にうつられてから、七日の夜、庚申をなされ、「松の声夜の琴に入る」という題で、歌をおよませになり、順みずからそ

の歌合の序を書きました。あの有名な「琴の音に峯の秋風通ふらしいづれの緒よりしらべそめけむ」という斎宮女御の御歌は、この庚申の夜よまれたものです。斎宮女御は村上天皇の女御徽子で、規子斎宮の御母にあたられる御方です。

また清少納言は、庚申の夜、中宮定子や御兄内大臣伊周の御前で、歌の題を賜わりましたが、故あってよまずにいますと、中宮より、他の時ならばいざ知らず、今夜はぜひよめとしきりにおすすめになって、紙のはしに、

元輔が後といはるる君しもや今宵の歌にはづれてはをる

と書いておよこしになったので、少納言は、

その人の後といはれぬ身なりせばこよひの歌は先づぞよままし

と啓上したことが、『枕草子』に見えていて有名です。

また、六条斎院禖子内親王は、庚申の夜には、たびたび歌合を催されましたが、それは二十巻本『類聚歌合』に集められています。その中に天喜三年五月三日の夜行なわれた禖子内親王家庚申夜歌合というものがあります。これは作り物語の中の秀歌を左右から合わせたもので、十八の多きに達しています。しかも、それらの物語は、『栄花物語』や、『後拾遺集』の記事によりますと、それぞれの作者によって、その時新しく作られたものであることがわかります。その物語と作者とは、

1　霞へだつる中務宮　（女別当）　2　玉藻に遊ぶ権大納言　（宣　旨）

3　菖蒲かたひく権少将　（大　和）
4　よそふる恋の一巻　（宮少将）
5　波いづかたにと嘆く大将　（中　務）
6　あやめも知らぬ大将　（左衛門）
7　打つ墨縄の大将　（少将君）
8　淀の沢水　（甲　斐）
9　あらば逢ふよのと歎く民部卿　（出羽弁）
10　菖蒲うらやむ中納言　（讃　岐）
11　岩垣沼の中将　（宮小弁）
12　浦風にまがふ琴の声　（武　蔵）
13　浪越す磯の侍従　（出　雲）
14　蓬の垣根　（少納言）
15　逢坂越えぬ権中納言　（小式部）
16　なこそ心にと嘆く男君　（式　部）
17　をかの山たづぬる民部卿　（小左衛門）
18　いはぬに人の　（小　馬）

のとおりでありますが、これらのなかで「逢坂越えぬ権中納言」の一篇は、『堤中納言物語』に収められています。今まで成立時代の不明であった『堤中納言物語』や、作者についての諸説のあった『狭衣物語』などの文学史的事実が、この歌合によって、だんだんとわかってきたのは喜ばしいことです。なお今まで知られなかった多くの散佚《さんいつ》物語の名を知ることができたのも、またうれしいことといわなければなりません。

『栄花物語』花山の巻に、天元五年の庚申の夜、東三条殿の院の女御藤原超子が脇息に寄りかかったまま急逝せられたことが見え、その御一門では、女房の庚申は廃止されたということが、『古事談』六に見えています。とにかくわれわれは、平安時代における庚申の夜というものは、日本文学史において特異な文学的環境をなしているということを、忘れてはならぬと思います。

六

坎日・凶会日

坎日《かんにち》のことは、『紫式部日記』寛弘六年の記事に「正月一日、坎日なりければ、若宮の御戴餅《いただきもちひ》のこととどまりぬ」とあり、『源氏物語』夕霧の巻にもそのことが見えています。『花鳥余情』に「坎日不㆓出行㆒凡諸事憚之日也」とあり、『拾芥抄』によると、坎日は正月は辰《たつ》の日、二月は丑《うし》、三月は戌《いぬ》、四月は未《ひつじ》、五月は卯《う》、六月は子《ね》、七月は酉《とり》、八月は午《うま》、九月は寅《とら》、十月は亥《い》、十一月は申《さる》、十二月は巳《み》の日ということになっています。坎日と同じようなものに凶会《くえ》日《にち》があります。『枕草子』に「ことに人に知られぬもの……くゑにち」とあるのがこれです。

方違

また方違《かたたがえ》ということがあります。平安時代の物語・日記の類で見えないものはないくらい、所見の多いものですが、これは『貞丈雑記』に、

> 方違と云、例へば、明日東の方へ行かむと思ふに、東の方其年の金神に当るか、または臨時に天一神、太白神などに当り、其方へ行かば凶しと云ふ時は、前日の宵に出て、人

の方へ行きて、一夜とまりて、明日其所より行けば、方角凶しからず、物したる方へ行く也。方角を引きたがへて行く故、方違と云ふ也。

とあるように、ある方向を忌むことであります。この塞りの方角では、後世になると、建築・結婚・出産・仏事・展墓などはもちろんのこと、普通の生活も忌むべきものとされるようになりました。わざとその方角を違えて、別の方角にある家に泊りに行く、そういうことが普通に行なわれました。これを方違といいます。『源氏物語』に、源氏が空蟬の家に行ったことが見えていますが、これは方違のためでした。ちなみに『枕草子』に「すさまじきもの……方違に行きたるに、あるじせぬ所、まして節分はすさまじ」とあるように、人が方違のためにやって来た時には、饗応するのが例であったようです。

厄年

厄年の信仰も、平安時代から存したもので、『拾芥抄』に、十三・二十五・三十七・四十九・六十一・八十五・九十九をあげています。『源氏物語』薄雲の巻に、薄雲女院のことを「三十七にぞおはしましける。……つつしませ給ふべき御年なるに……」とあり、若菜の巻に、紫上のことを「ことしは三十七になり給ふ……さるべき御祈りなど、常よりとり分きて、今年はつつしみ給へ……」とあるのは、その当時三十七が女子の厄年であったことを示しております。『水鏡』の序に、尼のことばとして「ことし七十三になむ侍る。

三十三をすぎがたく相人なども申しあひたりしかば、岡寺は厄を転じ給ふと承りて、まうでそめしより……」とあるのも、七十三と三十七とが、厄年であったことを示しております。

物忌

物忌というのは、貞丈の説に、夢見が悪いとか、また何か気にかかることのある時、陰陽師に占わせると、これはたいせつのことである、幾日の間慎むようにと答えるような場合、他所に行かず、門を固くとざし、家の内に引き籠って、人に会わず慎んでいることをいうのです。その間は柳または桃の木を三分ばかりに削り、物忌と書きつけ、これに糸をつけ、忍草の茎に結いつけて、冠にもさし、簾にもさしておきます。また白い紙を小さく裁って、物忌と書くこともあります。これは、たぶん忍草の一名を「ことなし草」ともいうので、その名にちなんで無事を祈る意味からするのでしょう。『枕草子』に、

円融院の御はての年……しろき木に、立文をつけて、これ奉らせむといひければ、いづこよりぞ、今日あす御物忌なれば、御蔀もまゐらぬぞとて、しもは立てたる蔀より、とり入れて、さなむとは聞かせ給へれど、物忌なれば見ずとて、紙についさしておきたるを……

とあるのや、諸書に、かたき御物忌などと見えているのを参照して知るべきです。

洗髪にも忌むべき月のあったことは、整容の条で述べたとおりですが、爪をきるにも、また忌むべき日時がありました。たとえば『土佐日記』にも承平五年正月二十九日の条に「舟いだして行く、うら〳〵と照りて漕ぎ行く。爪のいと長くなりにたるを見て、日を数ふれば、今日は子の日なればきらず」とあります。

占

陰陽に関連して占いのことをつけ加えておきましょう。占術は、申すまでもなく、日時の干支・八卦・天文などの関係から推して、式盤の上にあらわれた卦によって、その吉凶を占う法です。式神は、この式占のことをつかさどる神で、占者に使われるものです。また識神とも書きます。『枕草子』の「宮にはじめてまゐりたる頃」の段に「しきの神もおのづからいとかしこしとて……」とあり、『大鏡』に花山天皇が御出家の夜、安倍晴明の家の前をお通りになる時、家の中で晴明の声がして、御退位になるという天変があったが、もはや事はすんだらしい。車の支度をせよ、式神一人、内裏に参れというと、目に見えぬものが戸をおし明けて出て、ただ今帝は御門前をお通りになりました、と答えたという記事があります。『今昔物語』や『宇治拾遺』などには式神のことがしばしば見えています。朝廷では、天変地異のあるごとに、特に紫宸殿の軒廊《こんろう》で、神祇官と陰陽寮とに命じて、占わしめられるのが例ですが、これを軒廊《こんろう》の御卜《みうら》と申します。

七

観相

観相は人の身体・面貌・手足などを見て、その人の将来の禍福を卜することをいうのですが、この法はもと高麗の人が来朝して伝えたものです。しかし、わが国にも固有の法があって、これをヤマトソウといいました。『源氏物語』桐壺の巻に「こまうどのまゐれるが中に、かしこき相人ありけるを……みかどかしこき御心に、やまとさうをおほせて、おぼしよりにけるすぢなれば……」とあるのがこれです。大和相の方は、外来の観相よりももっと直観的であったようです。文学にあらわれたものとしては、『大鏡』道長の伝に、相人が伊周と道長とを相する由の記事があるのは有名で、そのほか『古事談』『続古事談』『古今著聞集』などに多くの観相の説話が見えております。

夢・夢解・夢占

夢占は夢解《ゆめとき》とも、夢合《あわせ》ともいい、古く『伊勢物語』に見えています。ある世心づいた人が、三人の子に自分の見た夢の話をしたところが、その中の三郎が、その夢の夢合をするという話です。『蜻蛉日記』や『更級日記』には、この類の記事が非常に多く見えます。これらは陰陽に準じて考えられなければならぬものです。

いったい夢というものは平安時代の文学に限らず、一般に文学作品に多く見えるものです。「いめ」ともいい、また「かべ」ともいったことがあります。『兼輔集』に「うたたねのうつつに物のかなしきは昔のかべを見ればなりけり」と見え、壁にかけてよまれた歌が多いのですが、散文にはまだ見たことがありません。『歌林良材集』上には「夢をば寝《ぬ》るにみるによりて夢を壁とは云へり。壁もぬるものなるによりて也」とあるように、「塗る」と「寝る」とを通わせたものですが、あるいは『正法念経』などの仏典の説話に由来するものかもしれません。

文学の方面では、夢の中に会うことを、特に「夢ぢ」とか、「夢の通ひ路」とか、「夢の直路《ただぢ》」とかいうことがあります。また強いて夢を見たいと願う時には、衣を裏がえしにして寝るとよく夢を見るという信仰がありました。『古今集』十二の小町の歌に「いとせめて恋しき時はむば玉の夜の衣を返してぞぬる」とあり、『後撰集』十二に、読人知らずの歌に「白露のおきてあひ見ぬことよりは衣《きぬ》かへしつつねなむとぞ思ふ」とあるのによって知られましょう。これは『万葉集』十一に「わぎも子に恋ひてすべなみ白妙の袖かへししは夢に見えきや」とあるのから附会されたのかもしれません。また『古今六帖』に、衣をかえすと恋の心を慰めることができるというような歌が見えていますから、古くからそういう民間信仰もあったのでしょう。

夢には、現実に見られない世界が見られます。たとえば夢に神仏や故人があらわれるとか、その人の前世や後世が見られるとか、夢のみが、時間と空間とから超越することができるわけです。この夢の奇蹟的な一面を、現実生活に結びつけることによって、あるいは夢告とか、夢想とかの信仰が生じてくるのです。すなわち夢の中に、神仏とか、故人とか、人の霊とかがあらわれて、その意志を告げるのですが、その意志は、予言的・啓示的な意味をもっています。『源氏物語』の明石の巻に、故桐壺院が、源氏の夢にあらわれて、源氏の将来をおさとしになるとか、『更級日記』の著者がたびたび夢の中に仏のみ告げを感得しているとかいうのがこれです。その他『蜻蛉日記』をはじめ、多くの日記や物語に、こういう夢がよき夢にしてもあしき夢にしても、少なからずあらわれています。こうした信仰は中世、近世をへて、生きてきたもので、一部の社会には、現代でもなお存在しております。

このように、夢は人間の現実生活を指導する神秘的な力をもっていますので、自分の見た夢がどんな意味のものであるか、知りたい要求のあることは、当然のことです。この要求に応じて生じたものが占夢《ゆめあわせ》であり、これを職業とするものが占夢者《ゆめとき》です。『枕草子』「うれしきもの」の条に「如何ならむと思ふ夢を見て、恐ろしと胸つぶるるに、こともあらず合せなしたる、いとうれし」とあり、『宇治拾遺物語』に「夢を見たりければ、あはせさせむとて、夢ときの女のもとに行きて、夢合せてのち、物語してゐたる程に、……」ともあり、また『大鏡』兼家の伝に「その程は夢ときも、かんなぎも、かしこき者どもの侍りしぞとよ」とあるのなどは、いずれもこうした消息を物語るものです。ちなみに、こういう夢ときは、よりましや、かんなぎのように、多くは女性ではなかったろうかと思われます。

夢違

夢は、よい意味にも、悪い意味にも、神秘的な意志の啓示と考えられたので、他人の見たよい夢を買うとか、自分の見た悪い夢の結果を避けるとか、種々の努力がなされました。この悪夢を避けることを、「ちがふ」といいます。『蜻蛉日記』上に、

さてしばしば夢のさとしありければ、ちがふるわざもがなとて、七月つきのいと明きにかく宣へり。

見し夢を違《ちが》へわびぬる秋の夜に寝がたきものと思ひ知りぬる

御返り

さもこそは違ふる夢は難からめ逢はで程ふる身さへ憂きかな

とあるのがその例ですが、この場合は「ちがふ」という下二段の他動詞が用いられ、「たがふ」という下二段の他動詞は用いられません。ただし『大鏡』師輔伝に、「御夢たがひて」というように、四段の自動詞が用いられる場合も、ないことはありません。

こういう夢違《ゆめちがえ》の場合には、夢の誦という呪文を誦する習慣がありますが、その誦は、

『拾芥抄』上本 諸頌の条に、

悪夢着草木吉夢成宝王

と見え、『袋草紙』四 にも「吉備大臣夢違誦文歌」として、

あらちをのかるやのさきにたつ鹿もちがへをすればちがふとぞきく

とあります。こうした誦文を唱えると悪い夢告からのがれることができると信ぜられたのであります。

解説　王朝女性に焦点を当てた生彩あふれる小事典

高田祐彦

著者池田亀鑑博士は、一八九六年に生まれ、一九五六年十二月十九日、東京大学教授の定年を翌春にひかえ、永眠した。享年六十歳であった。『源氏物語』を中心とする平安時代文学の分野で数々の業績を挙げた碩学である。はじめに、博士の業績について、簡単に記しておきたい。

池田博士の業績の中心は、文献学的研究の分野にあり、畢生の大著『源氏物語大成』全八巻（中央公論社、一九五三年～五六年。現在は、新装版で十四冊）は、『源氏物語』研究の基礎をなす書物として、今日なお、研究に必須の文献である。校異篇三巻、索引篇三巻、研究資料篇一巻、図録篇一巻から成るこの書は、博士とその門下生たちとの総力を挙げた研究成果であり、このうち校異篇は、すでに戦時中刊行されていた『校異源氏物語』全五巻（中央公論社、一九四二年）を補訂したものである。索引篇も、きめ細やかな配慮の施された出来映えで、各種のデータベースがそろう今日にあってなお、重宝である。

博士の学問的な出発点は、東京大学の卒業論文『宮廷女流日記考』であるが、それは原稿用紙一万八千枚、二十三巻に及ぶものという。そのエッセンスは、『宮廷女流日記文学』(至文堂、一九二七年)としてまとめられ、昭和の女流日記文学研究の魁《さきがけ》となった。これに並行して、芳賀矢一記念会より、『源氏物語』の諸注集成の仕事を委嘱された博士は、その作業を進める中で、『源氏物語』の諸注釈書が掲げる『源氏物語』の本文に少なからぬ相違があることを見出し、諸注集成の前に本文研究が必要だと判断した。そこで、諸注集成の企ては、『源氏物語』の校本(諸本の異同を一覧できるもの)作成に切り換えられ、その成果が前述の『校異源氏物語』となったのであった。こうして文献学的研究に身を入れるようになった博士は、やがてその理論と実践を、『土佐日記』の原本再建を目指した『古典の批判的処置に関する研究』全三巻(岩波書店、一九四一年)にまとめることとなる。博士の文献学的研究は、『源氏物語』『土佐日記』のみならず、『伊勢物語』、『紫式部日記』の校本作成、『枕草子』の諸本分類基準の確立など、広く平安文学の要となる散文作品に及び、戦前から戦後にかけて平安文学の文献学的研究の基盤を作り上げることとなった。

没後も、主として門下生の手によって、博士の著作が次々に刊行される。池田編『源氏物語事典』上・下(東京堂出版、一九六〇年)、『池田亀鑑選集』全五巻(至文堂、一九六八〜六九年)、『平安時代の文学と生活』(至文堂、一九六六年)、『研究枕草子』(至文堂、一九六三年)などが、代表的な著作であり、『古典学入門』(岩波文庫、一九九一年)という、八ンディながら文学研究の要諦を示した著作もある（これは、『古典の読み方』学生教養新書、至文堂、一九五二年という本の復刊である）。

以上のような専門書のほかに、数多くの啓蒙的な著作も残しているが、実は博士は、大正末から昭和の初めにかけては、いくつかの筆名によって『少女の友』などの雑誌に少女小説を書く作家であった、という意外な顔も持っている。やがて、そうした作家としての姿を封印して、博士は学問の世界に打ち込むことになったのであるが、そのような博士の資質は、女性の文化に対する強い関心と共感に基づくものであり、平安時代を生き、文学作品を生み出していった女性たちへの学問的な探求心となって博士の学問を支えるものでもあっただろう。

さて、ここにちくま学芸文庫版として刊行される本書は、今から六十年前の一九五二年に、河出書房の市民文庫の一冊として刊行され、その後、河出文庫を経て、一九六四年には角川文庫から復刊され、平成に入るまで版を重ねるロングセラーとなった書である。この度は、装いを新たにした二度目の復刊ということになる。平安時代の生活と文学に関する概説書として名著のほまれが高かったが、初版から六十年が経ち、本書の記述において訂正すべき箇所は、二、三にとどまらない。しかし、この書の持つ広い視野と的確な叙述は、そうした学問の進歩を経てなお、今日われわれにとって貴重である。学問の進歩が研究の細分化と引き換えになされるのは、あらゆる領域において避けがたい宿命でもあるが、本書のような幅広い視野で歴史と文学を捉える姿勢は、常に立ち返るべき原点といってよい。そのことに鑑みて、この分野における古典的な著述として、必要最小限の補訂を行うほかは、できるだけもとの形をとどめて復刊することとした。

本書がどのような性質の書物であり、また、もともといかなる経緯で上梓されたものであるかを知るために、初版の河出書房市民文庫版の「はしがき」を以下に掲げておこう。

昭和十七年七月、平安時代文学を主題とする夏期大学国文学講座が開かれました。その時、わたくしも「日記文学と宮廷生活」という題目で、研究の一端を述べました。何分にも限られた時間のことで、内容は概論の概論というようなものにならざるを得ず、又それも全部はとうてい述べきれず、所々省いて、飛びとびにお話しするという結果になってしまいました。

しかし、文学と女性生活についてのまとまった研究書は、まだ一冊も世に出ておりませんためか、同夏期大学の会員の方々から、しきりに右の講義ノートを出版してくれるようにとの要請があり、ある熱心な人は、速記録を浄書して、わざわざ校閲を求めに来られ、それを謄写版に刷って、同好家に頒ちたいと申し出られました。そういういきさつで、翌十八年の春『宮廷と古典文学』と題して出版されましたのが、本書の前身であります。久しく絶版になっておりましたが、このたび内容を加除訂正の上、再版することになりました。（原文は、旧かな。以下略）

ここに述べられるように、本書は、戦時下の著者の講義をもとにした概説書である。とかく概説書というと、ある分野の入口だけを示すにとどまり、無味乾燥で表面的、深まりに欠けるものというイメージがつきまとう。しかし、本書はそうしたイメージとはほど遠く、もともとの講義の雰囲気を生かしたであろう生き生きとした語り口が、専門的な知見を基盤に持ちつつ、一種の読み物としてのおもしろさを生み出している。角川文庫版解説の石田穣二氏は、この読み物としてのおもしろさを博士のジャーナリスティックな感覚に負うものとする。そして、概説書として成功したもう一つの理由として、主題を女性生活に求め、そこにフェミニズムが生きているという点を挙げている。的確な分析であろう。石田氏は「かつて博士の枕草子論の講筵《こうえん》に列した事のある筆者は、なるほどこのフェミニズムは本物だと、妙な感心の仕方をした記憶がある」とも述べている。右の「はしがき」に見られるように、はっきりと「女性」という側面を打ち出したことが、本書に一本の軸を通させることとなって、叙述に流れをもたらし、生彩あるものとしているのである。

石田氏の指摘のほかに、本書が平板な概説に陥らなかった理由として、豊富で的確な引用が叙述を支えているという点が挙げられよう。引用の与える具体性によって、概説の陥りがちな抽象性の弊を免れている。説明される事柄が原文の引用という助けを得て、生き生きとわれわれの前に現れてくるのだ。一々の引用については、必ずしも何から何まで理解する必要はあるまい。的確な引用に導かれながら、さまざまな作品の世界や当時の実際の生活をあれこれと想像すること、そこに本書を読む格別の楽しみが存在する。

さて、次に、本書をその構成に沿って眺めてみよう。「第一章　平安京」は、当然ここから入るところであろう。次の第二章が「後宮の制度」となっているところに、早くも本書の特徴が現れている。すなわち、平安京という空間から始めれば、次には普通、大内裏、内裏という順序で宮廷の中心に向かって空間を狭めてゆくことになる。ところが、大内裏や内裏は飛ばされて（内裏については、第四章）、一挙に後宮という天皇の夫人たちや女房の集う場へと焦点は引き絞られてゆく。宮廷文化の中心は後宮だとする確固たる視点がそこにはある。次の第三章に至っては、「後宮の女性」という具合に、「女性」という語を含む章名になり、ここから、後宮の女性たちの生活、仕事という括りが、第六章まで続く。第七章、第八章で、住と食を概観して、第九章から第十一章が女性の人生。第十二章の「自然観照」は、空間の問題であるとともに、より以上に女性たちの内面を美的な関心という点でまとめた一章である。続く第十三章から第十七章で服飾、調度、整容といった美的な問題を扱う展開につながる。第十八章、十九章が、教養と娯楽を扱い、第二十章、二十一章で、病気、死という側面に目を向け、そこから最終章で信仰の問題へとつなげてゆく。まことによく考えられた、読みやすい構成になっている。

以上の概観からもわかるように、本書の中心は、女流文学や当時の女性の生活である。たとえば、著者は、しばしば次のようなことばをはさんでいる。

以上は宮廷で行なわれる年中行事のなかから、特に後宮女性に関係の深いものだけを選んであげたのです。(七四頁)

男子の服装については、直接女性生活に関係がありませんから、ここでは省略したいと思います。(一六五頁)

こうした記述は、平安朝の生活全般への叙述を予想する読者にとっては、ちょっとびっくりするところであるが、河出版の「はしがき」にあるように、はじめから女性の生活に焦点をあてているので、不思議はないのである。「男子は省略」! ある意味では、何とも思い切った選択であるが、こうしたアクセントが本書の魅力でもある。

もちろん、それは、本書の大きな特徴であるとともに、話題の偏りという点でいえば、一種の限界であることも否めない。単に、ふれられていない、という点で問題なのではない。たとえば、宮仕えの女性たちが日々男性貴族への応対を仕事として、彼らと接点を持っていたことからすれば、女性たちの目にどのように男性たちの姿が映っていたか、実際に目に見える服装や、その役職による彼らの立場など、重要な問題である。われわれも、男性によって担われている政治の世界をある程度知らないことには、宮廷社会における男性と女性の関係、ひいては世の中全体の見通しが困難になる。

しかし、何から何まで含めた小型百科全書であれば、本書の魅力は激減したにちがいない。著者の省いた面は、読者の方で補ってゆけばよい。『枕草子』の男性貴族や、『源氏物語』の光源氏をはじめとする男君たちの姿やふるまいなどを、本書の記述と併せて考えてみることは、本書が読者に残した大きな楽しみといえよう。

本書の持つ魅力について、さらに具体的に叙述に即した形で紹介しておこう。

平安朝の女性たちに向ける著者のまなざしは、女性としての理想を思い描きつつ、現実の社会を生きる女性たちの苦しみをも捉えている。先に触れた石田氏の言う「フェミニズム」をたしかに感じ取ることができる。たとえば、和歌や書や音楽を学ばせる女性の教育について述べる次のような箇所。

女子教育の目的は単なる技術家の養成にあるのではなく、——その技術もさることながら、——それよりも、そのことによってりっぱな、完全な、「女性」をつくり上げることであったと思われます。(二三〇頁)

これだけ取り出すとやや窮屈な響きをもって聞こえるが、貴族文化を背景とした高い教育の程度が、ひいては宮廷文化の質を押し上げてゆくという文脈で読めば、いわゆる女流文学隆盛を支える貴族社会全体の文化的な質の高さへと目は向けられるであろう。

その一方、女性たちの内面の苦しみをも、的確に示している。いわゆる一夫多妻に関わる次のような叙述。

一夫多妻の実情、あるいはそこにおける心理の葛藤などについては、（中略）明らかに古代社会の好ましくない一面というべきでしょう。『源氏物語』の中の女性たちも、愛情の生活に苦しみつつ、全霊をあげて求めたものは、一夫一婦の制度にほかならなかったのではないでしょうか。（一三七頁）

近年、制度としては当時も一夫一婦だった、という研究が見られるようになり、議論を呼んでいるが、いみじくもこの引用にあるように、問題は「実情」にある。しかも、この箇所の直前には、

一人の男性が同時に二人または三人の北の方をもつことはむしろ普通だったのです。もちろんこういう風習や制度は理想的とはいえません。ここに妻妾相互の嫉妬や憎悪が見られ、その結果、まま子いじめという悲しむべき事実も生じたのです。（一三六頁）

として、一夫多妻の問題を継子いじめともつなげて、問題の広がりと根深さをも見ている。物語の中の人物も含めて、著者は平安朝の女性たちの嘆きの声を聞き取っているのである。

先にふれた、一種の読み物としてのおもしろさ、という点では、たとえば、第十二章のはじめ、「後宮女性の美的関心」という小見出しを付けた箇所で、「衣食住の三方面のうち、食生活はその性質上、特に女性美を表現することは不可能です」(一四七頁)などという記述には、ちょっとしたユーモアが感じられる。

ところで、本書が初版から六十年もの歳月を経ていることによって、一方では、現在の研究水準に照らして不足や誤りが見られることも、当然である。この点について、少し述べておこう。

たとえば、第三章の「典侍」の節で、『讃岐典侍日記』の著者を、堀河天皇の乳母としている例(三七頁。四三頁にも)。これは、著者藤原長子の姉(兼子)が乳母、というのが正しい。しかし、それは、「今日では」ということであり、かつては、『讃岐典侍日記』の著者は兼子であると考えられており、そうした説によっているものと思われる。このような点は、ほかにもある。しかし、これは、あくまで池田博士の著書を復刊したものであるから、博士の理解や解釈を正当に確認するためには、さかしらな訂正は慎まなければならない。これは、角川版も同様の方針であった。研究というものが、進展してやまないものであることは、本書の中でもふれられている。もっとも、以上のような基本的な方針の上で、復刊に課せられた責務として、明らかな誤植、誤脱などはこれを訂し、内容の面で読者の誤解を招きかねない箇所などには、本文に注記を施した。

なお、この点に関して、引用本文の問題を少し説明しておくことにしたい。

今回の復刊に際して、当初は、引用本文を今日通用している注釈書などの本文に切り換えることも検討された。本書から、作品の本文にすぐにあたれるようにするためである。ところが、本文を検討してみると、どうやら、主要作品でも何か一つの本をもとにしているのではないらしいことがわかってきた。そのことを『枕草子』を例に説明しておこう。『枕草子』には、清少納言の書いた原本は残っていない。『枕草子』に限らず、平安時代の文学作品はみなそうである。現存する『枕草子』の伝本を整理すると、四つの系統に分かれ、そのうち、三巻本と能因《のういん》本という二つの系統が有力なものとして知られている。この四つの系統に整理したのが、他ならぬ池田博士であった。博士の評価に従い、現在では、三巻本がもっとも優秀な系統と見られている。したがって、現在、注釈書などに用いられるのは、ほとんどが三巻本である。

ところが、本書では、三巻本だけでなく、能因本や、近世以来よく読まれた注釈者『春曙抄《しゅんしょしょう》』の本文（能因本の系統ではあるが、かなり本文が異なる）などが用いられている。これは、『枕草子』の諸本系統論を確立したのが、ほかならぬ池田博士であることに鑑みれば、違和感を禁じえないところである。はじめは、世の碩学によくありがちな記憶に頼った引用なのではないか、と考えたのであるが、調べてみると、どうもそれぞれの箇所で引用するにふさわしい伝本によっているらしく思われ、画一的な統一は無理と判断した。たとえば能因本による引用に基づいて本文の記述がなされている場合などは、けっして三巻本の本文に代えることはできない。『枕草子』の諸本系統論を確立して三巻本を優秀と見た博士が、複数の系統によって叙述を進めているということは、ひょっとすると、本文系統の違いを超えたところに、『枕草子』という作品を見ているのかもしれないとすら考えられたのである。

このような可能性までも考えて、本書では、できるだけ引用本文に手をつけないことにした。現在通行の本文と照らし合わせると、箇所によっては本文の相違が目についてやや不便に思われるかもしれないが、この書を研究上の古典と位置づけることが妥当との判断による措置なので、本文の異同を味わいつつ、諒とされたいと思う。

この点は、『源氏物語』や『紫式部日記』でも同様で、校本で確かめられる本文は、たとえ少数派の本文でもできるだけ残し、引用文中にどの伝本にも存在しないような箇所があれば、そこは通行の本文に改めるという措置をとった。

本書は、一人の学者が平安朝の、主として女性が直面していた世界を全体的に明らかにしたいと挑んだ著作であり、今日の学問の細分化や、混迷する社会状況におけるさまざま閉塞性を顧みるならば、この書から社会と文化の全体を領略しようとする貪婪(どんらん)な姿勢を学び取ることができるだろう。むろん、こうした著作そのものは、池田博士のような傑出した碩学にしてはじめて可能なものであるとしても、戦中戦後の困難な時勢の中での著作であることを考えれば、学問の成果を広く一般に提供し共有したいという姿勢に、感銘と共感を禁じえない。読み物としてのおもしろさを堪能しながら、多くの読者が平安時代の歴史と文学に関心を寄せられることを期待するとともに、果敢に平安宮廷社会の解明に挑んだ一人の学徒の足跡をたどるところから、新たな生への意欲をかきたてられるものと確信する。

本書は一九六四年四月三十日、角川文庫として刊行されたものの第三十六版（一九九〇年十一月二十日）を底本とし、一九五二年七月十日刊行の河出文庫版を適宜参照した。ただし図版のいくつかは差し替えた。

なお、明らかな誤植、誤脱などはこれを訂し、読者の誤解を招きかねない箇所には（＊　）で編集部注を入れたが、表記の不統一などは底本の通りとした。

『枕草子』『源氏物語』『紫式部日記』などの引用文は、著者がさまざまな系統の伝本を使用しているため、今日一般に読まれている本文と照合すると相違がある。

初期歌謡論 吉本隆明

歌の発生の起源から和歌形式の成立までを、『古事記』『日本書紀』『万葉集』『古今集』、さらには平安期の歌論書などを克明に読み解いてたどる。

宮沢賢治 吉本隆明

生涯を決定した法華経の理念は、独特な自然の把握や倫理に変換された無償の資質といかに融合したのか？ 作品への深い読みが賢治像を画定する。

東京の昔 吉田健一

第二次大戦により失われてしまった情緒ある東京。その節度ある姿、暮らしやすさを通してみせる、作者一流の味わい深い文明批評。（島内裕子）

日本に就て 吉田健一

政治に関する知識人の発言を俎上にのせ、責任ある市民に必要な「見識」について舌鋒鋭く論じつつ、路地裏の名店で舌鼓を打つ。甘辛評論選。（苅部直）

甘酸っぱい味 吉田健一

酒、食べ物、文学、日本語、東京、人、戦争、暇つぶし等々についてつらつら語る、どこから読んでもヨシケンな珠玉の一〇〇篇。（四方田犬彦）

英国に就て 吉田健一

少年期から現地での生活を経験し、ケンブリッジに進んだ著者だからこそ書ける極めつきの英国文化論。既存の英国像がみごとに覆される。（小野寺健）

私の世界文学案内 渡辺京二

文学こそが自らの発想の原点という著者による世界文学案内。深い人間観・歴史観に裏打ちされた温かな語り口で作品の世界に分け入る。（三砂ちづる）

平安朝の生活と文学 池田亀鑑

服飾、食事、住宅、娯楽など、平安朝の人びとの生活を、『源氏物語』や『枕草子』をはじめ、さまざまな古記録をもとに明らかにした名著。（高田祐彦）

紀貫之 大岡信

子規に「下手な歌よみ」と痛罵された貫之。この評価は正当だったのか。詩人の感性と論理的実証によって新たな貫之像を創出した名著。（堀江敏幸）

現代語訳 信長公記（全）　太田牛一　榊山潤訳

幼少期から「本能寺の変」まで、織田信長の足跡をつぶさに伝える一代記。作者は信長に仕えた人物で、史料的価値も極めて高い。（金子拓）

現代語訳 三河物語　大久保彦左衛門　小林賢章訳

三河国松平郷の一豪族が徳川を名乗って天下を治めるまで、主君を裏切ることなく忠勤にはげんだ大久保家。その活躍と武士の生き方を誇らかに語る。

雨月物語　上田秋成　高田衛／稲田篤信校注

上田秋成の独創的な幻想世界「浅茅が宿」「蛇性の婬」など九篇を、本文、語釈、現代語訳、評を付しておくる〝日本の古典〟シリーズの一冊。

古今和歌集　小町谷照彦訳注

王朝和歌の原点にして精髄と仰がれてきた第一勅撰集の全歌訳注。歌語の用法をふまえ、より豊かな読みへと誘う索引類や参考文献を大幅改稿。

枕草子（上）　清少納言　島内裕子校訂・訳

芭蕉や蕪村が好み与謝野晶子が愛した、北村季吟の注釈書『枕草子春曙抄』の本文を採用。江戸、明治と読みつがれてきた名著に流麗な現代語訳を付す。

枕草子（下）　清少納言　島内裕子校訂・訳

『枕草子』の名文は、散文のもつ自由な表現を全開させ、優雅で辛辣な世界の扉を開いた。随筆文学屈指の名品は、また成熟した文明批評の顔をもつ。

徒然草　兼好　島内裕子校訂・訳

後悔せずに生きるには、毎日をどう過ごせばよいか。人生の達人による不朽の名著。全二四四段の校訂原文と、文学として味読できる流麗な現代語訳。

方丈記　鴨長明　浅見和彦校訂・訳

天災、人災、有為転変。そこで人はどう生きるべきか。この永遠の古典を、混迷する時代に生きる現代人ゆえに共鳴できる作品として訳解した決定版。

梁塵秘抄　植木朝子編訳

平安時代末の流行歌、今様。みずみずしく、時にユーモラス、また時に悲惨でさえある、生き生きとした今様から、代表歌を選び懇切な解説で鑑賞する。

藤原定家全歌集（上）　藤原定家　久保田淳校訂・訳

藤原定家全歌集（下）　藤原定家　久保田淳校訂・訳

『新古今和歌集』の撰者としても有名な藤原定家自作の和歌約四千二百首を収録。上巻には私家集『拾遺愚草』を収め、全歌に現代語訳と注を付す。

下巻には『拾遺愚草員外』『同員外之外』および「初句索引」等の資料を収録。最新の研究を踏まえ、現在知られている定家の和歌を網羅した決定版。

定本 葉隠〔全訳注〕（上）（全3巻）　山本常朝／田代陣基　佐藤正英校訂　吉田真樹監訳注

武士の心得として、一切の「私」を「公」に奉る覚悟を語り、日本人の倫理思想に巨大な影響を与えた名著。上巻はその根幹「教訓」を収録。決定版新訳。

定本 葉隠〔全訳注〕（中）　山本常朝／田代陣基　佐藤正英校訂　吉田真樹監訳注

常朝の強烈な教えに心を衝き動かされた陣基は、武士のあるべき姿の実像を求める。中巻では、治世と乱世という時代認識に基づく新たな行動規範を模索。

定本 葉隠〔全訳注〕（下）　山本常朝／田代陣基　佐藤正英校訂　吉田真樹監訳注

躍動する鍋島武士たちを活写した聞書八・九と、信玄・家康などの戦国武将を縦横無尽に論評した聞書十、補遺篇の聞書十一を下巻には収録。全三巻完結。

現代語訳 応仁記　志村有弘訳

応仁の乱――美しい京の町が廃墟と化すほどのこの大乱はなぜ起こり、いかに展開したのか。室町時代に書かれた軍記物語を平易な現代語訳で。

古事記注釈 第二巻　西郷信綱

須佐之男命の「天つ罪」に天照大神は天の石屋戸に籠るが祭と計略により再生する。本巻には「須佐之男命と天照大神」から「大蛇退治」までを収録。

古事記注釈 第四巻　西郷信綱

高天の原より天孫たる王が降り来り、天照大神は伊勢に鎮まる。王と山の神・海の神との聖婚から神武天皇が誕生し、かくて神代は終りを告げる。

古事記注釈 第六巻　西郷信綱

英雄ヤマトタケルの国内平定、実は父に追放された猛き息子の、死への遍歴の物語であった。神功皇后の新羅征討譚、応神の代を以て中巻が終わる。

古事記注釈　第七巻　西郷信綱

大后の嫉妬に振り回される「聖帝」仁徳。軽太子の道ならぬ恋は悲劇的結末を呼ぶ。そして王位継承をめぐる確執は連鎖反応の如く事件を生んでゆく。

万葉の秀歌　中西進

万葉研究の第一人者が、珠玉の名歌を精選。宮廷の貴族から防人まで、あらゆる地域・階層の万葉人の心に寄り添いながら、味わい深く解説する。

日本神話の世界　中西進

記紀や風土記から出色の逸話をとりあげ、かつて息づいていた世界の捉え方、それを語る言葉を縦横に考察。神話を通して日本人の心の源にわけいる。

解説　徒然草　橋本武

『銀の匙』の授業で知られる伝説の国語教師が、「徒然草」より珠玉の断章を精選して解説。その授業実践が凝縮された大定番の古文入門書。（齋藤孝）

解説　百人一首　橋本武

灘校を東大合格者数一に導いた橋本武メソッドの源流と実践がすべてわかる！　名文を味わいつつ、語彙や歴史も学べる名参考書文庫化の第二弾！

江戸料理読本　松下幸子

江戸時代に刊行された二百余冊の料理書の内容と特徴、レシピを紹介。素材を生かし小技をきかせた江戸料理の世界をこの一冊で味わい尽くす。（福田浩）

萬葉集に歴史を読む　森浩一

古の人びとの愛や憎しみ、執念や悲哀。萬葉集には、数々の人間ドラマと歴史の激動が刻まれている。考古学者が大胆に読む、躍動感あふれる萬葉の世界。

ヴェニスの商人の資本論　岩井克人

〈資本主義〉のシステムやその根底にある〈貨幣〉の逆説とは何か。その怪物めいた謎をめぐって、明晰な論理と軽妙な洒脱さで展開する諸考察。

現代思想の教科書　石田英敬

今日我々を取りまく〈知〉は、4つの「ポスト状況」から発生した。言語、メディア、国家等、最重要論点のすべてを一から読む！　決定版入門書。

ちくま学芸文庫

平安朝《へいあんちょう》の生活《せいかつ》と文学《ぶんがく》

二〇一二年一月十日　第一刷発行
二〇二二年十一月十五日　第九刷発行

著者　池田亀鑑（いけだ・きかん）

発行者　喜入冬子
発行所　株式会社　筑摩書房
東京都台東区蔵前二―五―三　〒一一一―八七五五
電話番号　〇三―五六八七―二六〇一（代表）
装幀者　安野光雅
印刷所　中央精版印刷株式会社
製本所　中央精版印刷株式会社

ISBN978-4-480-09428-5 C0191